Kurt Lehmkuhl/Gerd Grunewald (Hrsg.)
Anton-Heinen-Volkshochschule Kreis Heinsberg

Mörderischer Selfkant

32 kriminelle und unheimliche Kurzgeschichten
aus dem Land zwischen Rur und Wurm

hkl-verlag

Kurt Lehmkuhl/
Gerd Grunewald (Hrsg.)

Mörderischer Selfkant

32 kriminelle und unheimliche
Kurzgeschichten
aus dem Land
zwischen Rur und Wurm

1. Auflage

Copyright 2014
by hkl-Verlag
www.hkl-verlag.de

ISBN 978-3-9812926-4-0

Umschlaggestaltung:
Heidi Hensges, Heinsberg
und Maren Krupp, Düsseldorf

Satz und Druck:
HS Grafik + Druck, Heinsberg
www.hs-grafik-druck.de

Inhaltsverzeichnis

Selbstverständlich sind sämtliche Geschichten erfunden. Ähnlichkeiten mit lebenden oder verstorbenen Personen sind rein zufällig und nicht beabsichtigt.

Vorwort

„Mörderischer Selfkant" ist nach „Blutroter Selfkant" und „Tödlicher Selfkant" die dritte Sammlung von kriminellen und mysteriösen Geschichten, die in einem Kursus der Anton-Heinen-Volkshochschule des Kreises Heinsberg entstanden sind. Autoren aus der Region an Rur und Wurm haben wieder Schauplätze in der Region ausgewählt, an denen die oft so heile Welt durch Mord, Totschlag und andere Freveltaten aus dem Lot gerät. Unter den Autoren finden sich Wiederholungstäter, aber auch Neulinge, die sich zum ersten Mal dem Abenteuer stellen, mit einem eigenen Werk an die Öffentlichkeit zu treten. Sie alle wollen dem Leser den Kreis Heinsberg näher bringen; und so finden sich Geschichten aus Wassenberg im Norden der Region ebenso wie aus Übach-Palenberg im Süden, aus dem Selfkant im Westzipfel wie aus dem vielschichtigen Erkelenz im Osten und selbstverständlich aus der Kreisstadt Heinsberg.

Die Stile sind so unterschiedlich wie die Region, die Geschichten so facettenreich wie das Leben an Rur und Wurm zwischen den Niederlanden und dem Braunkohletagebau sowie den Städteregionen Aachen und Mönchengladbach. Die Ruhe und Beschaulichkeit des vermeintlich „platten Landes" sind trügerisch, jedenfalls in diesen Geschichten, die voller Fantasie stecken und dennoch zu einem großen Teil realistisch sind. Denn sie spielen an tatsächlichen Orten und dürften so manchen Leser anregen zu einem Besuch der Städte und Stätten. Es seien nur einige der Tatorte genannt: das ehemalige Kreuzherrenkloster Hohenbusch etwa, der

Rathausplatz in Übach, der Effelder Waldsee, die Kirche St. Nikolaus in Gangelt, die Schülergasse in Erkelenz, die Ulrichskapelle in Tüschenbroich ...

Der Dank für das Zustandekommen dieser Geschichtensammlung gilt nicht nur den Autoren, die über die Kursustermine hinaus viel Zeit und Engagement in das Projekt gesteckt haben.

Zu danken ist auch Gerd Grunewald, der als Co-Dozent im VHS-Kursus den Teilnehmern das theoretische Rüstzeug eindrucksvoll nahe brachte und als Mitherausgeber fungiert.

Ohne die Unterstützung der Kreissparkasse Heinsberg wäre das Projekt nicht zu stemmen gewesen. Wie schon bei „Blutroter Selfkant" und „Tödlicher Selfkant" fördert sie auch diese Anthologie. Der Kreissparkasse Heinsberg gilt der Dank ebenso wie der Firma HS Grafik + Druck, die tatkräftig und über das übliche Maß hinaus den Druck der Geschichtensammlung ermöglicht.

Ein Dank ist auch an die Anton-Heinen-Volkshochschule des Kreises Heinsberg zu richten, die den Kursus immer wieder in ihr Programm aufgenommen hat. Schließlich ist meinem Freund Hans Krupp zu danken, der als Verleger das Buch im hkl-Verlag vertreibt und ebenso wie alle Autoren und Herausgeber auf jegliche finanzielle Beteiligung verzichtet. Sämtliche Erlöse aus diesem Buch, aber auch aus Lesungen, kommen wieder dem Hospiz der Hermann-Josef-Stiftung in Erkelenz zu. Bisher konnten dank „Blutroter Selfkant" und „Tödlicher Selfkant" über 25.000 Euro gespendet werden.

Insofern gilt der Dank letztlich auch allen Bürgern, die durch den Kauf der Bücher und den Besuch der Veranstaltungen nicht nur die Spende ermöglichten, sondern zugleich die Motivation gaben, ein drittes Mal mit einer Anthologie an die Öffentlichkeit zu treten. Und wieder gilt: Autoren aus dem Kreis Heinsberg veröffentlichen Geschichten aus dem Kreis Heinsberg in einem Buch, das von der Kreissparkasse Heinsberg gefördert, von einer Druckerei im Kreis Heinsberg hergestellt und von einem Verlag aus dem Kreis Heinsberg vertrieben wird und dessen Erlös einer fürsorglichen Einrichtung im Kreis Heinsberg zu Verfügung gestellt wird.

Mehr Regionalität geht nicht – und diese Regionalität wird bundesweit beachtet. Nicht nur, weil dieses VHS-Projekt aus dem Kreis Heinsberg in Deutschland einmalig ist, sondern auch, weil die Selfkant-Anthologien inzwischen bundesweit eine wachsende Leserschaft finden.

Kurt Lehmkuhl

Paul-Gerhard Theymann

Wiedersehen mit Marie

Frank verliebte sich in Marie. Als sein Verstand zurückkehrte, waren sie verheiratet und zogen in sein Haus im Marienviertel. Er hatte es von seinen Eltern geerbt, die sich nach dem Zweiten Weltkrieg als Ostvertriebene in dem ersten Neubaugebiet von Erkelenz angesiedelt hatten.

Marie, eine quirlige Brünette, liebte elegante Kleidung – als zierliche Frauen im Modezirkus gefragt waren, modelte sie sporadisch an der Seite professioneller Mannequins. Neben diesem springlebendigen Rehlein wirkte der gedrungene, stämmige Frank wie ein Holzklotz in seinem rustikalen Outfit. Am liebsten trug der Bär, so nannte sie ihn zärtlich, karierte Holzfällerhemden zur bequemen Cordhose. Sie war ein Feingeist und bestand darauf, dass er sich bei gemeinsamen Unternehmungen sportlich elegant kleidete.

Die beiden unternahmen alles zusammen, damals, als die Sonne nie unterzugehen schien. Unzertrennlich wie siamesische Zwillinge strahlten sie harmonische Zweisamkeit aus, worum ihre Freunde sie beneideten. Die ahnten nicht, dass diese Bilderbuchehe funktionierte, weil Frank, drohte es Krach zu geben, in vorauseilendem Gehorsam einlenkte.

Aber der Bär wachte aus seinem Winterschlaf auf. An einem sonnigen Samstag weigerte er sich stur, den Wagen zu waschen. Autowäsche war seine Aufgabe, wann diese nötig sei, da wollte er sich nicht reinreden lassen. Maries aggressive Reaktion auf sein Nein verblüffte ihn zwar, aber er blieb standhaft. Dies war die erste von zahllosen Szenen in dem Drama „Ich will mein Räppelchen". Die Eltern hatten der verwöhnten Tochter jeden Wunsch von den Augen abgelesen. Marie war schon damals jede Strategie recht, um ihren Willen durchzusetzen. Aber das Leben ist kein Ponyhof, das musste sie bald bitter erfahren.

Kinder kamen in ihrer Lebensplanung nicht vor. Darin waren sie sich einig, bis zu dem Tag, an dem Marie ihre Einstellung änderte. Waren die Racker der Nachbarn bisher lärmende und lästige Ungeheuer gewesen, erschienen nun die süßen Kleinen Marie als Quelle allen Glücks. Den Weg zu dieser Quelle hatte sie bisher gemieden. Marie betrachtete Sex als notwendiges Übel, dem sie nach ihrer Heirat geschickt auswich wie eine Slalomfahrerin den Stangen auf der Piste. Sehr zum Leidwesen von Frank, dessen Hormone wie Silberfische durch den Leib schossen. Die Zahl der Tierchen hatte sich drastisch reduziert, wuchs jedoch schlagartig, als Marie der Gedanke beseelte, schwanger zu werden.

Frank träumte von einem Hund, nicht von Kindern. Für ihn war der Weg das Ziel, an der Quelle ihres Glücks wollte er nie ankommen. Sex zum Spaß oder Sex zum Kinderkriegen – das war ein Unterschied wie zwischen einem Schuss gegen den Pfosten und einem echten Tor, aber dennoch ein Unterschied: alles oder nichts, schwanger oder nicht schwanger.

Alles Neue ist reizvoll. Frank gefiel sich in der Rolle des gefragten Lovers. Sehr zum Ärger von Marie blieben seine Anstrengungen fruchtlos. Lautstark tickte die biologische Uhr, das Ticken versetzte sie in Panik. Voller Ungeduld und Enttäuschung überschüttete sie ihren Mann mit Vorwürfen, nannte ihn einen Versager. Er fühlte sich nicht schuldig – überzeugt und froh war er, dass sein Samen auf unfruchtbaren Boden fiel – aber er ärgerte sich. Kälte kroch in das eheliche Bett und seine Lust schmolz dahin.

Der Storch flog in einem großen Bogen um das Haus von Marie und Frank. Kinderwagen erinnerten sie an unerfüllte Wünsche, eifersüchtig schaute sie auf das Mutterglück anderer Frauen. Das wollte und konnte sie nicht länger ertragen. Sie warf Frank als Erzeuger aus dem Rennen und ließ sich in einer Spezialklinik behandeln. Endlich wurde sie schwanger. Niemals hatte sie so quälend lange warten müssen auf die Erfüllung eines Wunsches.

Ihre Schwangerschaft verlief schwierig, ihre Gefühle und Stimmungen fuhren Achterbahn. Ende des vierten Monats – sie war himmelhoch jauchzend – kam der Absturz, sie erlitt eine Fehlgeburt. Das war der Knockout und zerschnitt die letzten Fäden des Bandes, das die Reste ihrer Liebe zusammenhielt.

Am Ende dieses Kampfes fühlte sich Marie ausgelaugt und von ihrem Mann im Stich gelassen. Nichts blieb, wie es war. Verachtung empfand sie für den Holzklotz und gab sich der entspannenden Wirkung des Alkohols hin. Aus gelegentlichem Trinken, auch hochprozentiger Getränke, wurde regelmäßiger und häufiger Konsum. Damit konnte er leben. Als das muntere Rehlein sich in eine Gift spritzende Schlange verwandelte, überwältigten ihn mehr und mehr Hassgefühle und ein „ohne sie", bisher undenkbar, erschien ihm erstrebenswert.

Es geschah an einem dieser warmen Frühlingstage, die Fenster waren weit geöffnet, um die Winterkälte aus dem Haus zu treiben. Wieder beschimpfte sie ihn, reichlich alkoholisiert, als

Langweiler und Schlappschwanz, ein Leben mit ihm sei unerträglich, schrie sie und drohte ihn zu verlassen. Der Nachbarschaft, die ihre schrille Stimme nicht überhören konnte, wäre ihr Verschwinden recht gewesen, keiner hätte Halbmast geflaggt. Bei den Leuten war sie beliebt wie ein Schwarm Stechmücken.

Am nächsten Tag, es war bereits Mittag, blieb es ungewöhnlich still im Haus. Nicht, dass Frank den Diskant ihrer Stimme vermisst hätte, eher eine vage Hoffnung trieb ihn – längst hatte das Ehepaar getrennte Schlafzimmer – nach ihr zu schauen. Sie war tatsächlich verschwunden, mit ihrem größten Koffer hatte sie es geschafft, unbemerkt das Haus zu verlassen. Mit welchem Ziel, fragte er sich verwundert, Familie hatte sie nicht, die beste Freundin gab es nicht und ihren Freundeskreis hatte sie vergrault.

Musste er die Polizei informieren? Er dachte an den Schirm, der dem Besitzer, obwohl er das hässliche Stück absichtlich stehen lässt, zurückgebracht wird. Die Polizei belehrte ihn, erwachsene Personen im Vollbesitz ihrer geistigen und körperlichen Kräfte hätten das Recht ihren Aufenthaltsort frei zu wählen, ohne die Verpflichtung Angehörige zu informieren. Verärgert durch diese Schulmeisterei würde er in Zukunft die Hilfe staatlicher Obrigkeit nicht mehr in Anspruch nehmen.

Nach zwei Wochen – die Vermutungen der Polizei bestätigten sich – tauchte die Verschwundene auf. Unverhofft stand Marie im Wohnzimmer und starrte entsetzt auf Kai, eine pechschwarze Labradormischung. Frank hatte sich inzwischen seinen sehnlichen Wunsch nach einem treuen, ergebenen Begleiter erfüllt. Sie hasste Hunde und bekam einen

Tobsuchtsanfall, der an ihrer Einstellung keine Zweifel aufkommen ließ. Frank ließ sich durch ihre Raserei nicht einschüchtern, der Hund blieb.

Jedoch, seine Freude an Kai war von kurzer Dauer.

Der Hund hatte keine Chance. Er lief, die Reifen quietschten, direkt vor den Wagen dieses Jungen mit der Baseballkappe. Frank kämpfte mit den Tränen, er hätte Kai ein paar Jahre gegönnt. Die beiden Männer wollten keinen Stress und einigten sich schnell. Sie hoben das tote Tier in den Kofferraum des Autos, und die Baseballkappe fuhr Frank nach Hause. Marie öffnete ihm die Haustür.

Mit einem schadenfrohen Grinsen quittierte sie die Unfallnachricht und machte keinen Hehl aus ihrer Freude, dass es diese alte Töle, wie sie Kai nannte, erwischt hatte und das Gekläffe dieses grässlichen Köters sie nicht mehr nerve. Marie war ganz Marie, ihre Gehässigkeiten ergossen sich wie Gülle über Frank. Noch brachte er die Kraft auf, ihren Wortschwall zu ignorieren, sein Nervenkostüm in Räson zu halten. Er trug Kai mit hängenden Schultern in den Garten, wo er ihn begrub. Warum hatte die Baseballkappe nicht diese keifende Xanthippe erwischt, fragte er sich. Seine Stimmung schwankte zwischen Wut und Trauer.

Die Ereignisse der folgenden Nacht, das schwor er sich später, würden ewig sein Geheimnis bleiben.

Der Countdown begann spät abends, Frank wollte ins Bett gehen. Marie, betrunken, begann wieder ihre Häme über ihn auszuschütten, froh über den Tod des verhassten Hundes. Jetzt konnte er seine Wut nicht mehr zügeln. Es kam zu einem erbitterten Wortgefecht. Er prophezeite ihr, dass sie enden würde wie ihr versoffener Vater. Der Alkohol hatte ihn zerfressen und qualvoll sterben lassen.

Das war ein Blattschuss, Frank traf ihren wundesten Punkt. Maries Erinnerungen an ihren Vater waren verklärt, und sie vergötterte ihn. Es ging blitzschnell, sie rastete aus, sprang ihren Mann an und ihre Fingernägel gruben schmerzhafte Spuren in sein Gesicht. Blind vor Schmerz erwischte er sie am Hals und drückte zu. Lange genug. Ihr letzter Blick drückte Erstaunen aus. Mit dieser spontanen Gegenwehr hatte sie nicht gerechnet. Er hatte seine Frau wie ein giftiges Unkraut aus dem Leben gerissen. Er spürte kein Bedauern, so wenig wie ein jätender Gärtner.

Erschöpft hob Frank einen beim Kampf umgefallenen Stuhl auf, ließ sich kraftlos darauf fallen und starrte auf ihren leblosen Körper. Friedlich lag sie da. Nur ihr starrer Blick, aus dem alles Tückische verschwunden war, deutete auf ihren Tod hin. Er verschloss ihre Augen, unbeholfen, seine Geste wirkte liebevoll.

Hätte man ihn gefragt, wie lange er im Wohnzimmer gesessen und vor sich hin gestarrt habe, die Antwort wäre er schuldig geblieben. Bevor er ausgelaugt und todmüde ins Bett wankte – die Nacht war vorgedrungen, der Tag nicht mehr fern – suchte er im Kleiderschrank nach einem Schlafsack, einen aus dem kratzigen Nesselstoff, die man früher in den Jugendherbergen benutzen musste. Vor Einsetzen der Leichenstarre, sagte ihm sein kriminalistisches Halbwissen, wollte er ihren noch biegsamen Körper in dem Sack verschnüren und im Schlafzimmer ablegen.

Im Bett warf er sich schweißtriefend hin und her, von links nach rechts. Wirre Gedanken wimmelten wie Spinnen durchs Gehirn. In der Dunkelheit des Schlafzimmers wuchsen sich seine Ängste zu Ungeheuern aus. Für wenige Stunden, an Träume konnte er sich später nicht erinnern, übermannte ihn gnädig der Schlaf.

Das monotone Surren der Rollladenmotoren, die eine Zeitschaltuhr um 7 Uhr startete, holte Frank zurück in die entsetzliche Wirklichkeit. Sein Kraftspeicher hatte sich in der kurzen Schlafphase aufgeladen, Sonnenstrahlen zogen ihn aus dem klebrigen, dunklen Schlamm der schrecklichsten Nacht, an die er sich später erinnern konnte.

Der erste Tag ohne Marie. Das war sein erster Gedanke. Sein zweiter Gedanke war für seine Zukunft entscheidend, kein Mensch durfte jemals daran zweifeln, dass Marie ihn verlassen hatte, um ein Leben ohne ihn zu führen.

Er war ganz auf sich gestellt bei der Beseitigung der Leiche. Auf die Rundumbetreuung eines Bestatters und den tröstenden Klang meditativer Musik in besinnlichen Trauerräumen musste er verzichten.

Wo sollte Marie ruhen, fragte er sich? Neben Kai sollte sie nicht liegen, die beiden hatten sich nicht gemocht. Er wollte die Leiche weit weg, außerhalb der Stadt begraben. Umgehungsstraßen sind moderne Stadtmauern, noch trennte das breite Asphaltband der B 57 den Erkelenzer Stadtkern von den umliegenden Rüben- und Getreidefeldern.

Nach Matzerath, dem nächstgelegenen Dorf, führte ein bei Radlern beliebter Wirtschaftsweg. Ein Maisfeld war ihm kürzlich aufgefallen, eine Seltenheit im Erkelenzer Land. Mit der Ernte würde es noch eine Weile dauern, hatte er gehört, obwohl die Stauden mannshoch waren. In diesem Irrgarten konnte er Marie bestens verschwinden lassen.

In der kommenden Nacht sollte der Himmel wolkenlos sein, der abnehmende Vollmond würde die Felder gespenstisch in ein fahles Licht tauchen, passender hätte er es sich nicht wünschen können. Durch die Verbindungstür zwischen Haus und Garage trug er den Schlafsack mit Maries Leichnam und legte ihn neben Hacke, Spaten und Stablaterne im Kofferraum seines Opel Kadett ab.

War das vernünftig, was er tat? Ihm kamen Zweifel. Sollte er beim Graben des Loches gestört werden oder jemand würde das Auto und die Leiche im Kofferraum entdecken, käme er in Erklärungsnot. Zunächst musste er genügend Zeit haben, um das Loch zu graben. Die Leiche darin verschwinden zu lassen, das wäre in der zweiten Nacht schnell getan. Er trug den toten Körper zurück über die Schwelle ins Schlafzimmer. Ihn durchzuckte die Erinnerung. Damals, in ihrer Hochzeitsnacht, hatte er alles vermasselt. Er vergaß sie über die Schwelle zu tragen, das hatte sie ihm nie verziehen.

Kurz nach Mitternacht steuerte Frank seinen Wagen durch eine Stadt, aus der das Leben gewichen zu sein schien wie aus den Dörfern, die von den Braunkohlebaggern östlich von Erkelenz Jahr für Jahr verschlungen wurden. Nur die Shell-Tankstelle an der Kreuzung, an der er in die L 227 einbiegen musste, war erleuchtet. Kurz vor Matzerath fuhr er rechts in den Feldweg und entdeckte oberhalb der Vogelschutzhecke den geeigneten Platz, um seinen Wagen zu verstecken. Nachdem die Scheinwerfer erloschen waren, brauchten seine Augen einen Moment, um sich an die Dunkelheit zu gewöhnen.

Wie wenig Werkzeug nötig ist, um die sterblichen Überreste eines Menschen zu verbuddeln, verwunderte den Hobby-Totengräber, der mit Hacke und

Spaten im mannshohen Maisfeld verschwand. Zwischen den Pflanzenreihen war genügend Platz für die Größe des Lochs, das er benötigte. Es würde keine verräterischen Spuren durch umgeknickte Stauden geben. Die Sonne hatte den Boden knochenhart getrocknet. Frank war Gartenarbeit gewohnt, aber trotz nächtlicher Kühle tropfte sein Schweiß wie Wasser aus einem undichten Rohr. Ihm war klar, einen Meter tief musste er graben, nichts durfte im Herbst von den Pflugscharen an die Erdoberfläche gepflügt werden. Das wäre eine Katastrophe.

Bevor das erste Morgenlicht über die Dunkelheit der Nacht triumphierte, nahm Frank zum letzten Mal Maß, er war zufrieden und hoffte, dass das Grab nicht entdeckt würde, bevor er es nutzen konnte. Nun drängte die Zeit, denn erste Autos rauschten über die Landstraße, er musste verschwinden, bevor die Stadt erwachte. Niemand war auf dem Feldweg zu sehen, die Nummernschilder, die er vorausschauend abmontiert hatte, waren schnell angebracht und er verließ ohne Hast sein Versteck. Nun musste er wie ein Dieb in der Nacht unbemerkt in sein eigenes Haus schlüpfen. Als er die Haustür hinter sich schloss, war bei den Nachbarn noch kein Licht zu sehen und nirgendwo schlug ein Hund an. Sein nächtlicher Ausflug wurde nicht bemerkt, Glück gehabt.

Er lag erschöpft auf dem Bett und kam nach der anstrengenden und aufregenden Nacht langsam zu Kräften.

Das Glück begleitete ihn auch in der zweiten Nacht, in der er die Leiche endgültig entsorgte. Niemand hatte sich an der Grube zu schaffen gemacht. An ein Seil, um Marie hinunter zu lassen, hatte er nicht gedacht. Ihr Körper, der seinen Händen entglitt, schlug dumpf in der tiefen Grube auf. Makaber! Er tröstete sich mit dem Gedanken, dass sie nichts spürte. Die Zeit drängte, im Schutz der Dunkelheit schaufelte er den Aushub in die Grube zurück und stampfte die Erde Schicht für Schicht fest. Regen und Wind würden ihr Übriges tun, um jegliche Spuren seines nächtlichen Tuns zu verwischen.

Sein Nachbar Sebastian Wenger behandelte ihn verständnisvoll, als sie sich Tage später zufällig über den Weg liefen. Er fragte nach Marie. Frank, der nicht mehr gebückt ging unter dem Joch seiner zänkischen Frau, sah dem Blick seines Nachbarn an, dass er sich seine Frage bereits beantwortet hatte. Reisende soll man nicht aufhalten, bemerkte Wenger flapsig, und wechselte zu seinem Lieblingsthema, der Borussia. Er gehörte zu diesen sportlichen Fans, die in ihrem Leben niemals gekickt haben und trotzdem endlos fachsimpeln konnten.

Die Erinnerung an Maries Gezeter und ihr spurloses Verschwinden verblasste und geriet bei der Nachbarschaft in Vergessenheit. Polizeiliche Nachforschung? Wer sollte sie beauftragen, wenn es keine Freunde und Verwandten gab? Als er ihre persönlichen Habseligkeiten – Kleidung, Schmuck und was für seine Frau unentbehrlich war – beseitigt hatte, verlor die gestohlene Zeit an Maries Seite ihren Schrecken und verschwand hinter dem Schleier des Vergessens.

Frank hatte viel Lehrgeld gezahlt, von Frauen hielt er sich fern. Er lebte unauffällig und wurde wieder der Niemand, der, betrat er einen Raum, nicht mal bemerkt wurde, wenn er sich laut räusperte. Ihm gefiel das. Boris, ein Mischlingshund, den er aus dem Tierheim geholt hatte, war ein dankbarer und aufmerksamer Begleiter. Den Hund störte das rustikale Outfit seines Herrchens nicht. Ein Herz und eine Seele, beide genossen viele gemeinsame Jahre.

*

Hier könnte die Geschichte von Frank und Marie enden, wäre nicht der mysteriöse Tod von Frank gewesen. Kurz nachdem Boris sein Hundeleben ausgehaucht hatte, erlitt Frank einen schweren Schlaganfall. Er musste in ein Pflegeheim umziehen. Liebevoll kümmerten sich das Pflegepersonal und Waltraud Bruns von den Grünen Damen um ihn. Sie war eine pensionierte Lehrerin mit Helfersyndrom, deren Stimme das Timbre einer Märchentante hatte. Sie las dem kranken, behinderten Mann, der sich besonders für die Neuigkeiten aus seiner Heimatstadt interessierte, aus dem Lokalteil der Rheinischen Post vor.

Waltraud Bruns erzählte später, dass Frank eine seltsame Unruhe erfasste, als sie ihm über die Erschließungsarbeiten des Baugebiets Oerather Mühlenfeld zwischen Erkelenz und Matzerath berichtete. Die Presse schrieb über menschliche Knochen, die bei Ausschachtungsarbeiten ans Tageslicht befördert worden waren. Die Ergebnisse der gerichtsmedizinischen Untersuchungen dauerten an, schrieb der Reporter und lieferte eine weit in die Vergangenheit zurückreichende Chronologie ungeklärter Mordfälle.

Frank blieb unruhig, sein Zustand verschlechterte sich rapide. Die herbeigerufene Pflegeschwester alarmierte den Notarzt. Zufällig war ein Priester im Haus, der ihm vor Eintreffen des Arztes die Krankensalbung spendete. Sein seelsorgerischer Zuspruch, im Himmel mit den lieben Verstorbenen vereint zu werden, schien Frank mehr zu schrecken als zu trösten. Der Notarzt kam zu spät.

Helmut Wichlatz

Mein ist die Rache

Rücksichtslos schob sich der bullige Mittvierziger durch die Menge. Beim Karlsfest quoll Palenberg auch nachts wieder vor Besuchern über. Seine Jagdsaison war eröffnet. Im Gedränge auf der Kirchstraße pflügte er voran und würde sicher bald jemanden finden, den er gnadenlos fertigmachen könnte. Danach war ihm heute, an seinem Geburtstag. Es war Jupp Miesbachs Hobby, war seine Bestimmung und alles, worum es ihm ging: Leute fertigmachen und sich an ihrer Angst laben, bevor er sie aufmischte. Die Vorstrafen, die er sich dafür schon eingehandelt hatte, betrachtete er als Auszeichnungen. Wenn man sonst schon nichts aufzuweisen hat, dann wenigstens das. Ah, in der Menge sah er zwei Jungs, wohl Holländer – denen kann man immer eins mitgeben, den Käsköppen. Sie kamen direkt auf ihn zu, lachend und ausgelassen, Holländer eben. Die sollten es sein. Er nahm Kurs auf sie und spielte sein altes Spiel. Anrempeln, empört sein, die Entschuldigungen falsch verstehen, hochschaukeln und dann zuschlagen. Etwas nachlassen, Hoffnung aufkommen und es dann erst so richtig krachen lassen. Die beiden hatten keine Chance. Von den Passanten half keiner – wie immer. Man machte einen Bogen um die Szene und wollte nicht reingezogen werden. Den ersten Holländer streckte er mit einem gezielten Faustschlag nieder, der zweite wollte sich sogar noch wehren, umso besser. Dann lagen beide am Boden. Miesbach gönnte ihnen noch ein paar gezielte Tritte in die Rippen, bevor er endlich von ihnen abließ. Er schaute sich auffordernd um. Sollte doch jemand eingreifen, wenn er den Mut dazu hatte. Aber er kannte diese Spießer, von denen würde keiner für einen anderen eintreten, wenn er sich dabei selbst in Gefahr bringen könnte. Aus sicherer Entfernung erntete er ein paar empörte Blicke, aber die waren ihm egal. Sollten sie doch die Bullen schicken. Seine letzte Bewährung war frisch abgelaufen, und so konnte er auftrumpfen, bis er wieder vor dem Kadi landen würde. Er setzte seinen Weg zur Karlskapelle fort, wo angeblich eine Überraschung auf ihn wartete. So stand es zumindest auf dem Zettel, der morgens an seiner Haustür geklebt hatte. Kurz nach Mitternacht, er lag gut in der Zeit. Als er um die Ecke bog und sich von Licht und Menschen entfernte, hörte er die Stimme: „He, Jupp!" Er drehte sich um und kniff die Augen zusammen. Dann sah er die Gestalt, die sich langsam aus dem Schatten löste und auf ihn zukam. „Ach, schau an. Was willst du Pfeife denn von mir?", stieß er höhnisch aus. Dann riss er die Augen auf, das blitzende Schwert war das Letzte, was Jupp Miesbach in seinem Leben sehen würde.

*

„Na, endlich hat's Miesbach erwischt", sagte Breitscheidt, wandte den Blick von dem Toten ab und grinste seinen älteren Kollegen breit an. „Der war wirklich wie ein Geschwür am Arsch. Für den Anblick stehe ich sogar in aller Herrgottsfrühe auf, oder?"

„Stimmt. Trotzdem würde ich gerne wissen, wem wir das hier zu verdanken haben, dass er so fachmännisch ausgeweidet wurde", murmelte Hauptkommissar Bernd Meier und schaute seinen Kollegen nachdenklich an. „Ich seh schon wieder die

Schlagzeilen vom …"

„Racheengel von Übach!", vollendete Staatsanwalt Schäfer die Unterhaltung der beiden Ermittler und drängelte sich von hinten zwischen sie. Er sah die Reste Miesbachs, würgte kurz und drehte sich dann um. Der ehemalige Schrecken des Grenzlandes gab kein schönes Bild ab, wie er da ausgestreckt in einer riesigen Blutlache und einigen Innereien vor ihnen lag. Doch Schäfer fand seine Fassung schnell wieder. „Was glauben Sie eigentlich, wie die Presse sich auf diese Sauerei draufstürzen wird? Und womit? Mit Recht! Weil Sie nicht in der Lage sind, diesem selbsternannten Rächer Einhalt zu gebieten! Wissen Sie, was an den Stammtischen erzählt wird?"

„Die Stammtische sind mir herzlich egal", entgegnete Meier.

„Ihnen vielleicht! Aber mir nicht – denn ich will schnell befördert werden und hier wegkommen, und das geht nur, wenn ICH Erfolge aufweisen kann, was diesen … diesen ... Racheengel betrifft. Acht Morde in den letzten Monaten! ACHT Morde an Gestalten, die wir seit langem auf der Liste hatten. Das ist eine Ohrfeige für die Polizei. Und außerdem ist das Gift für den Tourismus. Also will ich Ergebnisse, sonst gehen Sie vorzeitig in Ruhestand, verstanden?" Mit dieser Drohung ließ der Staatsanwalt sie zurück und stampfte davon.

„Mann, geht der mir auf den Sack", murmelte Breitscheidt und schaute der zweibeinigen Dampfwalze nach. „Du hast es gut, du könntest ja wirklich schon in Ruhestand, bei deinem Alter. Ich hab noch mindestens 15 Jahre mit diesem Arsch vor mir." Kollege Meier war, wie so oft in der letzten Zeit, seit der Racheengel mit seinem Feldzug begonnen hatte, wieder in seine Gedanken vertieft und schien ihn nicht zu hören. Breitscheidt beobachtete seinen Kollegen und schloss sich innerlich der Auffassung des Staatsanwaltes an, dass Meier seine besten Zeiten hinter sich habe und besser in den Ruhestand versetzt werden sollte.

*

Zufrieden strich er in der Garage seines Hauses mit dem Baumwolllappen über die Stahlklinge seines Schwertes. Schön sauber sollte sie sein für den nächsten Einsatz. Es war ja so einfach, wenn man das Recht erst einmal in seine eigenen Hände genommen hatte. Kein Mitleid und keine Reue empfand er gegenüber seinen Opfern. Sie hatten es alle verdient. Beim ersten Einsatz vor vier Monaten hatte er sich noch etwas schwer getan. Schließlich war es nicht so einfach, einen Menschen förmlich in seine Einzelteile zu zerlegen, vor allem, wenn der anfangs noch zappelte und sich wehrte. Doch dann fügten sie sich alle in ihr Schicksal, hielten Einkehr und bereuten. Im Gegensatz zu ihm. Er hatte nichts zu bereuen. Denn einer musste es ja tun. Gottes Werk verrichten. Und warum sollte nicht er derjenige sein, der Gerechtigkeit walten ließ? Die Justiz war zu schwach und durch immer neue Gesetze und Vorgaben zur Humanität verdammt. Nein, es war besser so. Einen hatte er noch auf seiner Todesliste stehen, dann war sein Werk vollbracht. Vielleicht würden dann seine Kopfschmerzen und die Alpträume aufhören, die ihn seit Jahren beinahe jede Nacht quälten. Die Namen für seine Liste waren ihm in eben diesen Träumen erschienen. Ein Fingerzeig Gottes, dachte er und lächelte. Und mich hat er zu seinem Engel gemacht. Seinem Racheengel.

*

Drago Kronkowicz, genannt Kronk, konnte nicht glauben, was gerade passierte. Er stand mit dem Rücken zum Mölke-Denkmal, das an eine alte Mühle erinnerte, die dort einmal am Übach gestanden hatte, bewegungslos wie ein Hase, der auf das herannahende Auto starrte, und schaute auf die scharfe Spitze des Schwertes, die auf seine Brust gerichtet war. Der Mann am anderen Ende der Klinge war in der Dunkelheit nicht zu erkennen. Doch etwas an ihm kam Kronk bekannt vor.

„Was soll das, Mann?", stammelte er. „Was habe ich dir getan?" Er wusste es wirklich nicht. Schließlich konnte er sich nicht alle merken, die er in den letzten Monaten mit seiner Betrugsnummer abgezogen hatte. Sichere Investitionen im Ausland mit hoher Rendite und Möglichkeit zur diskreten Geldwäsche, so lautete die Zauberformel, auf die die Leute nur zu gerne reinfielen. Die Polizei konnte ihm nichts anhängen und eigentlich wäre er schon auf dem Weg nach Kroatien, wenn da nicht dieser Anruf gewesen wäre. Ob er noch Interesse an einem guten Geschäft hätte und ob man sich gegen elf am Mölke-Denkmal treffen könnte. Es würde sein letztes Treffen sein. Mit diesem letzten klaren Gedanken versank sein Bewusstsein in betäubendem Schmerz. Sein Sterben dauerte nur wenige Sekunden, das anschließende Zubereiten der Leiche länger. Schließlich sollte er gut aussehen, wenn man ihn morgen finden würde. Zum Glück hatte der Racheengel darin schon Übung.

*

Wieder standen Meier und Breitscheidt in aller Herrgottsfrühe am Rathausplatz in Übach und schauten sich am Denkmal ein unappetitliches Bild von etwas an, das einmal ein Mensch gewesen war. Der Mitarbeiter der Straßenreinigung, der ihn gegen sieben Uhr gefunden hatte, hockte einige Meter weit entfernt und kotzte sich unter der Aufsicht eines Sanitäters die Seele aus dem Leib. Breitscheidt warf ihm einen angewiderten Blick zu. „Was mag der alles gefrühstückt haben, dass da immer noch was rauskommt?", murmelte er und schaute Meier an.

„Wenn mich nicht alles täuscht, ist das Kronkowicz", erwiderte Meier und ging nicht weiter auf die Bemerkung seines Kollegen ein. „Zumindest das, was von ihm übrig ist. Immerhin …"

„Immerhin was?", fragte Breitscheidt irritiert.

„Immerhin hatte er ein Herz", antwortete Meier und deutete mit der Fußspitze auf den blutigen Klumpen, der gleich neben dem Friedensdenkmal lag. „Hätte ich ihm nicht zugetraut." Er verzog den Mund zu einem schiefen Grinsen.

Breitscheidt wollte gerade etwas erwidern, als er erschrocken zusammenfuhr. „Verdammt, da kommt Schäfer", sagte er und trat einen Schritt zur Seite. Bei dem Tempo, das der Staatsanwalt drauf hatte, war es besser, nicht im Weg zu stehen.

„Ah, die Herren Ermittler!", begrüßte er sie mit ironischem Tonfall. „Und haben Sie schon Vermutungen bezüglich Ihres Racheengels? Na?!" Angriffslustig funkelte er sie abwechselnd an.

„Ja, äh, ich …", setzte Breitscheidt an, als Meier ihm das Wort abschnitt. „Von dem werden wir sicher lange Zeit nichts mehr hören", antwortete er mit fester Stimme und fixierte seinen Vorgesetzten.

Schäfer und Breitscheidt starrten ihn verwirrt an.

„Ach, und woher wollen Sie das wissen, Herr Meier?", fragte Schäfer, der sich als erster wieder gefangen hatte. „Würden Sie uns mitteilen, woher Sie diese Information haben?"

„Ich habe es geträumt", antwortete Meier und lächelte. „Gestern Nacht habe ich es geträumt."

„Ge ...", setzte Schäfer an.

„... träumt, jawohl. Und wissen Sie was? Ich wette um meinen Job mit Ihnen. Wenn der Racheengel noch einmal zuschlägt, können Sie mich in den Ruhestand schicken oder wohin Sie auch wollen."

„Und wenn nicht?", fragte der Staatsanwalt verwirrt.

„Wenn nicht, dann lassen Sie uns endlich unsere Arbeit machen, wie wir es für richtig halten, und mischen sich nur ein, wenn es etwas für die Presse zu erzählen gibt. Einverstanden?"

Mit diesen Worten drehte er sich um und verließ den Tatort. Die Morgensonne verlieh seinem Schatten lange schwarze Flügel.

Mechthild M. Gödecke

Der Tod ist keine Lösung

Alles lief wie am Schnürchen! Die von ihm selbst alarmierten Rettungskräfte waren unverrichteter Dinge wieder abgezogen. Stattdessen verwüstete nun die Spurensicherung der Kripo Heinsberg sein Haus. In der sonst so ruhigen Seitenstraße in Oberbruch hatte sich ein ganzer Fuhrpark von Polizeiautos angesammelt, und jetzt gesellte sich auch noch der Leichenwagen der Gerichtsmedizin dazu. Doch bis die sterblichen Überreste zum Abtransport freigegeben wurden, verging noch eine kleine Ewigkeit.

Endlich! Klaus Richter wischte sich noch einmal über die stark geröteten Augen und strubbelte mit einer fahrigen Geste durch sein volles Haar, bevor er die Haustür mit einem dankbar-hilflosen, aber misslungenen Versuch eines Lächelns hinter dem letzten Polizeibeamten schloss. Mit bedächtigen, unsicheren Schritten ging er in das durchwühlte Wohnzimmer und zog die Tür hinter sich zu. Dann zählte er langsam bis 20 und lauschte dabei auf die gedämpften Geräusche der abrückenden Fahrzeuge. Erst als er sicher sein konnte, dass niemand ihn hörte, stieß er einen lauten Schrei aus und lachte dann schallend los.

Der frischgebackene Witwer atmete tief ein und erinnerte sich dann an den Ratschlag des Notarztes, nachdem er die Einnahme eines Sedativums abgelehnt hatte – ein Glas Rotwein würde die angespannten Nerven ebenfalls beruhigen und ihm vielleicht zu etwas Schlaf verhelfen. Gute Idee!

Zur Feier des Tages holte er die beste Flasche seines geliebten Riojas aus dem Weinklimaschrank.

Mit einem zufriedenen Seufzer machte er es sich auf dem Sofa bequem und ließ die vergangenen Wochen, die ihren krönenden Abschluss im Ableben seiner Angetrauten gefunden hatten, vor seinem geistigen Auge Revue passieren.

Der Gedanke, dem gegebenen Versprechen „Bis dass der Tod Euch scheidet" ein wenig nachzuhelfen, war dem 52-jährigen Verkaufsleiter eines mittelständischen Unternehmens, das seinen Sitz in Neuss hatte, während einer seiner täglichen Fahrten zur Arbeit gekommen. Aber was heißt „Fahrt"? Es war ja eher ein zur Arbeit stehen auf der A 46. Spätestens auf Höhe des Rasthofes Vierwinden stockte der Verkehr. An diesem Morgen hatte der Nachrichtensprecher auf WDR 2 nur noch alle Staus ab sechs Kilometer Länge genannt. „A 46 Heinsberg Richtung Düsseldorf zwischen Jüchen und Neuss-West – zehn Kilometer nach einem Unfall auf der A 57." Als diese Meldung kam, hatte Klaus gerade das Kreuz Wanlo hinter sich gelassen, so dass es jetzt kaum noch sinnvolle Umgehungsmöglichkeiten gab. „Der Tag fängt ja schon gut an", dachte er. „Erst das Rumgezicke von Iris und jetzt das ..." Weshalb seine Frau an diesem Morgen entgegen ihrer Gewohnheit schon aufgestanden war, bevor er das Haus verlassen hatte, war ihm noch immer nicht klar. „Wahrscheinlich senile Bettflucht", brummte er vor sich hin. Und was sollte diese Frage nach der Lebensversicherung, die sie vor Ewigkeiten abgeschlossen hatten? Aber es war müßig darüber nachzudenken. Er hatte bereits vor langer Zeit aufgehört zu versuchen, den Gedankengängen seiner Angetrauten zu folgen.

„Das scheint einer dieser Tage zu werden, an denen ich besser im Bett geblieben wäre", mutmaßte

Klaus – und sollte damit Recht behalten. Die nächsten Stunden wurde er nur mit Angelegenheiten belagert, die nicht zu seinen Kernkompetenzen gehörten, die aber auch nicht ausgesessen werden konnten. Sein wichtigster Kunde machte ihm die Hölle heiß wegen einer angeblichen Qualitätsreklamation – dabei war Richter sicher, dass es sich um einen Anwendungsfehler handelte. Der Hauptredner für die Jahrestagung in der kommenden Woche hatte aus gesundheitlichen Gründen abgesagt und die Vertretung seiner Sekretärin war nicht in der Lage, Hotelbuchungen vorzunehmen.

Nach elf aufreibenden, aber äußerst ineffizienten Stunden machte er sich auf den Heimweg. Aber weder die freie Autobahn noch die Aussicht auf den Feierabend konnten seine Stimmung heben. Vor seinem inneren Auge sah er das inzwischen gewohnte Bild zu Hause: Iris würde im schlabbrigen Jogginganzug entweder am PC sitzen oder sich geräuschvoll durch das gesamte Spektrum der Regenbogenpresse blättern. Die hirnlosen, aber von ihr heißgeliebten Daily-Reality-Shows wurden um diese Uhrzeit nicht mehr ausgestrahlt. Ihre schon vor Jahren angenommene Marotte, zum Umblättern einen dieser altmodisch anmutenden Fingeranfeuchter zu benutzen, machte ihn rasend und bei dem bloßen Gedanken daran hörte er schon das Blut in seinen Ohren rauschen. Er konnte sich nicht erinnern, wann sie ihn das letzte Mal in einem Outfit begrüßt hatte, das im Büroalltag wenigstens als „casual" durchgegangen wäre. So viel Wert sie auf ihr Äußeres legte, wenn sie das Haus verließ, so egal war es ihr, wenn „nur" er sie zu Gesicht bekam. Im Laufe der vergangenen Jahrzehnte hatten sie sich gründlich auseinandergelebt. An guten Tagen lebten sie einfach aneinander vorbei und wechselten in trauter Zwietracht kaum ein Wort miteinander. Aber solche Zeiten waren selten. Meistens fing ihre Nörgelei mit seinem Eintreten an und hörte nicht mehr auf, bis sie einschlief. „Warum hast du den Müll heute Morgen nicht mit rausgenommen? Du solltest doch auf dem Heimweg noch am Supermarkt anhalten. Deine Socken lagen mal wieder auf dem Boden. Ich bin doch nicht dein Kindermädchen …" Nein, neben ihren ausgedehnten Shopping-Touren im Internet, dem eng getakteten nachmittäglichen Fernsehprogramm und den regelmäßigen Kaffeekränzchen blieb in der Tat keine Zeit mehr für den Haushalt. Sie saß wie die Made im Speck im von ihm geschaffenen Heim, ohne irgendeinen Beitrag zu leisten, der Klaus einen Anhaltspunkt dafür geliefert hätte, weshalb es ihm mit ihr besser ging als ohne. Seine Ermunterungen, sich nach nicht erfülltem Kinderwunsch wenigstens eine Teilzeitbeschäftigung zu suchen, hatte sie konsequent ignoriert. Erst hatte sie den Haushalt vorgeschoben, den immensen Zeitaufwand, der bei der Pflege des Gartens und der nachbarschaftlichen Beziehungen entstand. Schließlich hatte sie die regelmäßige neu Aus- und Einrichtung des trauten Heims zu ihrem Steckenpferd erklärt. Offensichtlich war sie der Meinung, eine Grundrenovierung alle drei bis fünf Jahre mache profane Tätigkeiten wie Putzen absolut überflüssig. Um der langsam aber sicher fortschreitenden Verwahrlosung des ursprünglich schmucken Eigenheims entgegenzuwirken, bezahlte Klaus inzwischen eine Haushaltshilfe, die alle üblichen Arbeiten übernahm, die er eigentlich im zumutbaren Bereich für Iris sah. Dazu kamen ein Gärtner und alle paar Wochen ein Fensterputzer. Als er sich diese Tatsachen an diesem Tag in aller Klarheit vergegenwärtigte und die damit verbundenen Kosten grob zusammenzählte, kam er auf einen Posten, den er in Zukunft einsparen wollte: Iris.

Klaus hatte es so satt. Seine Sehnsucht nach einem friedlichen Zuhause wurde ihm an diesem Tag zum ersten Mal bewusst. Von da an ließ ihn der Gedanke nicht mehr los, sich diesen Traum zu erfüllen. Er fing an, im Internet zu recherchieren. Und es dauerte nicht lange, bis er auf das Bild einer Pflanze stieß, die ihm aus dem eigenen Garten bekannt vorkam. Mit wachsendem Interesse las er: „Der Blaue Eisenhut ist eine wunderschöne, mehrjährige Pflanze, die ihren Namen wegen der tiefblauen Blüten trägt. Sie gilt als die wirksamste heimische Giftpflanze, die in allen Teilen Alkaloid Akonitin enthält – eine Substanz, die stärker wirkt als Strychnin."

„Hochinteressant!", befand er.

In diesem Sommer verbrachte Klaus mehr Zeit als gewöhnlich im Garten. Voller Ungeduld wartete er auf die Blütezeit des Eisenhuts, und als es endlich so weit war, hatte er sich ausreichend Informationen beschafft, wie das Gift am besten und für ihn ungefährlichsten aus der Pflanze extrahiert werden konnte. Kopfzerbrechen hatte ihm gemacht, wie er es Iris verabreichen könnte. Die zündende Idee kam ihm, als er las, dass das Gift auch schon durch Berührung mit der Haut aufgenommen wird. Er konnte sich ein Grinsen nicht verkneifen, als er den Fingerbefeuchter mit dem Pflanzenextrakt tränkte. Gut, dadurch wurde es für ihn schlechter kalkulierbar, wann sich der Erfolg seiner Bemühungen einstellen würde. Dafür würde seine Überraschung gegenüber der Polizei dann hoffentlich umso echter wirken. Außerdem erhöhte das den Reiz. Jeden Abend, spätestens wenn er die Autobahn an der Ausfahrt Dremmen verließ, spürte er dieses erwartungsvolle Kribbeln in der Magengegend, das zunehmend stärker wurde, wenn er den Kreisverkehr Richtung Oberbruch verließ, dann links abbog und schließlich vor seinem Haus ankam. Einmal fiel ihm vor lauter Aufregung sogar der Schlüssel aus der Hand. Nur schwer konnte er seine Enttäuschung verbergen, wenn seine Frau ihn lebendig wie eh und je zur Begrüßung anzickte. Schon begann er zu zweifeln, ob die Pflanze im Garten tatsächlich Eisenhut war. Und dann, ausgerechnet an diesem schönen Spätsommerabend, dem Tag ihrer Silberhochzeit, fand er Iris leblos zu Hause vor. Nachdem er sich im Rahmen seiner Möglichkeiten überzeugt hatte, dass sein Plagegeist tot war, tauschte er noch schnell den Fingerbefeuchter aus und alarmierte dann den Rettungsdienst.

Nun konnte sein neues, friedliches Leben beginnen!

Die Aufregung hatte ihn hungrig gemacht und er nahm wenig hoffnungsvoll den Inhalt des Kühlschranks in Augenschein. Doch was sah er da? Iris hatte doch tatsächlich seine geliebte Quarkspeise mit frischen Beeren zubereitet. Eine große Schüssel lachte ihn an! Wie lange war es her, dass sie etwas so Nettes für ihn getan hatte? Er war ehrlich überrascht und fast regte sich so etwas wie ein schlechtes Gewissen in ihm. Aber nur fast. Dieser Anflug von Gefühlsduselei war so schnell vorbei, wie er gekommen war, und dann ließ sich der Hinterbliebene das Dessert schmecken.

Anschließend lauschte er noch wohlig der himmlischen Stille und begab sich endlich ins Bett.

Aber obwohl er von dem hervorragenden Rotwein nicht nur ein Glas genossen hatte, wollte sich kein ruhiger Schlaf einstellen. Statt müde zu werden, wurde Klaus Richter zunehmend unruhiger, verbunden mit einer sich immer weiter ausbreitenden Euphorie. Er schrie und lachte gleichzeitig, fühlte sich großartig, stark und unbesiegbar. Beinahe wäre er auf das Fensterbrett geklettert, weil er überzeugt war, fliegen zu können. Als in ihm langsam die Erkenntnis dämmerte, dass dieser Zustand nicht allein auf die durch den Mord an seiner Frau freigesetzten Glückshormone zurückzuführen sein konnte, hatten die im Beerendessert enthaltenen Tollkirschen ihre Wirkung bereits unumkehrbar entfaltet.

Elke Wenk

Shades of Blue

Haben Sie sich eigentlich einmal gefragt, wie ein Mensch zu einem Mörder werden kann?

Könnten Sie jemanden bewusst und kaltblütig umbringen? „Nein", werden Sie sicherlich empört erwidern.

Vielleicht schauen Sie mich jetzt ungläubig an und denken, wie kann so eine nette, freundliche Mittfünfzigerin nur auf solche dunklen und abstrusen Gedanken kommen?

Schauen Sie mir in meine grau-blauen Augen. Würden Sie mich für abnorm halten oder könnte ich gar eine Serienmörderin sein? Nein?

Ich habe mich immer gewundert, wie aus einem Durchschnittsbürger ein Killer werden kann. Hätte Stein und Bein darauf geschworen, dass ich „nie und nimmer" zu einem Mord fähig wäre. Doch das Schicksal erteilte mir eine Lektion in blau. Ich gestehe: Ich bin schuldig!

Alles fing vor 35 Jahren im beschaulichen Selfkant an, genauer gesagt komme ich ursprünglich aus dem beschaulichen Saeffelen. Ich studierte Textildesign an der Fachhochschule Niederrhein und jobbte, wegen schnöder menschlicher Bedürfnisse, in der Discothek Himmerich. Leider gehörte ich nicht zu der privilegierten „Papas süße Lieblingsprinzessinnen"-Kategorie. Ich musste arbeiten.

Dort lernte ich auch meinen Paul kennen und lieben. Paulchen war ein 1,90 großer, dunkelhaariger Adonis. Weiße Zähne blitzten bei seinem jungenhaften, verschmitzten Lächeln, und kornblumenblaue Augen pusteten meine sittenstrengen moralischen Ansichten wie weiße Schönwetterwölkchen hinweg. Ich schmolz damals dahin, wie heutzutage die grau-blauen Polarkappen durch die globale Erderwärmung.

Der hellblaue Himmel und die strahlende Maisonne lachten auf uns herab, als wir uns zwei Jahre später in Haus Spiess in Erkelenz das Jawort gaben.

Alles war zuerst in das schönste Vergissmeinnichtblau getaucht, die Geburt unserer drei Kinder, der Nestbau und unser Haus am Schulring in Erkelenz. Doch mit der Zeit veränderte sich alles.

Das liebevolle, leuchtende Kornblumenblau schien mit jedem Tag mehr zu verblassen.

Ein Grau-Blau durchzog unseren Alltag. Wir regelten alles einvernehmlich und routiniert. Keine Besonderheiten, aber ein normaler, leider unverfänglicher Umgang war uns nach 33 Ehejahren geblieben.

Bis zu diesem Tag vor sieben Monaten, der meine Weltanschauung, mein heiles Nest und mein Selbstbild auf den Kopf stellte. Oder besser ausgedrückt, in tausend schwarzblaue Splitter zerschlug.

Da unsere Kinder teilweise verheiratet waren, beziehungsweise noch studierten und nur gelegentlich vorbeischauten, um den mütterlichen Wäschevollservice zu nutzen, suchten wir uns unsere Eckchen im Leben, um nicht über die allgemeine taubengrau-blaue Grundstimmung sinnieren zu müssen.

Ich bestrickte alle, die sich nicht gegen meinen Wollvirus wehren konnten, und mein Göttergatte wurde zum Pflanzenflüsterer. Sein erstaunliches Wissen, gepaart mit einem grünen Daumen, ließen ihn in der Nachbarschaft zu einem gefragten Experten heranreifen. Jeder, der irgendwelche Pflanzenprobleme hatte, pilgerte zu uns und mein „Altarsgeschenk" verließ eilends unser Heim als Pflanzen-Task-Force. Meist sah ich ihn dann erst spätabends wieder. Anfangs berichtete er mir noch von seinen Rettungsaktionen ... später nicht mehr. Mit all den Entwicklungen hätte ich anders umgehen müssen, denn so verschwand der letzte Rest Blau aus unserem gemeinsamen Leben, es war nur noch grau ...

Nein, das war nicht der Auslöser für den Mord.

Meine Akribie, mit der ich vor der Wäsche alle Taschen leerte, legte das Fundament für seinen Grabstein.

Der Auslöser war ein Tablettenblister, aus dem drei Tabletten fehlten. Die letzte Tablette leuchtete mir in Kobaltblau entgegen und ein Kobold, der auf meiner Schulter saß, schien mir höhnisch ins Ohr zu lachen. Übelkeit überfiel mich und ich übergab mich. Das war also das Ende unserer Ehe.

Dieses Blau signalisierte mir den momentanen Beziehungsstand unserer Ehe. Rabenschwarz. Kein Nachtblau mehr! Paul betrog mich. In unserer Zweckgemeinschaft hatte er sich, außer um Pflanzen, auch um jemand anderen gekümmert. Aber um wen? Und seinen Bluthochdruck und den leichten Herzinfarkt vor Jahren schien er zu ignorieren.

Nach drei Stunden im Bad wankte ich zurück in den Keller, legte die Tablette zurück in seine Hosentasche und platzierte die Hose im Schlafzimmer. Herausfinden, mit wem er turtelte, war die Devise und dann ...

Aber mir war zu diesem Zeitpunkt nicht klar, dass alles auf Mord hinauslief.

Mein Herz war eine durchpürierte Masse, die aus mir heraussickerte. Wie konnte er nur!

Trotz meines Gemütszustandes ließ ich mir nichts

anmerken und überwachte ihn. Die Nachbarn gaben mir arglos Auskunft, dass mein Paul jetzt oft bei der alleinerziehenden Andrea Schiblonsky, 31, langbeinig, blond, Typ „hilfloses Weibchen", den Garten wie ein tollwütiger Maulwurf umgrub. Das natürlich mit seinen Herzproblemen.

Frau Schiblonsky wünschte ich die Pest an den Hals oder einen Herzinfarkt oder einen Schlaganfall oder, oder, oder…

Egal! Das gleiche Schicksal sollte auch Paul treffen, nur zehnmal schlimmer.

Man sollte vorsichtig sein mit dem, was man sich wünscht, denn zwei Tage später kam Paul mit hochrotem Kopf und total verschwitzt nach Hause. Er legte sich auf unser Sofa und klagte über Enge in der Brust.

War das wieder ein Infarkt? Dieses Mal hatte ich es nicht eilig den Notarzt zu rufen.

„Alles in Ordnung, Schatz? Hast du dich etwas verausgabt in Frau Schiblonskys Garten?", befragte ich ihn sanft.

Seine Augen weiteten sich und er schaute vorsichtig fragend.

„Meinst du, ich sollte den Notarzt verständigen? Du solltest dich nicht immer so verausgaben. Du denkst nie an dein Herz", oder an meines, setzte ich in Gedanken dazu.

Paul stöhnte auf, griff sich an die Brust und flüsterte: „Das ist Ernst. Ruf an! Hol mein Nitrospray und gib mir drei Hübe!"

Aus dem Medikamentenschrank holte ich sein Spray und gab es ihm. Mit dem Handy rief ich, regelrecht entspannt, den Rettungsdienst an.

Der Notarzt und der Rettungswagen waren in nur acht Minuten bei uns am Schulring.

Der Arzt und die Sanitäter stürmten herein und stellten die üblichen Fragen nach Medikation und Vorerkrankungen. Sie legten ein EKG an. Paul lallte schon fast, dass er schon Nitrolingualspray genommen hätte und das hätte ihm dieses Mal nicht geholfen!

Notarzt und Sanitäter arbeiten konzentriert und professionell.

„Haben Sie in den letzten Stunden potenzsteigernde Mittel wie Viagra oder ähnliches genommen?", fragte der Arzt routiniert.

Pauls gehetzter Blick wanderte zu mir und er hauchte: „Nein, natürlich nicht!" Dann wurden seine Augen starr.

Der Notarzt schrie mich an, während er die Reanimation einleitete: „Wirklich nicht?"

„Nein! Noch nie!", kam es mir über die Lippen und ich dachte: „Jedenfalls nicht mit mir". Ich beobachtete alles wie durch Watte.

Nach 35 Minuten Reanimation gaben sie auf.

Paul war tot. Ich hatte ihn umgebracht!

Deshalb sollten Sie niemals „Nie" sagen!

Blau … Diese Farbe werde ich für immer mit dem Mord an meinem Mann assoziieren.

Clemens Hardmann

Küsternebel

Praeludium
Für die Welt bist du irgendjemand, für irgendje-
mand bist du die Welt. Das hatte sie ihm in ihrem
ersten Brief geschrieben. Dieser Spruch war be-
stimmt irgendwo abgekupfert, er wusste nicht wo.
Und es war ihm mittlerweile egal. Die Welt dreht
sich. Auch ein Zitat. Und sie dreht sich immer
schneller. Diese Erfahrung hatte er gemacht. Eine
bittere Erfahrung.

Freitag, 18. April 1963
Die Glocken der Hauptpfarrkirche in Mönchengladbach stimmten ein festliches Geläut an und alle
Menschen, die dem Auferstehungsamt beigewohnt
hatten, erhoben sich von ihren Plätzen und streb-
ten dem Ausgang zu. Dort warteten bereits die Trä-
ger auf den Sarg mit der Leiche von Dechant
Schmitz, der drei Tage zuvor einem Krebsleiden er-
legen war. Schmitz war ein beliebter Hirte gewesen. Und so wollten sich viele Gläubige von ihm
verabschieden. Selbst der Bischof war aus Aachen
angereist und hatte das Requiem zelebriert.
Wenn es nach Küster Hennekes gegangen wäre,
hätte das nicht unbedingt sein müssen. Er nahm
seine Arbeit ernst und ein Bischofsbesuch bereitete
immer sehr viel Mühe. Er war gerade dabei, die
Messgewänder zusammenzulegen und wieder im
Schrank zu verstauen, als er eine Hand auf seiner
Schulter verspürte. „Na Hennekes, endlich kehrt
wieder Ruhe ein, nicht wahr?" Diakon Vieten stand
hinter ihm und lächelte ihn an. „Sie mögen den Tru-
bel doch ebenso wenig wie ich."

„Stimmt", entgegnete Hennekes. „Solche Menschenmengen sind nichts für mich." Er zögerte einen Moment, dann fuhr er fort: „Und nach Beerdigungen ist mir momentan auch nicht zumute."

„Verständlich, haben Sie denn noch immer nichts von Ihrer Frau gehört?"

„Nein, Herr Diakon, leider nicht. Sie ist wie vom Erdboden verschwunden, seit beinahe drei Monaten. Die Polizei steht vor einem Rätsel." Küster Hennekes machte rasch einige Schritte nach hinten, verbeugte sich und verschwand im Nebenraum. Diakon Vieten blickte ihm mit sorgenvoller Miene nach.

Drei Monate zuvor (Sonntag, 27. Januar 1963)

Die Polizeibeamten waren nicht begeistert, kurz vor Mitternacht noch eine Vermisstenmeldung auf den Tisch zu bekommen. Der Küster der Pfarrkirche hatte in aufgelöstem Zustand gemeldet, dass seine Frau immer noch nicht von ihrem Spaziergang zurückgekehrt sei. Die Beamten wollten ihn auf den nächsten Tag vertrösten. Doch Hennekes ließ sich nicht beirren. Er beharrte auf der Aufnahme eines Protokolls.

Dies war der Beginn der Suche nach Elisabeth Hennekes.

Dienstag, 22. April 1963

Noch immer gab es keine Spur von der vermissten Küstersfrau. Wie an jedem Morgen begab sich Hennekes kurz vor sechs in die Kirche, um die Glocken für die Frühmesse zu läuten. Die Gewänder für den neuen Pfarrer hatte er schon am Vorabend bereitgelegt. Dann konnte er morgens wenigstens ein bisschen länger schlafen. Bei dem Neuen musste man vorsichtig sein. Er nahm alles, was den Kirchendienst betraf, sehr ernst. Und er wollte alles ganz genau wissen. Erst gestern hatte er den Kirchenkeller besichtigt. Und er war wenig begeistert gewesen. „Das Gerümpel hat hier aber nichts zu suchen", waren seine Worte. Dabei hatte er auf ein Beil und andere rostige Werkzeuge gezeigt, die in einer Ecke lagen. Und schon hatte Hennekes eine Sonderaufgabe erhalten.

Nach der Frühmesse beeilte Hennekes sich. Er hatte eine Einladung vom Vorsitzenden des Pfarrgemeinderates zum Frühstück erhalten. Er wusste genau, dass dies nur aus Mitleid geschah. Dennoch ließ er es sich gefallen. Kochen war nicht sein Ding. An der Pforte lief er dem Pfarrer in die Arme. „Gut, dass ich Sie noch treffe. Morgen würde ich gerne die oberen Räume der Sakristei inspizieren. Passt es Ihnen um 10 Uhr?" Der Neue war wirklich lästig. Der Küster nickte. Was blieb ihm anderes übrig?

Interludium

Anna aus Moorshoven tat ihm gut. Bei ihr durfte er sich so geben, wie er war. Musste keine Rücksicht auf die Leute nehmen und auf das, was sie denken mochten. Offiziell gab er ihr Klavier- und Gesangsunterricht. Dazu fuhr er einmal wöchentlich mit der Linie 17 nach Wegberg. Tatsächlich führte er sie in die Kunst der Liebe ein. Anna war eine gefügige und lernwillige Schülerin. Dabei wussten sie nicht viel voneinander. Er kannte ihre Vergangenheit und sie seine Gegenwart nicht. Das mochte noch Schwierigkeiten geben, doch daran wollte er im Moment nicht denken.

Einen Monat vorher (Samstag, 15. März 1963)

Kommissar Birkhuhn war übel gelaunt. Sein Wochenende war ihm heilig. Und nun musste er Überstunden leisten. Dies hatte er dem Alten zu verdanken. Der Alte, Kriminaloberrat Schwarz, mochte ihn nicht. Und er war mit den Ermittlungsergebnissen in der Vermisstensache Elisabeth Hennekes unzufrieden. Die Kombination daraus ergab Mehrarbeit. Für Birkhuhn – nicht für Schwarz. Dabei waren sie wirklich nicht untätig gewesen. Doch die Küsterin blieb unauffindbar.

Schon vor Wochen hatten sie sämtliche Grundstücke in der Umgebung der Hauptpfarrkirche und der angrenzenden Altstadt mit einer eigens dafür angeforderten Polizeihundertschaft ausgiebig durchkämmt. Ohne Erfolg. Die eingesetzten Polizeihunde hatten nicht einmal angeschlagen.

Anschließend hatten sie die Kirche selbst durchsucht. Das war im katholischen Mönchengladbach heikel gewesen. Zumal er, Birkhuhn, evangelisch war. Aus Gründen der Pietät hatte er sich mit dem Pfarrer darauf verständigt, dass nur der Dachstuhl, der Glockenturm und die Kellerräume durchsucht werden sollten. Erfolg gleich Null. Hunde waren an diesem Ort natürlich nicht eingesetzt worden.

Die lokale Presse wurde immer ungeduldiger und forderte Ermittlungsergebnisse ein. Auch die Politik begann sich einzumischen. Eine Ratsfraktion hatte sogar schon dienstrechtliche Konsequenzen gefordert. Doch Elisabeth Hennekes war und blieb verschwunden.

Die immer wieder in der Dienststelle eintreffenden anonymen Briefe machten die gesamte Angelegenheit auch nicht gerade einfacher. Mal wurde behauptet, die Küsterin sei in den Osten verschleppt worden. Dann wiederum wollte jemand sie in einem Wagen gesehen haben. Des Öfteren wurde in diesem Zusammenhang das Angerdorf Rickelrath bei Wegberg erwähnt. Aber alle diesbezüglich geführten Ermittlungen waren im Sande verlaufen.

Der Küster selbst, der ebenfalls in anonymen Briefen der Verschleppung, der Entführung und sogar der Ermordung beschuldigt worden war, war über jeden Verdacht erhaben. Er wirkte manchmal zwar merkwürdig desinteressiert. Aber Hennekes besaß einen ausgezeichneten Leumund. Alle Personen seines Umfeldes hatten ihn in den höchsten Tönen gelobt. Und seine Verzweiflung konnte einfach nicht gespielt sein.

Als einzig denkbare Lösung blieb Selbstmord übrig. Die Küsterin war als schwermütig bekannt gewesen. Dies hatte ihr Hausarzt bestätigt. Also hätte Birkhuhn die Akte eigentlich schließen müssen. Doch damit war der Alte nicht einverstanden. Eine Küsterin und gläubige Katholikin bringt sich nicht um. So einfach war das. Und damit basta.

Mittwoch, 23. April 1963

Die letzten Akkorde von Bachs Toccata und Fuge in d-Moll verhallten im großen Kirchenschiff. Die erhabene Stimmung, die dieses Stück insbesondere durch die immer wiederkehrende Verwendung verminderter Septakkorde erzeugt, wurde plötzlich durch einen gellenden Schrei unterbrochen. Irritiert öffnete der Kantor die Augen und blickte in den Kirchenraum.

Zwei Putzfrauen hatten sich vor der beim Marienaltar stehenden geschnitzten Chorbank versammelt und fuchtelten aufgeregt mit ihren Armen. Eine hatte noch ihre Kehrichtschaufel in der Hand. „Eine

Heiligenfigur, eine Heiligenfigur, wie kommt die denn hinter die Bank?"

Die vermeintliche Heiligenfigur entpuppte sich jedoch rasch als die Leiche der vermissten Elisabeth Hennekes. Ihre Schädeldecke war gespalten. Die Suche war beendet.

Donnerstag, 24. April 1963

Das Geständnis ließ auf sich warten. Doch Birkhuhn und seine Männer waren zäh gewesen. Immer und immer wieder hatten sie ihn mit Fragen bombardiert, bis der Küster schließlich am späten Abend zusammengebrochen war.

Elisabeth Hennekes war nie spazieren gegangen, sie hatte die Kirche nicht einmal verlassen. Ihr Mann hatte sie unter einem Vorwand in die Sakristei gelockt und dort mit einem zuvor bereitgelegten Beil erschlagen. Die Leiche hatte er nach einer ausgiebigen Behandlung mit Weihrauch in einem Schrank in den oberen Räumen der Sakristei versteckt. Zu diesem Schrank besaß nur er den Schlüssel. Hätte der neue Pfarrer nicht den Wunsch ausgesprochen, die Sakristei zu inspizieren, hätte die Leiche der Küsterin noch lange Zeit in dem Schrank zwischen Monstranzen und Kelchen weiter verwesen können. Niemand hätte dies bemerkt, denn Weihrauch überlagert jeden anderen Geruch.

Schwarz hatte Recht gehabt. Eine Küsterin und Katholikin beging keinen Selbstmord. Ein Küster und Katholik aber einen Mord.

Postludium

Nun besaß er keine von beiden. Seine Frau, derer er bis zum Hass überdrüssig geworden war, nicht und Anna, die er wirklich liebte, auch nicht. Mit einem verurteilten Mörder wollte niemand mehr zu tun haben. Und so ... verlor sich seine Spur im Nebel der Zeit.

Rita Hündgen

Hinter Klostermauern

Vorsichtig schaute ich mich um. In der rasch hereinbrechenden Dämmerung konnte ich niemanden ausmachen. Nun hieß es handeln. Meine Finger gruben sich in die Ritzen der Mauer. Die Füße in meinen dünnen Sandalen stemmten sich in die Lücken des Mauerwerks. Ein Klimmzug und ich hockte oben auf der Mauerkrone. Ich orientierte mich kurz. Zur rechten Hand, das musste das Konventgebäude sein. Dahinter zeichnete sich die Silhouette einer Kirche ab, links erspähte ich einen Kräuter- und Gemüsegarten. Die zwei Meter nach unten waren für mich ein Kinderspiel. Ich ließ mich fallen und landete unsanft auf allen Vieren. Ich lauschte, kein Geräusch drang an mein Ohr. Vorsichtig schlich ich in Richtung Hauptgebäude und hielt jäh inne. Mein Fuß war gegen etwas Weiches gestoßen. Ein Tier? Ich beugte mich hinunter und fuhr erschrocken zurück. Ein kalkweißes Gesicht, die Tonsur von spärlichen Haaren umkränzt, starrte mir entgegen, der Körper wand sich in Krämpfen. Der verkniffene Mund formte Worte. Meine Ohren versagten mir den Dienst. Sagte die Gestalt tatsächlich „Gift"? Wie gehetzt blickte ich mich um. Hier im Garten des Klosters Hohenbusch fühlte ich mich gefangen. Woher sollte ich Hilfe holen?

„Halt, wer da?", ertönte eine Stimme. Ich erstarrte zur Salzsäule. Das fehlte noch, dass ich so kurz vor dem Ziel entdeckt würde! Eine Gestalt in einem Mönchshabit näherte sich.

„Wer bist du? Was ist dein Begehr?", wurde ich erneut angesprochen.

Ich straffte meine noch jungenhafte Gestalt. „Ich

bin Frater Matthias von den Kreuzherren in Wickrath und ab sofort dem Kloster Hohenbusch zugeteilt."

„Zugeteilt nennst du das. Strafversetzt wäre wohl die richtige Antwort. Ja, du wurdest uns bereits angekündigt. Ich bin Prokurator Jacobus Corneli und für alle wirtschaftlichen Belange des Klosters zuständig. Ich weiß alles über dein unbeherrschtes Benehmen. Du hast einen Mitbruder tätlich angegriffen und bist auch sonst mit den Fäusten schnell bei der Sache. Aber das werden wir dir hier schon austreiben. Bücher wirst du abschreiben und dich in Demut üben zu Ehren des Herrn. Aber sag, weiß denn niemand in Wickrath vom Tod unseres hochverehrten Priors Antonius Loverix, den wir gestern, am 22. Mai im Jahre des Herrn 1773, bestattet haben?", dröhnte die Stimme.

„Ich weiß nichts davon. Heute am späten Nachmittag habe ich mich mit Frater Ludgerus, der mich bis Erkelens begleitet hat, aufgemacht und wohl fünf Wegstunden zu Fuß nur mit Wasser und Brot zurückgelegt. Da wollte ich den Zugang zum Kloster abkürzen, zumal ich mich hier überhaupt nicht auskenne", stammelte ich verlegen, „und dann stolpere ich auch noch über einen Sterbenden."

„Was sagst du da?" Die schemenhafte Gestalt kam näher und beugte sich über den reglos Daliegenden.

Erschrocken fuhr Corneli zurück: „Das ist Subprior Arnoldus, der aussichtsreichste Kandidat für die Nachfolge des Priors. Beim Abendessen war ihm nicht gut und er wollte sich im Garten ergehen. Ich muss Hilfe holen. Warte hier!" Er eilte von dannen und ließ mich allein.

Ich beugte mich erneut hinab. Gebrochene Augen

schienen durch mich hindurchzusehen. Sanft drückte ich sie zu und murmelte ein Gebet. Eine kurze Weile verharrte ich so, als Stimmen laut wurden. Corneli mit einer Pechfackel und zwei Mönche, ein Totenbrett tragend, eilten herbei. Einer, wohl ein Heilkundiger, untersuchte den Toten, schüttelte den Kopf und wies seinen Begleiter mit Gesten an, mit ihm die Leiche aufzuladen. Sie verschwanden in Richtung Kirche. Hatten die Brüder hier etwa Schweigepflicht?

Corneli bemerkte mein Unbehagen: „Bei den Mahlzeiten und nach der Vesper bewahren wir Stillschweigen, ansonsten konzentrieren wir unsere Gespräche auf das Wesentliche. Wenn unsere Brüder nicht laut jammern, geschieht dies aus Respekt vor dem Toten. Er wird jetzt in der Kirche aufgebahrt, dann halten wir die Totenwache und morgen übergeben wir ihn der Erde. Welch ein Unglück! Ich kann es noch gar nicht fassen. Aber jetzt muss ich mich um dich kümmern." Er musterte mich streng und betrachtete einen etwa 18-jährigen schlanken Jüngling, der in Mönchskutte, Mantel und Sandalen vor ihm stand. Ein dunkelblonder Haarkranz umsäumte die Tonsur. Ich sah ihn etwas verlegen an, aber bemühte mich, ihm gerade in die Augen zu schauen.

„Komm mit ins Konventgebäude!"

Im Klostergebäude angekommen, einem herrlichen langgestreckten Bau, über der Tür das Wappen der Kreuzbrüder von Hohenbusch mit dem rot-weißen Kreuz, sah ich mich neugierig im Eingangsbereich um und registrierte mit Bewunderung die zwei vorzüglich geschnitzten Doppeltüren links und rechts.

Corneli bemerkte es und sagte stolz: „Unser Prior Loverix ist für die baulichen Veränderungen verantwortlich. Warte nur, bis du die Innenausstattung siehst, den Marmorkamin und gar die Stuckdecke im Raum des Priors. Sie suchen ihresgleichen in den Rheinlanden."

Im Refektorium waren etwa 15 Chorherren und Laienbrüder versammelt. Öllampen beleuchteten schwach den Speisesaal. Es war sehr still, nur ein Bruder las aus der Bibel vor. Corneli bedeutete mich hinzusetzen und der Bruder Cellarius stellte Brot und ein Stück Käse vor mich hin. Er hieß Rupertus, wie ich später erfuhr. Heißhungrig verschlang ich das Mahl und löschte den Durst mit einem Becher Wein. Man lebte nicht schlecht auf Hohenbusch. Beim Essen wurde Schweigen bewahrt, aber ich musterte meine Tischgenossen aufmerksam und prägte mir jedes Gesicht ein. Nach dem Essen führte mich Corneli über eine Stiege zu den Klosterzellen und zeigte mir meinen Schlafplatz. In jeder Zelle standen eine schmale Pritsche, ein Tisch mit Stuhl und eine Bücherkiste. Dies erinnerte mich daran, dass die Mönche auf Hohenbusch sich vor allem dem Abschreiben von theologischen Büchern widmeten. Eine langweiligere Tätigkeit konnte ich mir kaum vorstellen. Und meine Handschrift war alles andere als leserlich. Wie sollte ich hier nur überleben? Ich seufzte. Der Tote im Kräutergarten kam mir in den Sinn. Wenn ich recht gehört hatte, war heute Abend hier ein Mord geschehen. Oder hatte ich mir die Stimme nur eingebildet? Gift war das Schlüsselwort. Das konnte ja auch nur mir passieren: Da wurde man „strafversetzt" und prompt in ein Verbrechen verwickelt.

Wie sollte ich mich in Demut und Gehorsam üben und meine Unbeherrschtheit zügeln lernen? Dabei hatte ich nur meine Fäuste gebraucht, weil mein

Mitbruder mich mit meiner unehelichen Geburt bis aufs Blut gereizt hatte. Bitter lachte ich auf und lenkte meine Gedanken auf den Mord. Wer hatte denn ein Motiv den Subprior zu ermorden? Wem stand er im Weg? Keinem hatte ich mich anvertraut, meinen Verdacht, der Todesfall sei kein natürlicher gewesen, vor niemandem geäußert. Wie auch bei dieser schweigenden Gesellschaft? Wem konnte ich trauen? Ich rief mir die Gesichter bei Tisch ins Gedächtnis. Da war der Prokurator Corneli gewesen, ein Mann in den besten Jahren mit einem wachen Gesicht und stahlgrauen Augen. Was hatte er draußen gesucht, ausgerechnet beim Nachtmahl? Hatte er jetzt nicht die besten Chancen, als Nachfolger des Priors gewählt zu werden? Der Sakristan Thomas, ein freundlicher, etwa 60-jähriger Chorherr mit roter Nase und unzähligen geplatzten Äderchen im Gesicht. Wahrscheinlich sprach er dem Wein gerne zu. Der Cellarius Rupertus, zwischen 40 und 50 Jahren mit scharfgeschnittenen Gesichtszügen, die – ja was? – Ehrgeiz verrieten? Bruder Manfredus, der mich aus tiefschwarzen Augen drohend gemustert hatte, – oder bildete ich mir das ein? Weiter gab es noch den Organist Stephanus, auch nicht mehr der Jüngste, der bei Tisch beinahe eingeschlafen war, und den Librarius Antonius, der für die Kopierarbeiten verantwortlich war und die Ehre hatte bei der Mahlzeit aus der Bibel vorlesen zu dürfen, ein Amt, welches reihum ging. Ich beschloss abzuwarten und die Dinge auf mich zukommen zu lassen. In den nächsten Tagen würde ich die Chorherren und die Laienbrüder beobachten und vielleicht auf den Mörder stoßen.

Unsanft wurde ich an der Schulter gerüttelt. „Aufstehen, Zeit für die Totenwache, du bist dran!" Bruder Antonius war schon wieder weg. Seufzend erhob ich mich, streifte Kutte und Mantel über und tastete mich die Stiege hinunter. Stockfinster war es. Ich erreichte den großen Korridor, ohne mir den Hals zu brechen. Durch den Kreuzgang gelangte ich zur Kirche, die erst 1634 geweiht worden war, der Fußboden aus Sandstein, vor dem Altar der aufgebahrte Leichnam des Subpriors, ein Lettner unterteilte die Kirche in den sakralen und den profanen Bereich. Ich kniete in einem einfachen Gebetstuhl nieder. Mühsam hielt ich meine Augen offen. Um nicht einzuschlafen, musterte ich den Innenraum und bewunderte die Barockorgel, das Chorgestühl und die Kanzel. Selbst die Beichtstühle waren mit herrlichen Schnitzarbeiten versehen, die Wappen darüber mit Blattgold verziert. In einer Seitennische stand eine wunderbare Madonna mit Jesuskind und Weintrauben, eine weitere Heiligenfigur mit einem Buch in der linken Hand zierte eine andere Nische, über dem Altar hing ein hölzernes Kruzifix, auf dem Altar funkelte ein fein ziseliertes silbernes Altarkreuz. In meiner Bewunderung über diese reiche Ausstattung vergaß ich das Beten völlig. Ich rief mich selbst zur Ordnung und konzentrierte mich auf die Totenwache und ein stilles Gebet. Nach zwei Stunden waren meine Knie gefühllos. Endlich löste mich ein Bruder ab, den ich noch nicht kannte, und ich verließ die Kirche. Draußen war es noch immer stockfinster. Ich wandte mich nach rechts und gelangte schließlich zu einem großen Gebäude. Das war nicht das Hauptgebäude, aber drinnen würde es wohl einen Durchgang zum Kloster und damit zu meiner Zelle geben. Entschlossen drückte ich die Tür auf und stand in einem Gang, der wohl zu einer Scheune oder einem Wirtschaftsgebäude gehörte. Überrascht vernahm ich Stimmen. Es wäre doch zu peinlich, zu nachtschlafender Zeit hier entdeckt zu werden, dachte ich noch, und versteckte mich rasch in einem Verschlag. Die Stimmen wurden lauter.

„Du bringst mir den Silberbecher oder ich verrate dem Prokurator, was ich gestern Abend gesehen habe", hob eine Stimme an und eine andere antwortete drängend: „Das kannst du nicht machen. Ich lasse mich nicht erpressen."

„Mein letztes Wort. Morgen Abend um Mitternacht hier oder … du weißt, wozu ich fähig bin." Die Stimme verstummte, schlurfende Schritte entfernten sich.

Ich wagte kaum zu atmen. Was war das? Ein Streit unter Brüdern? Da kam ich ja vom Regen in die Traufe! Vorsichtig spähte ich um die Ecke. Offenbar war ich allein. Ich verließ die Scheune, wandte mich nach kurzem Überlegen nach rechts und gelangte tatsächlich zum Eingang des Klosters. In meiner Zelle angekommen dachte ich über das Gehörte nach, aber der Schlaf übermannte mich.

Viel zu früh wurde ich durch eine Glocke zur Laudes geweckt. Nach der Einstimmung auf den Tag und einem kargen Frühstück wurden die feierlichen Exequien für den Subprior in der Klosterkirche gehalten. Alle Chorherren und Laienbrüder, insgesamt etwa 20, waren versammelt, als der Leichnam an der Klostermauer beigesetzt wurde. Die Zeremonie dauerte fast zwei Stunden, ich war müde und hungrig und unterdrückte nur mühsam ein Gähnen. Endlich war es geschafft, und ich folgte nach seiner Aufforderung Bruder Antonius in die

Schreibstube. Dabei kamen wir durch den Korridor des Hauptgebäudes, und ich konnte einen Blick auf die drei Ölgemälde werfen, die dort hingen und Motive aus dem Leben Jesu aufwiesen. Den restlichen Tag arbeitete ich am Stehpult an der Abschrift eines Missales. Antonius war ein strenger Lehrmeister und wie so oft überlegte ich, ob meine Berufung wohl wirklich das Klosterleben sei. Freilich, durch meine außereheliche Geburt war mir das Leben als Gutsherr versperrt, aber welche Zukunft hatte ich im Kloster? Noch zwei Jahre bis zum ewigen Gelübde, dann noch das Priesterstudium. War es das, was ich wollte, eingeengt sein zwischen Klostermauern mit der unerbittlichen Disziplin? Meine Gedanken schweiften zu meinem Abenteuer letzte Nacht. Wie hatte der eine gemeint? Um Mitternacht in der Scheune oder …? Das konnte er haben, aber ich würde dabei sein.

Vesper, Abendessen und Komplet schlichen nur so dahin. In meiner Zelle bemühte ich mich krampfhaft wach zu bleiben. Diesmal würde mich kein Bruder zu einer Totenwache wecken. Schließlich hielt ich es nicht länger aus und schlich nach unten. Im Kloster war kein Geräusch zu hören. Wieder war es eine mondlose Nacht. Am Tag hatte ich mir die Lage der Gebäude eingeprägt, und so gelangte ich nach kurzer Zeit zur Zehntscheune. Ich versteckte mich in demselben Verschlag. Jetzt musste ich nur noch wach bleiben.

Laute Stimmen weckten mich: „Man wird den Verlust bemerken. Nur Chorherren haben Zugang zum Zimmer des Priors. Der Verdacht wird auf mich fallen und der Becher ist viel wert und überhaupt, wer sagt mir, dass du nicht immer neue Forderungen stellst!"

„Das garantiert dir keiner, aber du bringst mich da auf eine Idee. Du willst doch sicher zum Prior gewählt werden. Warum sonst hast du Bruder Arnoldus aus dem Weg geräumt? Meine Unterstützung und die der anderen Laienbrüder bei der Wahl wird dir ja wohl einiges wert sein."

Ein Wutschrei ertönte.

Vorsichtig lugte ich aus meinem Verschlag und sah, dass ein Bruder sich auf eine andere hochgewachsene Gestalt stürzte. Beide droschen mit Fäusten aufeinander ein, der Größere versuchte den Kleinen an der Gurgel zu packen, aber der Kleinere entwickelte Bärenkräfte und stieß schließlich den Großen gegen eine Wand.

„Das sollst du mir büßen", knirschte der Große, tastete um sich, hielt eine Mistgabel in der Hand und ging zu meinem Entsetzen auf den Kontrahenten, der schreckensbleich zurückgewichen war, los. Endlich konnte ich meine Erstarrung abschütteln.

„Halte ein, Bruder!", schrie ich, aber es war zu spät. Der Große hatte bereits zugestoßen und der Kleinere sank mit einem Aufschrei zu Boden. Der Große fuhr zu mir herum.

Zu meinem Entsetzen erkannte ich Bruder Manfredus, der vor Wut tobte. „Du kleiner Wicht, hast mir wohl nachspioniert, na warte." Und er ging mit der Mistgabel auf mich los.

Mich packte die Wut. Ich würde mich nicht einfach abstechen lassen und mein Leben teuer verkaufen. Mehrmals versuchte Bruder Manfredus mich zu treffen, aber geschickt konnte ich ausweichen. Er schnaubte vor Zorn und war blind vor Wut. Er geriet ins Stolpern, ich nutzte die Gelegenheit, sprang hinzu, entriss ihm die Mistgabel und warf sie zur Seite. Da ging er mit bloßen Fäusten auf mich los.

Er schlug auf mich ein, aber nun kamen mir die Erfahrungen mit der Dorfjugend und meinen Quälgeistern im Kloster zugute. Ich konnte ihm standhalten und mit gleicher Münze heimzahlen. Nach einem saftigen Schwinger taumelte Manfredus rückwärts und strauchelte. Ich stürzte mich auf ihn, nahm ihn in den Schwitzkasten. Er war so vom Sturz benommen, dass ich ihm die Hände mit meinem Zingulum binden konnte. Suchend blickte ich mich nach dem anderen um. Er lag reglos am Boden, Blut sickerte aus mehreren Wunden. Ich beugte mich über ihn und erkannte den Cellarius Rupertus. Seine Augen waren gebrochen. Hier konnte ich nichts mehr tun. Ich musste den Prokurator holen. Bedrückt schlich ich mich aus der Scheune, fand den Weg zum Kloster, klopfte an die Zelle von Subprior Corneli und berichtete, was geschehen war.

Beide eilten wir zur Zehntscheune, in der Manfredus stöhnend an seiner Fessel zerrte, ein Auge zugeschwollen, das Gesicht blutverschmiert. Corneli blieb hoch aufgerichtet vor ihm stehen und musterte ihn voller Abscheu. Manfredus gab den Blick hasserfüllt zurück und stieß hervor: „Rupertus war immer schon sehr ehrgeizig. Wir kannten uns gut, sind aus demselben Dorf. Nach dem Tod unseres Priors habe ich ihn beobachtet. Er hat den blauen Eisenhut im Garten geschnitten und den Blättersud in den Wein von Arnoldus gegeben. Er wollte Prior werden. Nur Ihr habt ihm noch im Weg gestanden und wäret sicher der Nächste gewesen. Der Preis für mein Schweigen war der Silberbecher. Ihr werdet ihn sicherlich in seinem Mantel versteckt finden. Nur der junge Kerl hier hat meinen Handel gestört. Es war Notwehr. Der da kann es bezeugen."

„Lügt nicht, Rupertus hat Euch zwar angegriffen, aber töten musstet Ihr ihn nicht", brauste ich auf.

„Matthias, schweig still! Manfredus, Ihr müsst euch für das, was ihr getan habt, vor dem weltlichen Gericht und der klösterlichen Gerichtsbarkeit verantworten", urteilte Corneli, „und du Matthias, auf Bewährung warst du abgeordnet. Du solltest zeigen, dass du deinen Zorn und deine Fäuste im Zaum halten kannst. Das hast du nicht geschafft und wieder gegen unsere strenge Klosterdisziplin verstoßen. Anstatt handgreiflich zu werden hättest du mir Bescheid geben müssen, denn du wusstest doch von dem Treffen, oder? Ich hätte den Tod von Bruder Rupertus verhindern können." Ich konnte nicht antworten, senkte nur den Kopf und lauschte der unerbittlichen Stimme: „Deines Bleibens ist hier nicht länger. Morgen früh verlässt du das Kloster für immer."

Ich richtete meinen Blick auf den zornigen Prokurator. Mitleidlos schauten die stahlgrauen Augen. Da wandte ich mich ab und schlich aus der Scheune. Jetzt war ich heimatlos.

Lettner: Schranke zwischen Chor und Langhaus
Laudes: Morgengebet
Missale: Messbuch
Komplet: Gebet nach dem Abendessen
Zingulum: Gürtel

Beatrix Hötger-Schiffers

Reine Notwehr

Sehr geehrter Herr Kommissar Klein,
zuerst mache ich Sie darauf aufmerksam, dass Sie
meinen Namen ständig falsch aussprechen: Ich
heiße Ewa Markowitz und nicht Eva Markowicz.

Nun zu meinem Brief: Sie haben mir Papier und
Bleistift gegeben, damit ich alles aufschreiben
kann. Weil ich mit niemandem rede und Sie wissen
wollen, was gestern Abend in Geilenkirchen am
Drosselweg passiert ist.

Damit Sie verstehen, dass ich tatsächlich in reiner
Notwehr gehandelt habe, muss ich ein wenig aus-
holen:

In Arsbeck geboren und aufgewachsen, bin ich von
dort aus nach Wildenrath, Wegberg und schließlich
nach Geilenkirchen gezogen. Vor gut einem Jahr
fand ich eine kleine Zweizimmerwohnung im Par-
terre am Drosselweg. Ein grauer Mietblock mit ho-
hem Ausländeranteil. Aber das gefällt mir, da muss
ich nicht so viel mit den Nachbarn reden.

Erst als Dirk direkt neben mir einzog, da gefiel mir
das Reden plötzlich wieder. Dirk Schröder ist, also
war 49, und damit genauso alt wie ich. Er war einen
guten Kopf größer als ich und sah wahnsinnig gut
aus. Graumelierte Haare, tiefblaue Augen und seine Stimme! So eine samtweiche Stimme gibt es
nur selten.

Ich wusste gleich, diesmal war ich endlich dem
Richtigen begegnet! Wir luden uns gegenseitig
zum Kaffeetrinken ein und waren schnell per Du.
Dirk erzählte mir, dass er gerne Käsekuchen esse.
Jeden Tag habe ich ihm einen frischen gebacken.
Im Gegensatz zu ihm bin ich arbeitslos und habe

ja Zeit.

Nach ein paar Tagen sagte er mir, dass er keine Lust auf weitere Kuchen hätte und auch nicht mehr mit mir Kaffee trinken wolle.

In diesem Moment fühlte ich mich zum ersten Mal an die Geschichte mit Bernd erinnert. Aus heiterem Himmel drehte er sich auf dem Absatz um und verschwand, sobald er mich sah.

Doch nun zurück zu Dirk: Ich bereitete ihm abends warme Essen zu. So ein Kerl von einem Mann braucht nach der Arbeit etwas Nahrhaftes. Wenn alles fertig war und ich es hübsch angerichtet hatte, klingelte ich bei ihm. Dirk machte jedoch die Tür nicht auf. So konnte er nicht sehen, wie schön ich seine Wäsche, die im Keller hing, gebügelt und gefaltet hatte.

Er ging auch nicht mehr ans Telefon. Das wiederum hat mich nicht nur an Bernd erinnert, sondern auch an Jörg aus Wegberg. Jörg ignorierte jeden meiner Anrufe, sogar mitten in der Nacht.

Und jetzt auch noch Dirk. Zuerst dachte ich, dass sein Telefon defekt wäre und ich ihn nur nicht erreichen könnte. Dass er nicht so wäre wie die anderen.

Doch er war zu Hause. Die Wände in diesen Häusern sind ja so etwas von dünn. Bis in meinen Flur drang das Klingeln seines Apparates. Wenn ich mein Ohr dann auch noch an die Wand presste, hörte ich seine Schritte auf dem quietschenden Laminatboden. Billigware, Sie wissen schon.

Ich rief morgens zwischen vier und fünf Uhr an. Nichts, keine Reaktion.

Er musste zu Hause sein, ich hatte ihn schließlich viele Wochen lang genau beobachtet.

Ich wusste, wann er das Haus verließ und wann er

wieder heim kam. Ja, ich kannte ihn so gut.

Im Supermarkt fand er einmal seine Lieblingszahn-pasta nicht.

Sein Gesicht, Herr Kommissar, also sein Gesicht hätten Sie sehen müssen, als er an der Kasse die Zahnpasta in seinem Einkaufswagen entdeckte.

Bis heute verstehe ich nicht, dass er mich im Haus-flur wie Luft behandelte. Irgendwann bekam ich ihn gar nicht mehr zu Gesicht. Das hat mir nicht gefal-len!

Richtig verärgert war ich, als ich alle CDs mit mei-ner Lieblingsmusik, die ich ihm mit der Post ge-schickt hatte, im Mülleimer fand. Ich ahnte lang-sam, dass Dirk nicht besser war als die anderen Männer. Nicht besser als Bernd, der meine liebe-voll gestrickten Socken zur Altkleidersammlung gab, und schon gar nicht besser als Jörg, der die von mir ausgesuchten Aftershaves wegschüttete.

Bei Bernd hatte ich spätabends Sturm geklingelt, bis er öffnete. Ich bettelte, dass ich nur fünf Minu-ten mit ihm reden wolle.

Schließlich ließ er mich hinein und wir gingen auf den Balkon. Bernd rauchte eine Zigarette, lehnte sich an die Brüstung und blies den Qualm in die Luft. So sehr ich auch argumentierte, bat und fleh-te, mich doch zu mögen, er sah mich nicht an. Sag-te nur mit eiskalter, leiser Stimme den einen Satz in die Schwärze der Nacht: „Ich will dich nie wieder sehen!"

Da musste ich doch ganz schnell sein Bein hoch-ziehen, damit dieser Mistkerl aus meinem Leben verschwand.

Und Jörg? Jörg hatte es erst recht nicht verdient, dass ich ihm verzieh. In meinem Beisein und mit triumphierendem Blick leerte er die guten Herrendüfte in die Toilette.

Gerade für uns Frauen ist es wichtig, sich von den Männern nicht auf der Nase herumtanzen zu lassen. Das lernte ich sehr früh von meiner Mutter. Sie und mein Vater stritten sich oft. Jedes Mal ging es um andere Frauen. Sie tobte und er ignorierte sie. So war es auch an einem Samstagabend im Mai. Meine Mutter wurde lauter und lauter, mein Vater ließ sie stehen und ging ins Badezimmer. Ich war damals fünf Jahre alt und spielte gerade mit der Plastikente in der Wanne, als meine Mutter in den Raum kam und meinen Vater direkt neben mir erschoss.

Den Nutzen einer kleinen, handlichen Waffe habe auch ich später nur schätzen gelernt. Bei Jörg. Da ich eine ruhige Hand habe, war er sofort tot. Der Knall? Ach Sie wissen ja, zu Silvester wird doch so viel geballert.

Dirk durfte mich nicht behandeln, als wäre ich ein Nichts. Soviel musste ich mir wert sein.

Dirks Leidenschaft gehörte seinem schwarzen BMW.

Ein paar Wochen verhielt ich mich ruhig. Ich musste Geduld haben, bis der Wagen nicht in der Garage, sondern an der Straße stand. Sein Schätzchen. Erstaunt war ich, wie leicht die aufgebogene Büroklammer ihre Spuren durch den Lack zog. Ich brauchte nur dreimal um das Auto zu gehen, dann war ich fertig. Ging in meine Wohnung und wartete. Fünf Minuten später klingelte und klopfte es ununterbrochen an meiner Tür. Ich öffnete. Dirk stürzte in die Wohnung und stieß mich zurück. Er drängte mich an die Wand, stand dicht vor mir. Er schrie und schlug mir ins Gesicht.

Herr Kommissar Klein, nun verstehen Sie mich

endlich, da musste ich mich doch verteidigen und zustechen!

Mit freundlichen Grüßen
Ewa Markowitz

Heike Dahlmanns

Virgo intacta

Maria Ludwig ging die wenigen Stufen zur Kirche St. Nikolaus in Gangelt hinauf. Es war Viertel nach zehn. Die Glocken läuteten und riefen die Menschen zum Gebet. Es war das erste Mal, dass sie seit ihrem Umzug in den kleinen Ort an der niederländischen Grenze die Sonntagsmesse besuchte. Sie betrat die Kirche und setzte sich ins Hauptschiff in eine der hinteren Bänke. Mit der Zeit füllten sich die Reihen. Am Ende war nur noch wenig Platz in der alten Kirche aus Backstein.

Maria hatte das Gotteshaus noch nie zuvor betreten. Der Einzug in die neue Wohnung und die Einarbeitung an ihrem neuen Arbeitsplatz hatten ihre gesamte Zeit beansprucht. Sie sah die hohen, bunten Fenster, den schön geschnitzten Altar, die alten, dunklen, mit Schnitzereien verzierten Holzbänke. Es war eine Kirche, in der man sich wohlfühlen konnte. Ein Hinweis an der Eingangstür informierte die Besucher, dass die Messe bis auf weiteres von einer Vertretung gehalten wurde.

Das Läuten war verstummt. Es klingelte, die Messe begann. Die Menschen erhoben sich von ihren Sitzen und der Priester betrat zusammen mit vier Messdienern den Altarraum. Nach den Begrüßungsworten nahm die Gemeinde Platz und Maria hatte Gelegenheit, sich weiterhin alles in Ruhe anzuschauen. Ihr Augenmerk fiel auf den Priester, und als sie sich ihn genau ansah und seine Stimme hörte, erschrak sie heftig. Ein kalter Schauer lief über ihren Rücken. „Oh mein Gott!", entfuhr es ihr leise.

Ihre Gedanken wanderten 15 Jahre zurück zu einem herrlichen Sommertag. Sie studierte in Bonn Betriebswirtschaft im zweiten Semester. Sie war mit dem Fahrrad unterwegs gewesen und ein wenig am Rhein entlang geradelt, durch die Rheinauen, das ehemalige Gelände der Bundesgartenschau, als sie bemerkte, dass ihr Rad an Geschwindigkeit verlor, obwohl sie nicht weniger stark und schnell in die Pedalen trat; dann fuhr sie auf den Felgen. Sie hatte einen Platten und – wie immer – kein Flickzeug dabei. In diesen Fragen war sie immer ein wenig nachlässig. Ihr Zimmer war mehr als zehn Kilometer entfernt und zur nächsten Straßenbahnhaltestelle war es ein Stück zu laufen. Sie ärgerte sich, dass ihre Fahrradtour auf diese Weise enden sollte. Als sie ihr Rad eine Weile geschoben hatte, hielt ein Radfahrer neben ihr an.

„Kann ich Ihnen helfen?", fragte der junge Mann, der trotz des hellen Sommertages mit einer schwarzen, langen Hose, schwarzen Schuhen und einem schwarzen, langärmligen Hemd bekleidet war.

„Ich habe einen Plattfuß", antwortete Maria. „Damit können Sie aber gut laufen", erwiderte der junge Mann und lächelte. „Ich habe mein Werkzeug dabei und könnte den Schaden reparieren."

„Das wäre toll. Würden Sie das wirklich machen? Um ehrlich zu sein: Ich habe noch nie einen Fahrradschlauch geflickt."

„Natürlich mache ich das, helfen ist schließlich ein Akt christlicher Nächstenliebe."

Und so half ihr Gottlieb Jansen. So hatte sich der junge Mann vorgestellt.

Bei der Reparatur stellte er sich so geschickt an,

dass Maria fragte: „Sind Sie von Beruf Zweiradmechaniker? Es sieht so aus, als machten Sie so etwas öfter."

„Nein, ich bin Theologiestudent. Ich will Priester werden. Aber ich repariere oft die Fahrräder meiner Kommilitonen im Priesterseminar. So sparen wir viel Geld. Wir müssen schließlich bescheiden leben."

‚Daher diese Kleidung', dachte Maria.

Einmal ins Gespräch gekommen, fragte sie: „Ich wollte ein Picknick machen. Meine Freundin hatte aber keine Zeit mitzukommen, der Korb ist aber schon für zwei Leute gerichtet. Hätten Sie Lust auf einen Imbiss – quasi als kleines Dankeschön?"

Gerne stimmte der Priesterseminarist zu, mit ihr eine Kleinigkeit zu essen. Sie setzten sich in ein Gebüsch in den Schatten, aßen und tranken dazu Wasser und Weißwein. Die Stimmung war gut, die Unterhaltung angeregt. Je mehr Wein Gottlieb trank, desto gelöster wurde er. Schließlich fing er an lästig zu werden. Er begann seinen Kragen zu lockern und abzulegen, sein Hemd aufzuknöpfen. Er wurde zudringlich. Die gute Stimmung verflog, Maria bekam Angst. Sie wollte hastig zusammenpacken, doch der junge Mann ließ sie nicht in Ruhe. Sie verbot sich die Anzüglichkeiten, doch es half nichts. Es gab kein Entrinnen.

Zwei Stunden später erwachte sie. Ihr Kopf schmerzte. In einem Handgemenge war sie auf einen Stein gefallen und bewusstlos geworden. Ihre Kleider waren zerrissen, sie blutete. Jansen war verschwunden. Sie raffte ihre Habseligkeiten zusammen und fuhr in ihre Studentenwohnung. Sie fühlte sich elend und wusste nicht, was in den letzten beiden Stunden geschehen war. Aber Maria ahnte, dass es nichts Gutes war. Sie fühlte die Beule an ihrem Kopf. Zuerst duschte sie, um das Blut, den Schweiß und die unangenehmen Ereignisse und Gedanken wegzuwaschen. Dann legte sie sich ins Bett, um zu schlafen. Es fiel ihr schwer, sie war viel zu aufgewühlt. Wie konnte sich ein Mensch nur so gehen lassen?

Sechs Wochen später blieb ihre Regel aus. Ein Besuch beim Frauenarzt gab ihr Gewissheit: Sie war schwanger. Jetzt wurde ihr klar, was in den zwei Stunden passiert war. Maria konnte es nicht glauben. Der junge Mann war Kandidat für das Priesteramt. Sie wusste nicht, was sie tun sollte. Das Natürlichste war es, zu ihren Eltern zu gehen. Ihre Eltern waren streng religiös und sie war streng katholisch aufgewachsen. In ihrer Gutgläubigkeit hatte sie ja von einem Priesterseminaristen keinen Augenblick lang etwas Böses befürchtet.

Als Maria ihren Eltern erklärt hatte, was ihr geschehen war, sagte ihr Vater nur: „Was hast du dir da nur ausgedacht? Du willst nur deine Sexaffären entschuldigen. Eine anständige Tochter tut so etwas nicht. Ein Kind – und nicht verheiratet! Diese Schande, die du über mich und deine Mutter bringst. Unerhört! Wirklich unerhört!" Ihr Vater hörte gar nicht mehr auf, sie zu beschimpfen. Ihre Mutter hatte keine Chance, etwas dazu zu sagen. Schließlich wurde sie von ihrem Vater gar als „Hure" bezeichnet.

Sie hatte schon lange angefangen zu weinen. Wieder und wieder versicherte Maria, dass sie die Wahrheit gesagt hatte. Ihr Vater ließ sie kaum zu Wort kommen und verpasste ihr schließlich eine schallende Ohrfeige. Da konnte Maria nicht mehr an sich halten und floh so schnell sie konnte aus dem Haus ihrer Eltern. Ihr Vater rief ihr mit erhobenem Zeigefinger nach: „Für mich bist du gestorben – ein für alle mal. Ich habe keine Tochter mehr. Sieh zu, wie du zu recht kommst!"

Was hätte es da genutzt zu sagen, dass sie noch nie etwas mit einem Mann gehabt hatte. Es hatte sich noch nicht ergeben. Da war einfach noch niemand, der es ihr wert gewesen wäre. Es hätte ihr ohnehin niemand geglaubt; ihre Mutter vielleicht, aber die hatte nichts zu sagen.

Die nächste Zeit war für sie sehr hart. Keine Minute lang hatte Maria daran gedacht, das Kind nicht zu bekommen. Eine Abtreibung verboten ihr Glaube und auch ihr Gewissen. Also versuchte sie, ihr Leben weiterzuleben wie zuvor.

Aber das wurde ganz schnell zum Problem, als der monatliche Scheck aus ihrem Elternhaus ausblieb. Ihr Vater machte seine Drohung wahr: Er hatte keine Tochter mehr. Maria suchte sich eine Aushilfstätigkeit, was natürlich auf Kosten des Studiums ging. Als ihr Sohn zur Welt kam, schrieb sie ihren Eltern, dass sie einen Enkel hatten – keine Antwort. Vorübergehend musste sie vom Sozialamt leben, bis sie wieder arbeiten konnte. Mit Kind und Arbeit hatte sie noch weniger Zeit für ihr Studium, aber sie verfolgte ihr Ziel beharrlich. Es ging zwar langsam, aber schließlich legte sie ihr Examen ab, sogar ein gutes. Sie fand recht schnell eine Stelle im Umkreis von Bonn und es gelang ihr, sich zusammen mit ihrem Sohn ein behagliches Leben einzurichten, auch wenn es sie sehr belastete, dass sie ihre Eltern nie wieder gesehen hatte.

Jetzt hatte sie eine neue Stelle bei einem Heinsberger Unternehmen angetreten, die ihr gut gefiel. Ihr Junge hatte sich auf der neuen Schule gut eingelebt.

All das ging Maria während der Messe durch den Kopf und auf einmal war alles wieder da, was sie so mühsam verdrängt hatte. Was hatte dieser Mensch mit ihrem Leben gemacht? Sie hatte ein gutes Verhältnis zu ihren Eltern gehabt, er hatte es zerstört. Sie hatte sich lange Vorwürfe gemacht, dort am Rheinufer irgendetwas falsch gemacht zu haben, falsche Signale gesetzt zu haben. Irgendwann kam sie zu der Einsicht, dass es nicht ihr Fehler gewesen war. Ihre Freundinnen hatten ihr geholfen, zu dieser Einstellung zu kommen. Diese riesige Belastung von Arbeit, Kind und Studium – alles war seine Schuld. Dass ihr Junge ohne Vater aufwachsen musste – seine Schuld. Dass sie sich scheute, eine Beziehung einzugehen – seine Schuld. Ihre ganzen schweren Jahre – seine Schuld! Und so etwas war Priester und predigte den Menschen, wie sie ihr Leben zu gestalten hatten. Was für eine Farce!

Nach der Messe machte sie sich schnell auf den Heimweg.

Aber auch zu Hause ließen die Gedanken sie nicht los. Alles war wieder da, als wäre es erst gerade passiert. Sie konnte es nicht verhindern, dass sich in ihr ein großer Hass und der Wunsch nach Rache ausbreiteten.

An einem regnerischen Abend machte sie sich zum zweiten Mal auf den Weg zur Kirche. Es gab eine Beichtgelegenheit. Außer ihr war niemand in dem

Gotteshaus. Wer ging heutzutage noch beichten? Maria betrat den aus dunklem Eichenholz geschnitzten Beichtstuhl der Pfarrkirche St. Nikolaus.

„Im Namen des Vaters und des Sohnes und des Heiligen Geistes. Amen.", sprach Maria und hörte bald eine Stimme, seine Stimme. Nie würde sie die vergessen.

„Gott, der unser Herz erleuchtet, schenke dir wahre Erkenntnis deiner Sünden und Seiner Barmherzigkeit."

Während Jansen diesen Satz sagte, zog Maria langsam eine Pistole mit Schalldämpfer aus ihrer Handtasche. Gut, dass sie sie damals behalten hatte, als sie die Waffe bei ihrer Suche nach Pfandflaschen in einem Mülleimer im Bonner Hofgarten gefunden hatte. Drei Kugeln waren noch im Magazin. Maria hielt die Pistole vor das Gitter, das den Sichtschutz bildete und – drückte ab. Es machte „Plop", doch der Schuss war lauter, als sie gedacht hatte. Sie hörte, wie der Körper gegen die hölzerne Wand des Beichtstuhls fiel. Hoffentlich hatte keiner etwas gehört. Maria steckte die Waffe in ihre Tasche und schlüpfte unbemerkt aus der Seitentüre der Kirche hinaus ins Freie. Es regnete immer noch. Kein Mensch war zu sehen. Ein Umweg führte sie an dem kleinen Kahnweiher entlang. Auch hier war niemand. Schnell zog sie die Waffe aus ihrer Handtasche, wischte sie noch flüchtig mit ihrem Taschentuch ab und warf sie, soweit sie konnte, ins Wasser.

Auf einmal hatte sie ein solches Gefühl der Erleichterung, als wären die Sorgen und Lasten der vielen Jahre von ihrer Seele gewichen. Sie fühlte sich befreit. Obwohl sie gerade einen Mord begangen hatte, merkte sie, wie sich ein innerer Friede in ihr ausbreitete. Nie hätte sie für möglich gehalten, dass es so etwas gibt.

Der Mord an dem netten Priester sorgte in Gangelt für große Aufregung. Obwohl sich die Polizei sehr anstrengte, gelang es ihr nicht, den Täter zu ermitteln.

Marie-Luise Siemes

Mords-Fehler

Sechs Uhr. Jakob war wie üblich früh aufgestanden und hatte bereits gefrühstückt. Er fütterte gerade seine Hühner und überlegte, wie er auch diesen erbärmlichen Tag zu Ende bringen konnte. Zu reparieren war viel. Alles, was er ohne Geld machen konnte, hatte er erledigt. Aber der Rest? Wovon? Und überhaupt, wozu? Sein Seufzer wurde vom Gegacker der gefräßigen Hühner verschluckt.

Das Telefon klingelte mit voller Dröhnung über den stillen Hof. Jakob hatte es vor Jahren mit seinen wenigen fachlichen Kenntnissen fertiggebracht, dass selbst in der hintersten Scheune des großen Grundstücks das Klingeln laut und deutlich zu hören war. Ob die Verlegung der Kabel irgendwelchen Sicherheitsstandards unterlag, interessierte ihn nicht. Er war im Grunde seines Herzens gutgläubig, in manchen Dingen leichtsinnig und ansonsten voller Gottvertrauen.

Immer, wenn das Telefon läutete, zuckte er zusammen. So auch jetzt. Und er ahnte, wie vor fünf Jahren, dass sich etwas Unheilvolles anbahnte. Eisige Kälte umgab ihn. Ein eiserner Ring legte sich um sein Herz.

Schnell ging er ins Haus, atmete ein paar Mal tief durch, nahm den Hörer ab und meldete sich leise mit einem langgezogenen „Jansen".

„Kriminalkommissar Koch hier! Guten Morgen. Sind Sie der Vater von Frederik Jansen?" Der Anrufer zögerte einen Moment. „Wir haben soeben Ihren Sohn gefunden."

Wieder eine Pause.

„Hallo? Sind Sie noch da?"

Ein leises „Ja!" war die Antwort. Die Angst verschloss Jakob den Mund.

„Können Sie zum alten Freibad an der Tüschenbroicher Mühle kommen?"

Ein nochmaliges kurzes „Ja!"

Damit war das Telefonat beendet.

Der hagere, große Mann eilte vom Hof, ohne die Türen zu verschließen, den kleinen Hang hinunter. Hier gewann er an Tempo, begann zu laufen. Er überquerte die Waterner Dorfstraße und lief am Weiher vorbei. Hinter der stillgelegten, alten Mühle bog er rechts in einen Waldweg ein. Sein Laufen wurde mehr und mehr zum Stolpern. Keuchend überwand er die letzten Meter.

Jakob sah sie, noch bevor er die Hauptstraße überquert hatte: vier Polizeiwagen mit Blaulicht, Menschen in Polizeiuniform und einige in weiten, weißen Schutzanzügen. Er überquerte die noch unbefahrene Straße und rannte auf die Fahrzeuge zu. Ein Beamter in Zivil näherte sich ihm.

„Koch, Drogendezernat! Sie sind Frederiks Vater? Wir haben eben miteinander telefoniert!"

Jakob konnte nur nicken.

„Kommen Sie bitte mit." Der Kommissar ging langsam vor, am Restaurant der Tüschenbroicher Mühle vorbei und am umfangreich renovierten Schloss mit seinen von Seerosen überwucherten Gräften. Die Morgensonne verschaffte dem alten Schloss und dem Wasser eine romantische Idylle, die jeden Wanderer und jeden Fotografen hätte begeistern können. Jakob nahm nichts davon wahr. 100 Meter vor der alten Ölmühle, einem wunderschönen, reetgedeckten Fachwerkbau aus dem 14. /15. Jahrhundert, die inzwischen ein Künstleratelier be-

herbergt, bog der Polizist rechts in den Angelbe-
reich ein, wo das Fischhäuschen mit Verkaufsraum
und einer kleinen Gastronomie liegt. Er ging weiter
bis zum hinteren alten Freibad, das seit vielen Jahren als Angelbecken genutzt wird.

„Ein Angler hat Ihren Sohn auf der Bank gefunden
und zuerst gedacht, er schläft. Er wollte ihm einen
Kaffee aus seiner Thermoskanne anbieten, weil es
doch noch recht frisch ist, und Ihr Sohn nur leichte
Kleidung trägt. Dann hat er gesehen, dass er ...",
der Kommissar zögerte kurz und zeigte auf die
Bank, „... dass er tot ist! Herr Baumann, der Angler,
er kannte Ihren Sohn und hat uns informiert."

Jakob ging langsam, mit steifen Beinen und star-
rem Blick auf die Bank zu. Frederik saß da in seiner
so coolen Art: breitbeinig, einen Arm über die Bank-
lehne, runtergerutscht zu einer halb liegenden Position, so dass er den Kopf anlehnen konnte. Es
schien, als schliefe er.

„Ist das Ihr Sohn?"

„Ja!", antwortete Jakob schwer schluckend.

Koch arbeitete im Drogendezernat der Kripo Aachen seit zehn Jahren und kannte die Szene recht
gut. „Wir wissen noch nicht, was geschehen ist,
vermuten aber, dass er an einer Überdosis
Rauschgift gestorben ist. Sehen Sie die frischen
Einstiche hier an seinem linken Arm? Vorsichtshal-
ber machen wir das ganze Programm. Ich kann
Mord im Moment aufgrund der Vorgeschichte nicht
ganz ausschließen. Bitte berühren Sie nichts." Er
zögerte einen kurzen Moment. „Ist Ihnen bekannt,
ob Ihr Sohn abhängig war?"

Jakob nickte stumm. Er sagte nichts. Zu sehr
schämte er sich.

Er spürte schon die Peitschenhiebe, die dieser Beamte sicher gleich austeilen würde. Ablehnung und Verurteilung. Aber Koch war sensibel genug und ließ ihm Zeit.

„Ich hab versucht, ihn davon abzubringen! Das können Sie mir glauben!" Leise kamen die Worte über Jakobs Lippen, ohne den Blick von seinem Jungen abzuwenden.

„Zuerst haben wir es nicht bemerkt. Als bei meiner Frau vor fünf Jahren Krebs festgestellt wurde, muss es angefangen haben. Er war viel unterwegs mit seinen Freunden. Wir dachten, er braucht Ablenkung. Er flieht, um die Krankheit nicht mitzuerleben. Manchmal dachte ich: Bedeutet Mama ihm so wenig? Kapiert er nicht, dass sie sterben wird? Manchmal dachte ich aber auch: Gut, dass er so locker damit umgeht. Dass es ihn nicht so zerfrisst. Oft schien er richtig glücklich zu sein, wenn er in seiner eigenen Welt war. Manchmal war ich richtig neidisch auf ihn. Wenn es ihm zu unangenehm wurde, ging er einfach raus. Im Betrieb oder im Haushalt mithelfen wollte er nicht. Nur rumhängen. Er hat die Schule geschwänzt. Das habe ich erst später erfahren. Eines Tages war es so weit. Sie riefen aus dem Krankenhaus an. Um die gleiche Zeit wie eben. Dabei hatte sie gerade eine stabile Phase und wir dachten, wir hätten noch etwas Zeit. Danach ging das Leben irgendwie weiter, finanziell aber alles den Bach runter. Wir leben vom Verkauf von Ackerland und von dem Hungerlohn, den ich als landwirtschaftlicher Helfer verdiene, wenn mal irgendwo Hilfe gebraucht wird. Das Kapital ist inzwischen aufgebraucht. In seinem Zimmer habe ich dann dieses verdammte Zeug gefunden. Hab es ihm weggenommen und versteckt. Frederik hat mich angeschrien, dass ich doch nicht besser sei als er. Ich würde mich mit Alkohol betäuben. Er eben mit etwas anderem. Ich solle ihn in Ruhe lassen. So gingen wir uns lange aus dem Weg. Nur das Notwendigste. Bis kurz nach seinem 18. Geburtstag. Da hab ich ihn erwischt, als er mir Geld gestohlen hat, das ich von einem Landverkauf erhalten hatte. Wissen Sie, ins Haus regnet es rein. Und der Holzboden ist an einigen Stellen schon ganz aufgeweicht, trotz der vielen Eimer."

Tränen standen Jakob in den Augen. Seine Stimme zitterte. Sein Blick war auf den Boden gerichtet.

"Dann bin ich wütend geworden. Ich hab ihm ein Ultimatum gesetzt. Aufhören soll er und endlich daheim mithelfen oder ich würde ihn hinauswerfen! Er hat mich ganz seltsam angesehen. Ich bin dann raus. Musste an die frische Luft. Hab es nicht mehr ausgehalten. Zwei Stunden später war er mit seiner Reisetasche weg. Die Tütchen mit dem verdammten Zeug hat er nicht gefunden. Alle Schränke hat er durchwühlt und nur Chaos hinterlassen. Das ist jetzt zwei Monate her." Jakobs Redefluss verebbte.

"Lassen wir die Jungs von der Spusi ihre Arbeit machen. Kommen Sie, wir gehen ein paar Schritte!", sagte Koch mitfühlend, drehte sich um und verließ mit Jakob den Fundort. Langsam gingen sie wieder auf dem idyllischen, von vielen Touristen geschätzten Wanderweg zurück. Um ungestört reden zu können, wandten sie sich dem Wald zu, folgten dem Weg Richtung Ölmühle, und weiter geradeaus Richtung Geneiken. An der Ulrichskapelle blieb Koch stehen und schaute wie so oft in das vergitterte Gebäude hinein. Erst letzten Sonntag war er mit seiner Familie hier gewesen.

"Diese Kapelle hat eine traurige Geschichte", bemerkte Jakob nebenbei. „Ich zünde hier mit ein paar anderen vom Pfarrgemeinderat regelmäßig Kerzen an. Habe einen Schlüssel dabei. Wollen Sie hinein?"

„Gern", antwortete Koch. Sie betraten die kleine Kapelle und nahmen vor dem Altar Platz.

„Der einzige Sohn des damaligen Grafen war ein Räuberhauptmann und hatte die ganze Gegend hier jahrelang unsicher gemacht. Dann wurde er gefangen genommen, im Schloss eingekerkert und anschließend im Messerturm umgebracht. Ein Stoß vom Turm und dann aufgespießt von den scharfen Klingen. Das war damals wohl üblich. Der Schlossherr wusste nicht, wer der Räuber war. Erst als man ihm das Amulett des Toten brachte, begriff er, dass er seinen eigenen Sohn hatte umbringen lassen. Kurz danach baute er diese Kapelle, um Gott um Verzeihung zu bitten. Warum erzähle ich Ihnen das eigentlich?" Während Jakob geredet hatte, war sein Körper nach vorne gebeugt und sein Blick zum Boden gerichtet. Nun schaute er den Kripobeamten traurig an.

„Sie haben angedeutet, dass Sie Frederik kennen?" Jakob lenkte das Gespräch wieder in die Bahnen, die sein Herz und seine Gedanken schwer wie Blei machten. Wieso kannte die Polizei seinen Sohn? Wieder Diebstahl? Dass er was ausgefressen hatte, war für ihn klar.

Umso mehr überraschte ihn die Antwort des Polizisten.

„Ja, ich kenne Frederik, das ist, sorry, er war ein ganz feiner, lieber Kerl", begann Koch.

„Er hat uns den entscheidenden Tipp gegeben, wo wir den Dealer finden können. Wir konnten ihn festnehmen, mussten ihn aber wieder auf freien Fuß setzen. Nun entscheidet die Staatsanwaltschaft Mönchengladbach, ob es zum Prozess kommen wird. Der Typ hat einen guten Anwalt und bestreitet alles. Reiche Eltern, wenig Erziehung. Wir sind für jeden Zeugen dankbar. Frederik war unser wichtigster Zeuge. Und jetzt das hier. Ich persönlich befürchte, dass da jemand nachgeholfen hat! Bei klaren Fällen von Drogentoten machen wir normalerweise nicht das volle Programm!"

Jakob hörte gebannt zu. Das war für ihn alles neu. Wie wenig wusste er doch von seinem Sohn! Was er da hörte, erschütterte ihn.

Und es kam noch heftiger für ihn: „Frederik wollte aufhören und neu anfangen. Er hat mir erzählt, dass er eine Lehrstelle bei einer Metzgerei in Klinkum in Aussicht hat. Dieser Dealer muss Frederik mächtig unter Druck gesetzt haben, weil er seine Schulden nicht bezahlen konnte. Das fand der wohl nicht so gut. Dann kam Frederik zu mir. Und wir konnten den Sack zumachen, als die beiden sich außerhalb der Schule trafen. Leider hatte der Dealer zu diesem Zeitpunkt nur eine kleine Menge Drogen dabei. Und bei ihm daheim haben wir auch nicht viel gefunden. Angeblich sei das Zeug für ihn selbst bestimmt gewesen. Was wir wissen ist, dass er Stoff aus Holland eingeführt hat. Dabei wurde er einmal erwischt. War zwar keine große Menge, aber für eine Anklage wird es hoffentlich reichen. Wenn wir dann auch noch Handel über mehrere Zeugenaussagen nachweisen können, muss der Typ ohne Bewährungsauflagen in den Bau. Nicht unter zwei Jahre!"

„Was, zwei Jahre? Das ist doch lächerlich! So Typen müssten doch wegen Mord lebenslänglich in den Knast! Die sind es doch schuld, dass die Kinder abhängig werden! Durch diese Mistkerle fängt das ganze Elend doch an. Gucken Sie sich die jungen Leute an, die würden alles tun, nur um an das Zeug zu kommen! Und wenn sie dann nichts kriegen können, gehen sie durch die Hölle und klauen, was nicht niet- und nagelfest ist." Jakob konnte nicht mehr an sich halten und gestikulierte wild. „Diese Schweine!"

„Nee, so einfach ist das nicht! Der Handel mit Drogen ist kein Mord. Wer Betäubungsmittel abgibt oder zum unmittelbaren Verbrauch überlässt und dadurch leichtfertig den Tod verursacht, macht sich nur nach § 30 Betäubungsmittelgesetz strafbar. Gespritzt hat der Käufer selbst. Der Händler macht sich doch nicht selbst die Finger schmutzig. Jedenfalls normalerweise nicht. Von Mord kann da keine Rede sein. Der Händler will nur die Knete. Der braucht nur zu warten, bis die Sucht einsetzt. Bei Drogen sind die jungen Leute schnell abhängig und brauchen immer mehr. Ein todsicheres Geschäft. Den Rest machen die Kunden dann selber. Echt schade um Ihren Jungen. Ich habe ihn gemocht." Dabei schaute der Kommissar Jakob ehrlich und mitfühlend an.

„Wenn Frederik an einer Überdosis gestorben ist, dann frag ich mich, wo die Drogen herkommen. Ist übrigens in der Hauptsache Straßen-Heroin, was hier in Wegberg gehandelt wird. Ziemlicher Dreck. Gemischtes unreines Zeug. Traubenzucker und Strychnin werden zugesetzt. Mehr als 30 Prozent Heroin haben wir in dieser Gegend nie gefunden. Es muss eine neue Bezugsquelle geben. Oder der Kerl ist cleverer, als wir glauben. Vielleicht hat er auch Komplizen. Aber damit musste man ja rechnen. Die Drogenmafia hat überall ihre Hände drin und kann jedes Loch schnell wieder schließen. Und die Kids sind dankbare Abnehmer. Leider. Das Geschäft lassen die sich nicht nehmen. Das ist schon frustrierend. Manchmal fühle ich mich richtig hilflos!"

Nachdenklich gingen sie zum Parkplatz am Restaurant zurück. Der Leichnam von Frederik wurde gerade weggebracht. Die Spurensicherung räumte bereits auf. Bei dem Anblick brach Jakob zusammen und heulte wie ein Kind. Die Beamten ließen ihn gewähren. Ein Notarzt wurde gerufen. Man brachte ihn anschließend heim. Eine Spritze sorgte einige Stunden lang für einen tiefen, traumlosen Schlaf.

Der Obduktionsbericht ergab, dass Frederik tatsächlich an einer Überdosis Heroin gestorben war. Fremdeinwirkung wurde nach wie vor nicht ausgeschlossen, war aber nicht nachzuweisen.

Jakob hatte inzwischen vom Hausarzt der Familie Dr. Schmitz erfahren, dass Frederiks Körper durch den Entzug ziemlich geschwächt gewesen sei. Er habe Frederik zufällig getroffen, und ihn davon überzeugen können, dass er medizinische Hilfe brauche. Er hatte ihm geraten die Ersatzdroge Methadon auszuprobieren. Zu dem vereinbarten Termin am Tag seines Todes sei es dann aber nicht mehr gekommen.

Und nun hatte Heroin Frederik getötet. Die Dosis des Heroins war zu hoch und sein Körper zu schwach gewesen. Die Folge war eine Atemlähmung. Ohne das übliche Erbrechen. Es musste sehr schnell gegangen sein.

Das gesamte Dorf und viele Mitschüler aus Wegberg waren bei der Beerdigung anwesend. Betroffene Stille herrschte, als der Pastor einen kurzen

Lebensrückblick gab. Jakob erschien allen wie ein Häufchen Elend. Er riss sich unendlich zusammen, bekam das Ganze aber nicht wirklich mit. Frederiks engste Freunde waren auch gekommen. Mit Benny und Sven hatte Frederik immer zusammengehangen. Die beiden rangen sichtlich um Fassung.

Koch war in Zivil erschienen und beobachtete die Beerdigung mit sachlichem Interesse. Insbesondere hatte er die Freunde ins Visier genommen und wollte mit ihnen reden. Vielleicht konnten sie dabei helfen, den oder die Drogenhändler zu überführen. Er lud sie auf die Polizeiwache in Wegberg am Rathausplatz für den kommenden Tag ein.

Pünktlich erschienen sie nach Schulschluss zum verabredeten Termin.

„Ich hab ein paar Fragen an euch", begann Koch die Anhörung. „Wann habt ihr Frederik das letzte Mal gesehen?"

„Am Abend vorher. Da, wo man ihn gefunden hat. Er war ganz schön fertig. War voll auf Entzug! Sah krank aus und zitterte wie Espenlaub. Die arme Sau!", gab Benny bereitwillig Auskunft.

„Ja, wir sind dann weg", bestätigte Sven.

„Wisst ihr, woher Frederik das Heroin hatte?"

„Klar, in der großen Pause hat er immer einen Typen getroffen. So ein dunkelhaariger, lockiger, großer, schlanker Typ mit Nickelbrille und einer Borussen-Kappe. Der ist nicht von der Schule. Weiß nicht, wie der heißt. Hab ihn schon ein paar Wochen nicht mehr gesehen.

„Ich denk, der ist im Knast", meinte Sven. Ratlos zuckten sie mit den Schultern.

„Wir haben mit dem Scheiß nichts zu tun. Das können Sie uns glauben."

Koch hatte noch eine letzte Frage: „Wisst ihr, wo

Frederik das Geld her hatte, das er für seinen goldenen Schuss gebraucht hat?"

Beide schüttelten den Kopf.

„Ich weiß nur, dass er ziemlich pleite war", sagte Benny.

Die Jungen würden ihm nicht viel weiterhelfen können, das wusste der Kommissar. Diese Aussagen und die Beschreibung des Dealers aber passten exakt. Ein weiteres Mosaiksteinchen im Ermittlungsverfahren. Zu dumm, dass Frederik nicht mehr aussagen konnte. Koch fertigte ein Protokoll an und ließ es unterschreiben.

Reichten die Verdachtsmomente für eine Verurteilung wegen Drogenhandels aus? Er wusste es nicht. Die Staatsanwaltschaft Mönchengladbach war schwer einzuschätzen.

Mord würde man diesem Thomas S. jedenfalls nicht anhängen können. Es sei denn, er konnte noch nachweisen, dass dieser Thomas S. oder ein Komplize Frederik getötet hatte. Aber das erschien ihm im Moment ziemlich aussichtslos.

Das Geschehene ging dem Kommissar an die Nieren. Er brauchte frische Luft, wollte nachdenken. Woher hatte der Junge bloß das Heroin? So fuhr er zur Tüschenbroicher Mühle, setzte sich an den See und trank einen Kaffee. Das wirkte positiv auf seine Nerven. Danach ging er um den See herum. An der Weggabelung nach Geneiken oder zum Parkplatz lenkte er seine Schritte nochmals Richtung Ulrichskapelle. Wieder warf er einen Blick hinein.

Koch bemerkte zwei brennende Kerzen. Er runzelte die Stirn. Zuerst verstand er nicht. Das war unüblich. Dann kam Leben in den etwas untersetzten, behäbig wirkenden Polizeibeamten.

Er hatte es plötzlich sehr eilig. Er hastete keuchend zu seinem Wagen und fuhr mit überhöhter Geschwindigkeit vom Parkplatz, links auf die Hauptstraße und 50 Meter weiter in die nächste Straße rechts nach Watern.

Auf das Klingeln reagierte niemand. Da die Tür nur angelehnt war, betrat Koch den Innenhof.
‚Ganz schön marode das Ganze hier! Muss mal richtig schön gewesen sein!', dachte er noch und ging zum seitlichen Wohnhaus aus altem Fachwerk. Er klingelte, doch niemand öffnete. Suchend blickte er durch das offene Scheunentor.
Er sah ihn sofort.
Mit dem Strick um den Hals musste Jakob schon einige Stunden hier gehangen haben. Da kam jede Hilfe zu spät.
„Scheiße", sagte der Kommissar laut, als er zu seinem Handy griff.
Später fand er einen mit ungeübter Hand geschriebenen Zettel auf dem Küchentisch. Koch las die Nachricht wieder und immer wieder:
Ich bin schuld. Ich habe Frederik das Zeug gegeben, weil ich dachte, es würde ihm helfen. Er hat mir so leidgetan!
Jakob Jansen.

Margarete Kaiser

Oma ist die Beste

Da soll mal einer sagen, mit uns Alten ist nichts mehr los. Davon kann ich eine ganz andere Geschichte erzählen. Und die ist nicht ohne.

Es ist Donnerstagmorgen und ich sitze gemütlich in meinem Sessel neben der Heizung. Im Fernseher kommt mal wieder nichts. Da döse ich so vor mich hin und denke über dieses und jenes nach. Was war das alles doch einfach gewesen, als ich vor 40 Jahren der Liebe wegen nach Heinsberg gekommen bin. Die Liebe, oder besser gesagt der Liebe, ist schnell gegangen, und ich bin geblieben. Das waren noch Zeiten. Da gab es ja noch die D-Mark. Jetzt mit dem Euro ist das Leben doppelt so teuer geworden. Alles geht immer nur um das Geld. Wegen dieses notwendigen Übels kann ich mit 75 Jahren noch arbeiten gehen. Das muss sich mal einer vorstellen. Mit meiner kleinen Rente komme ich einfach nicht über die Runden. „Berta", habe ich gedacht, als ich vor einigen Jahren die Annonce in der Heinsberger Zeitung gesehen habe, „das ist deine Chance." Die Kreisverwaltung sucht jemanden für die Räume, damit die gepflegt werden. Ob ich jetzt dort die Räume pflege oder das zu Hause mache, ist doch egal. Dort bekomme ich wenigstens noch Geld dafür. Deshalb habe ich mich beworben. Jetzt muss ich nicht zum Amt, um die Rente aufzustocken. Es ist doch traurig. Da hat man ein Leben lang geschuftet und muss am Ende feststellen, dass es vorne und hinten nicht reicht. Ich frage mich, was sich unsere Politiker so dabei denken. Bestimmt nichts, denn für die ist ja gesorgt. Die müssen sich nicht mit so einer Situation

wie ich auseinandersetzen. Palavern über Alters-
armut, aber passieren tut nichts. Es ist doch immer
dasselbe. Vor den Wahlen versprechen sie viel und
danach halten sie umso weniger. Ich darf jetzt aber
nicht ungerecht sein. Es gibt auch Ausnahmen. Genau wie das Haben auf meinem Konto. Ich glaube,
das Problem liegt an meiner Generation. Aber auch
nur, weil uns die Politiker früh genug eingetrichtert
haben, uns unterzuordnen und guten Willen zu zeigen. Es ist uns ja nach dem Krieg nichts anderes
übrig geblieben. Und was haben wir jetzt davon?
Nichts.

Ich überlege gerade so, wie das wohl alles noch
endet, als mich das Telefon aus meinen Gedanken
reißt. „Mann", denk ich, „du sitzt gerade so gut. Wer
stört dich denn jetzt? Das kann nur der Jürgen
sein." Dem habe ich versprochen beim Umzug zu
helfen. Also raff ich mich auf und schleppe mich
zum Telefon. „Hoffentlich hört das Telefon jetzt nicht
auf", geht es mir durch den Kopf, „dann bist du umsonst aufgestanden." In meinem Alter ist man ja
nicht mehr so schnell.

Ich nehme ab und brülle „Jürgen, bist du das?" in
den Hörer. Zuerst höre ich nichts und dann undeut-
lich: „Oma!"

Ich zucke zusammen und überlege: „Das ist der
Jürgen aber nicht."

„Oma, wie geht es dir? Sag bloß, du erkennst mich
nicht?"

„Jetzt lass dir nur nichts anmerken", geht es mir
durch den Kopf. In meinem Alter vergisst man
schon mal was. Das passiert halt. Ist ja nicht so tra-
gisch. Aber wenn es das eigene Enkelkind ist, ist
es schon bedenklich.

„Geht dir dieses trübe Winterwetter auch so auf

den Geist wie mir?"

Ich kann gar nicht antworten, da geht es schon weiter.

„Weißt du noch, wie wir früher in dieser Jahreszeit zusammen Plätzchen gebacken haben? Es war immer so schön. Kannst du dich nicht mehr erinnern?"

„Berta", sagt mein Verstand, „du musst was für das Gehirn machen. Gedächtnistraining oder so."

„Doch, das war schön", habe ich geantwortet, aber überzeugt war ich nicht. Ich war ja froh, dass jemand anrief, wo doch im Alter nicht mehr so viel passiert. Keine Abenteuer und so. Man ist schon mit Kleinigkeiten zufrieden.

„Oma, alles in Ordnung bei dir?"

„Ja, ja alles in Ordnung", erwiderte ich. Gedacht habe ich aber: „ Was geht den Jungen meine Vergesslichkeit an? Es ist schon schlimm genug, dass sie mich was angeht."

„Setz dich bitte mal hin, Oma, und reg dich nicht auf. Ich muss dir jetzt erzählen, was mir letzte Woche passiert ist. Sitzt du? Ich hatte auf der B221 bei Geilenkirchen einen Unfall. Mir ist Gott sei Dank nichts passiert. Aber das Auto ist Totalschaden. Jetzt habe ich ein Problem, nach Aachen zu meiner Arbeit zu kommen. Mit der Bahn, das kannst du vergessen. Die ist nicht mehr das gute Beispiel für Pünktlichkeit. Und die ist für meinen Chef extrem wichtig. Da ich schon ein paar Mal zu spät gekommen bin, hat er mir gedroht den Arbeitsvertrag zu kündigen. Kannst du mir nicht helfen und ein neues Auto kaufen?"

Das musste ich erst mal verdauen. So was wird man nicht jeden Tag gefragt. „Ein neues Auto kaufen?", echote ich in den Hörer. „Wie soll ich das machen? Mit meiner kleinen Rente kann ich keine großen Sprünge machen!"

„Du kannst mich doch jetzt in dieser schwierigen Situation nicht im Stich lassen. Ich habe doch nur noch dich. Oder glaubst du mir etwa nicht? Ich mache dir einen Vorschlag. Der Hauptkommissar, der den Unfall aufgenommen hat, kann dir das sicher bestätigen. Ich ruf ihn direkt an, dass er sich bei dir melden soll."

„Mach das, mein Junge", habe ich geantwortet und gedacht: „Lass den mal anrufen. Dann sehen wir weiter!"

Tatsächlich ruft der Herr Kommissar 20 Minuten später an und sagt, dass der Junge einen Unfall gehabt hat. Ich war ganz aufgeregt und habe überlegt: „Was machst du jetzt? Irgendwas musst du tun." Das habe ich dann auch getan.

„Wenn der Junge dich in seiner Not anruft, dann musst du dem helfen. Egal wie!" Als der sich wieder gemeldet hat, habe ich ihn wissen lassen: „Junge, auf deine Oma kannst du dich verlassen! Das ist doch ganz klar in der Familie." Also habe ich ihn gefragt: „Hilft dir denn Omas Schmuck weiter?"

Da war der Junge platt. Der wusste gar nicht, was er antworten sollte. Als er sich wieder erholt hatte, habe ich gesagt: „Du musst dich allerdings noch etwas gedulden. Ich habe den nämlich im Schließfach bei der Kreissparkasse. Glaube ja nicht, dass deine alte Oma blöd ist und den Klunker zu Hause rumliegen lässt. Wir machen das dann ganz unkompliziert. Komm um fünf in Heinsberg auf den Weihnachtsmarkt. Dann trinken wir einen und ich gebe ihn dir."

Da hat der schnell zugestimmt. Das hätte ich an seiner Stelle auch getan.

Um fünf gehe ich also mit dem Schmuck in einer Plastiktüte zum Weihnachtsmarkt. Als ich gerade den bestellten Glühwein bekomme, kommt so ein junger Mann, den ich nicht kenne, auf mich zu und will die Juwelen. Ich sage zu dem: „Ich kenne Sie nicht. Da gibt es auch keinen Schmuck."

Da sagt der zu mir: „Der Jürgen kann nicht. Der hat wieder Probleme mit seinem Chef. Und wenn der den Schmuck nicht kriegt, dann hat er noch mehr Probleme."

Was bleibt mir anderes übrig? Ich gebe dem Mann die Plastiktüte. Der war richtig glücklich und hat sich noch drei Mal bei mir bedankt.

Ich habe dann erst mal einen Schluck Glühwein gebraucht. So was passiert ja nicht alle Tage. Als ich mich umdrehe, sehe ich, dass ein paar Meter weiter mächtig was los ist. Da springen zwei Männer auf den Mann, reißen dem die Plastiktüte aus der Hand und legen dem Handschellen an. Da war richtig Stimmung auf dem Weihnachtsmarkt.

„Berta", habe ich gedacht, „das hast du gut gemacht, als du den Jürgen, der bei der Polizei seinen Dienst macht, angerufen hast." Der hat dann schnell reagiert und ist mit einem Kollegen in Zivil zum Markt gekommen.

Ich merke ja selbst, dass ich nicht mehr die Jüngste bin und im Alter alles nachlässt. Aber blöd bin ich deshalb noch lange nicht. Es wär ja auch was ganz Neues, ohne Mann ein Kind und ein Enkelkind zu bekommen.

Die Heinsberger Wache war überaus froh, dass ich denen geholfen habe, einen von den Enkeltrickbetrügern zu fassen, und hat mir ein großes Lob ausgesprochen. Im fortgeschrittenen Alter ist ja nicht mehr jeder so mutig.

Den Klunker hat der Jürgen mir abends wieder zurückgegeben. Den brauche ich auch noch dringend, wenn ich und meine Nachbarinnen wieder als Zigeunerinnen beim Rosenmontagszug in Oberbruch mitmischen wollen.

Simone Michiels

Hinter seinem Rücken

„Resi, bist du fertig?"
Resi war immer fertig. Jeden Tag war sie fertig. Mit ihm. Besonders mittwochs.
„Sauna ist Wellness und Entspannung pur", versuchte Werner sie mit Banalität zu ermuntern. Jede Woche aufs Neue hatte er dieses eigenartige Blitzen in den Augen. Vor langen Jahren hatte er es auch für sie gehabt. Damals, als sie sich kennenlernten. Ja, da sollte sie schon ehrlich sein. Und auch noch viele Jahre später. Selbst, als die Kinder heranwuchsen und ihr vormals makellos geformter Körper langsam seiner Schwerkraft erlag. Aber mit den Jahren liefen ihre Blusen ein. In der Breite. Seine Blicke blieben begehrlich, jedoch lagen sie nicht mehr auf Resi.
Kalorien sind kleine Tierchen, die nachts die Kleidung enger nähen, frotzelten ihre Freundinnen bei Sahnetorten und Konsorten, wenn sie sich wöchentlich im Café Hoffmann in der Wegberger Fußgängerzone an der reichhaltigen Auswahl der feilgebotenen süßen Köstlichkeiten labten.
Während alle drei Leidensgenossinnen die Köpfe über dem kleinen quadratischen Bistrotisch schelmisch zusammensteckten, aromatisierte Resi die ihr hingeschobenen Kaffeetassen mit einem Schlückchen Cognac.
Alltagsprobleme ließen sich beschwipst als Situationskomik enttarnen.

Allerdings hatten ihre Klimakteriumsbegleiterinnen nicht einen Ehemann an ihrer Seite, der wöchentlich geifernd die Saunatasche packte, diesen sündhaft teuren Slip über sein behaartes Heck in die entsprechende Passform zwängte und sich ungeniert vor dem Schlafzimmerspiegel die Kronjuwelen justierte.

Ihr Ernährer drehte sich prüfend im Spiegel. Werner hatte hier und da seine Wohlstandsröllchen. Im Vergleich mit anderen Alphamännchen hatte er immer noch ansprechende Konturen, die er seit einiger Zeit noch mehr ins rechte Licht rücken wollte.

Seine neueste Marotte war Natural Body Building. Er rannte drei Mal die Woche ins Studio. Rannte war geprahlt, aber zügig ging es schon, wenn er sich die Ibu400 eingeworfen hatte, damit er nicht schon beim Warm Up auf dem Ergometer schlappmachte. Und ihr übertrug er die Aufgabe, seinen neuen Ernährungsplan für diesen speziellen Sport umzusetzen. Die deftige Hausmannskost strich er hurtig aus der gemeinsamen Lebensweise, zeigte mit dem Finger stetig auf Nährwerttabellen, schwadronierte über Low Carb, Low Fat und trug ihr auf, selbst die eingeschweißten Steaks gründlich auf ihren Eiweißgehalt zu untersuchen. Mit Brille, Taschenrechner und Internet ausgestattet fügte sie sich den Anordnungen.

Viel Freude in ihrem Leben beschied er ihr nicht. So zog sie ihr eigenes Amüsement aus pfiffigen Aktiönchen. Neu bewandert in qualitativ hochwertiger Nahrung, blieb es nicht aus, dass sie nun auch die andere, kontraproduktive Seite der Ernährung studieren durfte. Eine Handvoll gestampfter Cashewkerne, versteckt in rotem Linsenmus, sind ein Kalorienbömbchen der besonderen Art. Werner merkte es nie, wenn Resi sein Essen verfeinerte und auf ihre Weise seinen neuen Körperkult sabotierte. Eine roh pürierte, reife Avocado wertete stets die Tomatensuppe gesund, aber hüfttechnisch nicht empfehlenswert für ihre Zwecke auf.

Das Thema Gesundheit war überhaupt sein momentaner Hit, ließ er sich doch seit drei Monaten Aufbauspritzen verpassen. Von einem Heilpraktiker seines Vertrauens, der seinerseits auf Werners Kontoverbindung vertraute.

Und wo er einmal dabei war, versuchte der Quacksalber ihm geschäftstüchtig noch diverse Allergiechen zu vertreiben. Resi merkte es gerne, dass der eine wie der andere Erfolg beim Naturheilkundler ausblieb. Nur Werners Balzgehabe wurde tatsächlich durch die Spritzen aufgebaut.

Reha-Sport stand auch auf des Angetrauten Liste. Gewissenhaft füllte Resi die entsprechenden Anmeldungsbögen für das Fitnesscenter an der Bahnhofstraße aus, während Werner für seine neue, fesche Sportausrüstung einkaufen ging.

Sollte sie ihm bei Gelegenheit winzige Splitter in die Sportsocken ...?

„Mensch, mach hinne!" Werners dröhnender Bass riss Resi aus den Gedanken, die ihr das Leben an seiner Seite einen Hauch erträglicher machten. Lustlos schleppte sie ihre gepackte Saunatasche hinter Werner her. Sie seufzte tief, denn nach einer Viertelstunde Fahrt würde erneut ein Mittwoch der Marke „Gnadenlos" beginnen.

Direkt an der Rezeption ging es los. Selbstverständlich duzte Werner sich mit dem Anmeldungshäschen. Heute war es Natalie. Von allen Angestellten konnte Resi ihr noch am wenigsten aufs Fell gucken. Überkandidelt erfreut drückten gefährliche unter 25 zwei Stempel auf die Zehnerkarte. Natalie warf schwungvoll den leider auch noch echt blonden, langen Pferdeschwanz grazil auf den Rücken, bedachte Werner mit strahlenden Kulleraugen, schenkte ihm ein umwerfend blitzendes Lächeln, um das sich Werbefritzen des Fernsehens gerissen hätten.

Resi fand überhaupt die Belegschaft der Sauna im Schnitt zu jung, zu schön, zu weltoffen. Sie reckte ihr Kinn in die Höhe und stapfte entschlossen durch die schwer aufzudrückende Holztür der Umkleidekabine. Die ausgeklügelten Phrasen von Werners Intro, immer anders und mit Rauch in der Stimme, wurden leiser, als mit einem hohlen Klacken das Schloss hinter ihr einrastete.

Resi brummelte nach, was sie noch aufgeschnappt hatte. „Heute besonders hübsch, die Dame! Deine Bräune: zau-ber-haft!"Dabei hatte die Eulalia bloß ein Abo auf dem Asi-Toaster. Und hoffentlich in ein paar Jahren gehörige Meter mehr Haut zu bändigen!

Resi zog den Bauch ein und pellte sich aus dem Hüfthalter. Das Ding hieß auf der Verpackung Bodyformer. Wer's glaubt?

Zumindest versprach es im Miedergeschäft den winzigen Strohhalm, einmal, bitte nur einmal, in stolzer Haltung an dieser Rezeption vorbeizukommen. Der Außentest zeigte jedoch, dass das teure Teilchen zwar einen Hauch weggeschummelt hatte, nicht aber gänzliches Verschwinden an den Tag legen konnte. Und so quoll fröhlich eine entsprechend justierte Rolle knapp unter den Bügeln des BH heraus. Das ausladende Handtuch um die Rubensfigur geschlungen, verlagerte Resi mit gekonntem Griff eine Armee weiblichen Waffenarsenals in die Bademanteltasche. Pröbchen und Tübchen, jedes versprach auf seine Weise 20 Jahre jünger zu wirken.

Viel später, als Resi schon ihren ersten Aufguss und eine heimliche Schaummaske hinter sich hatte, tauchte ihr Gemahl dann doch noch auf. Mit missgünstigem Blick registrierte Resi Werners mittwöchlich gute Laune, wie er wieder lässig das Handtuch um die Lenden drapiert hatte, die Schultern nach hinten zog, damit die Illusion einer geschwellten Primatenbrust erzeugt wurde. Er schlenderte auf sie zu, vorbei an den aufgebauten Liegestühlen des Innenbereiches. Jeder seiner Schritte quietschte herzhaft, denn er hatte wohl einen Schlenker durch die Dusche gemacht. Neben ihr angekommen, ließ er seinen Blick schweifen und nuschelte etwas von Vorfreude auf das Mittagessen: „Ich glaube, ich nehme heute das Hot Spicy Chicken."

Resi nickte tonlos. An einem scharfen Huhn konnte Werner nie vorbeigehen. Aber auf das Saunaessen freute sie sich auch. Gerade heute würde sie zügellos in die Spaghetti Carbonara eintauchen. Eventuell würde sie mit der Bedienung klären, eine gute Portion mehr auf ihren Teller zu schaufeln. Dieses Unterfangen müsste natürlich an Werners kontrollierendem Blick vorbeigehen. Noch sicherer wäre es, direkt die Saunaküche zu involvieren. Daheim das spezielle Gekoche für Werner war zu aufwendig, als dass sie extra für sich noch anderes zubereiten würde. Und Werner bedachte sie damals mit einem abschätzenden Blick, als er seine Nahrungsumstellung bekannt gab: Schließlich würde es ihrer Figur auch gut tun.

Werner plusterte sich in Position. Sie brauchte nicht hinzusehen, denn das Geräusch von anmutig tänzelnden Badeschläppchen kündigte das drohende Unheil an. Werner setzte einen kleinen

Schritt nach vorne und schon stand er Natalie im Weg. Galant nahm er ihr den schweren Aufgussbehälter ab und stellte ihn auf die Balustrade.

Ihr Göttergemahl stand wie zufällig mit dem Rücken zu ihr und verwickelte seinen auserkorenen Augenschmaus erneut in ein belangloses, aber intensives Gespräch über neu anzutretende Studiengänge.

Die sanften Stimmen der Freundinnen schwangen in Resis Ohr: Männer flirten halt gerne. Das ist ihre Natur ...

Die beiden waren vollkommen vertieft in ihr Gespräch, Natalie begleitete ihre Ausführungen mit gezielt gesetztem, glockenhellen Lachen, Werner stimmte in die Symphonie mit seinem raunenden Bass ein. Welch eine ekelhafte Einheit die beiden bildeten! Der Esprit in Natalies Stimme wurde für Resi immer unerträglicher.

Jetzt ging Werner auch noch lachend einen Schritt zurück, drängte Resi ab, sie konnte gerade noch reflexartig ihre Zehenspitzen retten. Scharf zog sie die Luft ein. Das hier, das war kein Flirten, das war ein Wegschieben! Eine pure Demütigung!

Mit vor Wut geschlitzten Augen griff sie in die Bademanteltasche, als suche sie Halt an Cremchen und Tübchen, die mehr versprachen, als sie hielten. Nach einem schweifenden Blick stolzierte sie in Richtung Küche. Sie hatte noch zehn Minuten bis zum Aufguss.

Resi lehnte sich nach hinten. Entspannt auf der Saunabank fühlte sie das flauschige Handtuch im Rücken. Mehr beiläufig erhaschte sie Natalies professionellen Griff zur großen, bauchigen Kelle, ehe sie sanft die Augen schloss. Genussvoll ließ sie hinter ihren Lidern die Bilder vorbeilaufen, die sie nie vergessen würde. Diesmal würde ein Präparat ihr wirklich nutzen. Die schlanke Pipette, eingebettet in Freundschaft zwischen Cremes und Tübchen, hervorgezaubert hinter seinem Rücken.

Die Schlieren der eintropfenden Substanz im unschuldigen Aromabottich.

Das zügige Verschmelzen zu einer unsichtbaren, für Werner aber tödlich allergischen Melange.

Natalie schwang die Kelle – und es zischte ...

... zau-ber-haft!

Gabriele Klein

Fast vergessen

Zwei blaue Augen strahlten wie in der Sonne auf-
blitzende Türkise in die Welt. Hände mit winzigen
Fingern tasteten unsicher und doch kraftvoll nach
der Brust der Mutter.

„Nicht so hastig, mein Kleiner, du wirst schon noch
satt werden." Mit besänftigender Stimme versuchte
die Mutter, ihren erstgeborenen Sohn zu beruhigen
und half den fordernden Lippen des Neugebore-
nen, den Weg zu ihrer Brust zu finden. „Du wirst
ein ganz Großer werden. So wie du trinkst, wächst
du schnell zu einem kräftigen Burschen heran. Gesund und stark sollst du sein. Ein Herz aus Gold,
sanft und kraftvoll in deinen Taten, ganz wie dein
Vater", flüsterte Marie ihrem Sohn ins Ohr.

In diesem Moment streckte und reckte sich der
Kleine in ihren Armen und stülpte seine Unterlippe
hervor, ganz so, als würde das Baby seine Mutter
veralbern wollen. Gleichzeitig gluckste ihr Sohn vor
Zufriedenheit.

„Na, du bist mir ein Halifax, so klein und machst
schon Faxen mit deiner Mutter." Marie scherzte liebevoll mit ihrem Sohn, als sich die Türe öffnete und
ihr Mann Hans zögerlich seinen Kopf durch den
Türspalt streckte.

„Darf ich hereinkommen?"

„Komm zu uns und schau an, was für einen Schelm
wir da vom lieben Gott geschenkt bekommen haben."

Hans trat in den Raum und betrachtete liebevoll
seine Frau mit dem Kind in ihren Armen. Die Heb-
amme, Frau Nolte, hatte alle Spuren dieser schweren Geburt beseitigt und Marie in strahlend weiße

Kissen gebettet. Ihre Arbeit war getan.

Hans und Marie bewohnten eine kleine Kate am Waldrand, weit ab vom Dorf Arsbeck, in dem Frau Nolte wohnte. Sie verabschiedete sich mit müder Stimme von den jungen Eltern und trat den langen Fußmarsch nach Hause an.

„Möchtest du deinen Sohn halten?", fragte Marie ihren Ehemann. Hans strahlte übers ganze Gesicht, sein volles Haar fiel ihm wirr in die Stirn, seit der Morgendämmerung hatte er diesen Moment herbeigesehnt. Erst als die Sonne sich verabschiedete, bereitete der erste Schrei des Säuglings seiner Ungeduld ein Ende. Nichts deutete mehr darauf hin, welche Qualen Marie stundenlang hatte erdulden müssen.

„Das ist wirklich unser Sohn, dieser Prachtkerl?"

„Ja, das ist dein Sohn. Wie willst du ihn nennen?" Mit dieser Frage legte Marie ihrem Mann den Kleinen in die Arme.

„Heinrich soll er heißen, unser Heinrich."

*

Lautlos bewegte sich die hagere Gestalt in geduckter Haltung durch den Wald. Als kleiner Bub war er mit seinem Vater durch den Wald gestreift. Jeder Baum, jeder Strauch war ihm ins Gedächtnis geschrieben. Sein Vater hatte ihm beigebracht, wie man sich beinahe unbemerkt bewegte. Auf unzähligen Streifzügen durch den Arsbecker Wald waren sie auf der Jagd nach Wildschweinen oder einem Reh gewesen.

Meistens beschränkte sich ihr Jagderfolg jedoch auf einen Hasen, der so unvorsichtig war, den beiden vor die Flinte zu laufen.

Diese Zeiten waren schon lange vergangen. Die

Wirklichkeit holte ihn wieder ein. Er war allein im Wald unterwegs, kein Vater an seiner Seite, der immer wusste, was zu tun war. Hans befand sich im Krieg. Bereits zwei Tage nach Kriegsbeginn wurde der 33-jährige Leinenweber eingezogen. Seit ihr Mann fort war, kränkelte Marie. Sie hatte deutlich an Gewicht verloren. Die ständigen Sorgen, Hans könnte im Krieg fallen, am nächsten Tag nicht genug Essen für ihre Kinder zu haben, raubten ihr fast den Verstand. Die Arbeiter, die ihr bisher zur Seite gestanden hatten, waren nacheinander in den Krieg einberufen worden. Bis dahin bauten sie ihren eigenen Flachs an, der zu einem Faden gesponnen wurde. Ihr Mann und seine Gehilfen webten daraus Hemden, Bettwäsche, Waffenröcke und weitere Textilien. Marie konnte die Arbeit alleine nicht bewältigen. Schon wenige Wochen, nachdem Hans fort war, kam der kleine Betrieb, den sie beide mühsam aufgebaut hatten, zum Erliegen.

Heinrich tat sein Bestes den Vater zu ersetzen, ganz so wie er es ihm aufgetragen hatte.

„Wenn Vater zurückkommt, wird er stolz auf mich sein", dachte er oft bei sich. Es dem Vater recht zu machen, spornte ihn immer wieder an und gab ihm die Kraft und den Mut, Wege zu finden, genügend Nahrung für seine Mutter, sich und die kleine Schwester aufzutreiben. Plötzlich war nichts mehr wie vorher. Die Unbeschwertheit seiner Kindheit, sich um nichts kümmern zu müssen, war dahin.

Die letzten Worte seines Vaters hatten sich Heinrich unauslöschlich eingeprägt: „Du bist jetzt der Mann im Haus. Pass gut auf deine Mutter und Schwester auf! Ich habe dir alles beigebracht, was ich weiß. Du kennst jeden Pfad, auf dem sich das Wild bewegt, weißt um alle Verstecke, wenn es einmal darauf ankommt dem Schnüffler zu entwischen. Ich verlasse mich auf dich."

Hans war bewusst, dass er seinem Sohn eine schwere Last aufbürdete. „Versprich mir, dass du kein zu hohes Risiko eingehst. Gefangen oder gar erschossen kannst du deiner Mutter nicht mehr helfen. Versprich es mir, sei auf der Hut. Nimm dich vor diesem skrupellosen Widerling, dem Jagdaufseher Reinhard, in Acht."

Hans hielt seinen Sohn mit einem stählernen Griff an der rechten Schulter gepackt, als wollte er seinen Worten Nachdruck verleihen und diese so unvergesslich machen. Er verstärkte den Druck so sehr, dass Heinrich noch heute den festen Griff zu spüren glaubte. Der Blick des Vaters war eindringlich, fast beschwörend und ließ nicht von ihm ab, bis sein Sohn ihm das geforderte Versprechen gab. Heinrich sah voller Bewunderung in die blauen Augen seines Vaters, er war ihm immer ein Vorbild gewesen. Groß gewachsen, schlank in der Statur und kräftig, wenn es ums Zupacken ging. So wollte er auch werden.

„Ich bin bald wieder bei euch!", rief der Vater seiner Familie zu.

Eine Weile standen sie einfach nur stumm auf dem Bahnsteig, blickten in die Richtung, in der die Soldaten entschwunden waren, bis die kleine Eva erwachte. Sie hatte von all der Tragik nichts mitbekommen. Die ganze Zeit über schlummerte sie friedvoll in ihrem Kinderwagen, den Marie krampfhaft mit einer Hand festhielt, damit er nicht von den vielen Menschen am Bahnsteig mitgerissen wurde, die ebenso wie sie Abschied von ihren Männern oder Söhnen, vielleicht sogar von beiden, genommen hatten.

*

Noch vor der Morgendämmerung, bevor Heinrich an jenem Tag die kleine Behausung verließ, beobachtete Marie ihren Sohn verstohlen. Ihr wurde bewusst, wie sehr er sich verändert hatte. Aus dem unbeschwerten fröhlichen Kind hatte die vom Vater auferlegte Verantwortung einen selbstbewussten Jungen werden lassen. Heinrich nahm sich kaum Zeit für sich selbst, er stand in den frühen Morgenstunden auf, schlug das Feuerholz, damit seine Mutter den Herd schüren konnte.

Er erledigte die schwere Arbeit auf dem einzigen Feld, das ihnen noch geblieben war, um wenigstens etwas Gemüse im Frühjahr ernten zu können. Ihr Sohn ähnelte ihrem Mann immer mehr, erkannte Marie. Dasselbe wirre dunkle Haar. Seine ohnehin schon dürre Gestalt hatte einen Schuss in die Höhe getan, was ihm ein schlaksiges Aussehen verlieh. Flink wie ein Wiesel und zuverlässig erledigte er seine Arbeit.

Oft wachte Marie mitten in der Nacht auf, weil sie glaubte, Hans hätte sich im Schlaf neben ihr umgedreht. Das Gefühl von Leere und Sehnsucht überfiel sie sodann. „Du darfst nicht denken, du darfst nicht fühlen, du musst stark sein", ermahnte sich Marie in solchen Momenten.

Heinrich war stark. Stolz betrachtete sie ihren Sohn.

„Mutter was ist los mit dir? Geht es dir nicht gut? Kann ich dich mit Eva alleine lassen? Wir brauchen dringend etwas zu essen. Ich muss in den Wald, vielleicht habe ich Glück und ein fetter Hase stolpert mir vor die Füße."

Heinrich hauchte seiner Mutter einen Kuss auf die

Wange und verließ eilig den Wohnraum.

Er ging alle Fallen ab. In der letzten wurde er fündig. Ein Hase hatte sich darin das Genick gebrochen. Heinrich beugte sich über das tote Tier, als er in der Ferne ein Geräusch wahrnahm. Es hörte sich an wie ein Stück Holz, das unter dem Gewicht eines schweren Körpers zerbrochen war. Tiere bewegten sich fast lautlos durch den Wald, die Natur lehrte sie, sich vor ihren Jägern verborgen zu halten. Menschen stolperten über Geäst. Alles sprach dafür, dass sich außer ihm noch jemand im Wald aufhielt. Wenn es sich um Reinhard handelte, so musste er auf der Hut sein, denn Erbarmen kannte dieser keines. Ein Wilderer hatte dem Jagdaufseher vor zwei Jahren den rechten Arm zerschossen. Seitdem trug er ihn in einer Armschlinge. Der Jäger, so wurde er seit diesem Vorfall genannt, gab keine Ruhe, bis er den Verbrecher, der ihm diese Verstümmelung angetan hatte, vor seine Flinte bekam. Reinhard erschoss den dreifachen Familienvater ohne Gnade.

Heinrich duckte sich ins Unterholz, verharrte regungslos und horchte, ob er die Richtung bestimmen konnte, aus der sich ihm jemand näherte. Außer den Vögeln, die ihre Schlafplätze verließen und ihr morgendliches Lied pfiffen, hörte Heinrich nur den Wind durch das Geäst der Bäume streifen. Kein Rascheln der am Boden liegenden Blätter, keine Bewegung um ihn herum deutete auf einen Verfolger hin.

Und doch stellten sich bei ihm alle Nackenhaare hoch. Er war bereit, jeden Moment aufzuspringen und zu fliehen. Das Gefühl beobachtet zu werden, verstärkte sich immer mehr, so als würden die Blicke eines Verfolgers seine Haut berühren.

Heinrich bewegte seinen Kopf in alle Richtungen, seine Augen sahen über die rechte Schulter hinweg, ein vorbeihuschender Schatten ließ ihn innehalten. Er konnte immer noch nicht mit Bestimmtheit sagen, wer sich vor ihm verborgen hielt. Wenigstens wusste Heinrich, in welche Richtung er vor seinem Verfolger fliehen musste. Er ließ den Hasen zurück und hechtete, so schnell er konnte, davon.

Heinrich rannte zum Alde Berg, gelegen zwischen Arsbeck und Rödgen. Kaum jemand kannte die weit verzweigten Stollen in der Nähe der Motte. Hans hatte ihm den Zugang zu einem der verborgenen Gänge gezeigt.

Er war immer wieder mit seinem Sohn den Weg abgegangen, damit er sich im Notfall dorthin flüchten könnte. Hätte er erst einmal den Tunnel erreicht, war die Wahrscheinlichkeit gering, dass ihn sein Verfolger noch erwischte. Die Hohlräume waren nicht sehr geräumig, ein erwachsener Mann hätte es schwer sich darin zu bewegen. Heinrich hastete durch den Wald, immer wieder orientierte er sich, um nicht in die falsche Richtung zu laufen. Trotz seiner Angst behielt er die Nerven und verlor sein Ziel nicht aus den Augen. Markante Bäume wie eine Eiche, in die der Blitz eingefahren war, wiesen ihm die Richtung. Nur noch wenige Schritte und er würde den Erdwall, in dem sein Versteck unter Geäst und Laub verborgen lag, erreicht haben. Mit einem Satz sprang der Junge in einen Graben, in dem sich der Eingang zu seinem Versteck befand. Er sank auf die Knie und fegte behände die Blätter und Äste zur Seite, bis er auf ein Holzbrett stieß. Es war nicht sehr schwer und ließ sich leicht zur Seite heben. In diesem Moment traf ihn ein heftiger Schlag.

Heinrich schrie auf, ein furchtbarer Schmerz durchfloss seine linke Schulter, wo ihn der Gewehrkolben getroffen hatte. Der Schlag schleuderte ihn zu Boden, so dass er mit dem Gesicht in dem morastigen Waldboden aufschlug. Für einen Moment bekam er keine Luft mehr. Verzweifelt versuchte er sich in die Höhe zu stemmen, als ihn erneut ein Schlag zwischen die Schulterblätter traf. Mit jedem Atemzug verschlossen ihm die Blätter Nase und Mund.

„Du kleiner Mistkerl, hattest du gedacht, du könntest mir entwischen? Glaubst du wirklich, ich wüsste nicht, wo ihr Mistkerle euch vor mir versteckt? ", brüllte der Jäger.

„Dein Vater hatte nur großes Glück, dass ich ihn nie beim Wildern erwischt habe. Ich hätte ihn liebend gerne zerquetscht wie einen Käfer unter meinen Sohlen. Aber jetzt habe ich dich, das ist noch viel besser, seine Brut auszumerzen. Ihr verdammten Diebe, euch werde ich zeigen mir mein Wild zu jagen. Fresst, was ihr wollt, aber nicht, was mir gehört."

Mit hassverzerrtem Gesicht ließ sich der Jäger mit den Knien auf Heinrichs Rücken fallen und drückte den Jungen mit seinem ganzen Körpergewicht in den Waldboden, dass dieser kaum mehr atmen konnte.

Heinrich bekam Todesangst. Panik erfasste ihn, er wehrte sich mit aller Kraft, doch es gelang ihm nicht seinen Peiniger abzuschütteln. Er ruderte mit den Armen, tastete um sich, bis seine rechte Hand einen dicken Ast zu fassen bekam. Mit letzter Kraft schlug er mit dem Knüppel hinter sich. Sofort ließ das Gewicht auf seinem Rücken nach. Heinrich drehte sich um und saugte tief die frische Waldluft ein, bis seine Lungenflügel schmerzten. Er hustete und unterdrückte nur mit Mühe einen aufsteigenden Brechreiz. Er betrachtete den regungslos am Boden liegenden Mann.

Ein Rinnsal aus Blut lief aus einer Platzwunde an der Schläfe, wo ihn Heinrich getroffen hatte. Der rechte Arm des Mannes steckte in einer Armschlinge. Dicht neben Reinhards Körper lag ein Gewehr.

Langsam kam Heinrich zu Besinnung. Er durfte keine Zeit verlieren. Egal, ob dieser Mann tot oder lebendig war, er musste so schnell wie möglich weg.

Er sprang auf und wollte davonlaufen, als ihm Zweifel kamen. Reinhard hatte ihn erkannt. Das würde bedeuten, dass der Jäger ihn verfolgen würde. Heinrich konnte nicht so einfach nach Hause gehen und so tun, als wäre nichts geschehen. Er blieb regungslos stehen und versuchte einen klaren Gedanken zu fassen.

„Mach jetzt bloß keinen Fehler", sagte er zu sich.

Er hatte keine andere Wahl. Wollte er nicht gefasst und ins Gefängnis kommen, musste er Reinhard fortschaffen. Heinrich legte das Gewehr beiseite und fasste den immer noch regungslosen Jäger an beiden Fußgelenken. Vor ihm klaffte der schwarze Eingang des Stollens, in dem er noch kurze Zeit vorher Zuflucht finden wollte. Jetzt würde der Tunnel dazu dienen, sein dunkles Geheimnis zu verbergen. Heinrich mobilisierte all seine Kräfte und zog den schweren Mann in Richtung des Eingangs. Das Laub unter dem Körper erleichterte ihm seine Arbeit.

Mit den Füßen voran schleppte der Junge Reinhard ins Dunkle. Zentimeter für Zentimeter verschwand der Körper in dem Stollen. Erschöpft musste Heinrich immer wieder innehalten. Es kam ihm wie eine Ewigkeit vor, bis er Reinhard in den unterirdischen Gang geschleppt hatte. Es blieb ihm keine Zeit, lange darüber nachzudenken, was er tat. Um den Gang wieder verlassen zu können, robbte Heinrich über den Körper hinweg. Als er aus der Dunkelheit kroch, erwartete ihn das milchige Licht der Morgendämmerung. Der Junge machte sich sofort daran, den Eingang mit dem Holzbrett zu verschließen.

Er suchte nach einem dicken Zweig und verwischte damit seine Spuren auf dem Waldboden. Dann rannte er, so schnell ihn seine Beine trugen, nach Hause.

Er wusste noch nicht, was er seiner Mutter sagen würde, warum er so zerschunden aussah. Er wollte nur so schnell wie möglich weg, weg von diesem furchtbaren Geschehen.

Zu Hause stieß Heinrich die Türe zu der kleinen Behausung auf und schlug sie mit einem lauten Knall wieder hinter sich zu. Schwer atmend lehnte er sich mit dem Rücken gegen die Tür. Seine Mutter saß in der Stube und säuberte das Gemüse, aus dem sie zum Mittag eine Brühe kochen wollte. Sie blickte in das angstverzerrte Gesicht ihres Sohnes und schreckte zusammen. „Was ist denn mit dir geschehen?"

Heinrich brachte keinen Ton heraus, lehnte noch immer an der Türe und versuchte sich krampfhaft auf den Beinen zu halten, bis er langsam in sich zusammen sackte, den Kopf in seinen Händen verbarg und laut zu schluchzen begann. „Mutter, ich habe ihn umgebracht, ich konnte nichts dafür, er hätte mich beinahe erschlagen und jetzt habe ich ihn erschlagen. Erschlagen habe ich ihn", rief ihr Sohn.

„Wen hast du erschlagen? In Gottes Namen, was ist passiert?"

Heinrich erzählte stockend, was geschehen war. „Das Gewehr, mein Gott, ich habe das Gewehr vergessen. Es liegt immer noch neben dem Eingang. Wenn es jemand entdeckt, findet er auch die Leiche. Ich bin verloren", rief er aufgeregt.

Marie beruhigte ihren Sohn. „Mach dir keine Gedanken. Du hast nichts Unrechtes getan. Entweder du oder er. Mir ist lieber, dass dieses Ungeheuer von einem Menschen dort im dunklen Schacht vermodert. Aber du hast recht, das Gewehr muss weg. Du bleibst hier, ich werde es fortschaffen."

Heinrich wollte protestieren, doch Marie blieb hart. „Geh in deine Kammer und warte auf mich, ich bin bald wieder zurück."

„Das Gewehr liegt…", stotterte Heinrich.

„Mach dir keine Sorgen, ich werde es schon finden. Ich kenne mich ebenso gut im Wald aus wie du und dein Vater." Marie schlüpfte in ihren grauen Mantel und verschwand aus seinem Blick.

Heinrich ließ seine Mutter ziehen, wenn auch mit einem unguten Gefühl. Was würde geschehen, wenn man sie beobachtete? Unruhig stampfte er in der Küche auf und ab. Nicht fähig einen klaren Gedanken zu fassen, malte er sich die schlimmsten Bilder aus, wie man seine Mutter festnahm. Was sollte dann aus ihnen werden? Was würde der Vater zu all dem sagen? Wie konnte das nur passieren? Warum hatte ihn dieser Idiot nicht einfach in Ruhe gelassen?

Es kam ihm wie eine Ewigkeit vor, bis endlich seine Mutter wieder in die Stube trat.

Mit weit aufgerissenen Augen blieb er vor ihr stehen.

„Hast du es nicht gefunden?"

„Sicher habe ich es gefunden. Ich habe es unter meinem Mantel verborgen, oder glaubst du, ich gehe damit offen spazieren?" Seine Mutter hatte ihre Stimme erhoben, so dass Heinrich einen Schritt vor ihr zurückwich.

Er wagte sich nicht, weiter nach Einzelheiten zu fragen. Ihre Hände zitterten, als sie das Gewehr hervor holte. Ohne ihren Sohn anzusehen, ging Marie in ihre Schlafstube und verstaute die Büchse unter dem Bett.

Als sie zu ihrem Sohn in die Küche zurückkam, stand dieser immer noch wie angewurzelt da. Wortlos sahen sich beide an und schlossen einen stummen Pakt, nie mehr ein Wort über dieses Ereignis zu verlieren.

*

Im Dorf blieb Reinhards Verschwinden nicht unbemerkt. Frau und Kinder, die ihn vermissten, hatte er nicht. Von Neid und Missgunst getrieben hatte der Jäger es sich mit allen verscherzt. Die Suche nach ihm wurde nur halbherzig durchgeführt. Nicht einmal Hunde zum Aufnehmen seiner Fährte kamen zum Einsatz. Man könnte glatt meinen, dass kein allzu großes Interesse bestand, Reinhard zu finden. Hinter vorgehaltener Hand erzählte man sich, „den hat der Teufel geholt und hält ihn in einer Höhle fest". Was ja auch nicht ganz falsch war.

„Soll der Teufel sich mit ihm rumschlagen, dann haben wir wenigstens unsere Ruhe und den Teller voll Fleisch."

Irgendjemand verbreitete das Gerücht, er habe gehört, wie der Jäger vor geraumer Zeit lauthals damit geprahlt hätte, er würde eines Tages nach Amerika gehen. Dort lebte angeblich ein Bruder, der zu Wohlstand gekommen sei.

Zwei Monate nach dem Unglück im Wald, erreichte Marie ein Brief ihres Mannes.

17. Dezember 1916

Liebe Marie.

Seit Wochen habe ich in meinen Gedanken immer wieder zur Feder gegriffen, um dir, meine Liebe, zu schreiben. Es war mir unmöglich, auch nur einen Moment der Ruhe zu finden, mir diesen innigsten Wunsch zu erfüllen.

Voller Sehnsucht denke ich an dich und die Kinder. Vier lange Wochen haben ich und meine Kameraden einen nie mehr enden wollenden Fußmarsch zurückgelegt. Einzig die Erinnerung an dich gibt mir die Kraft weiter zu marschieren. Ich schließe die Augen, sauge die Luft ein und glaube für einen kostbaren Moment, den Duft von deinem Mandelkuchen wahrzunehmen. Stattdessen marschierten wir durch von Granaten zerschossene Dörfer, niedergebrannte Häuser gleich unserer bescheidenen Behausung, die aus der Ferne nur noch als graue Flecken auszumachen waren. Um mich herum nur noch an einem Streifen ermordete Natur, ganze Wälder sind zerschossen. Was für unbeschreibliches Leid die Bewohner erfahren mussten. Ich bete dafür, dass euch diese Qualen erspart bleiben mögen.

Meine Hände gehorchen mir nicht mehr, ich fühle mich wie eine Eierschale, dünnhäutig und zerbrechlich.

Grauenvolle Wochen sind vergangen, bevor ich dir

schreiben konnte. Durch einen Splitter wurde ich an meinem rechten Bein verletzt. In dieser Schlacht um Verdun verloren viele meiner Kameraden ihr Leben. Was für ein Wunder, dass ich diesem Drama lebend entkommen konnte. Für den Krieg tauge ich nicht mehr und werde bald in die Heimat entlassen. Ich umarme dich, dein Mann Hans.

Nachdem Marie den Brief gelesen hatte, fühlte sie wieder Zuversicht in ihrem Herzen aufkeimen.

Wenn ihr geliebter Mann so viel Leid ertragen konnte, so würden auch sie drei es schafften, diese schweren Zeiten zu überstehen.

Sie las ihrem Sohn den Brief vor, in der Hoffnung, dass auch er neuen Mut schöpfte und sich über die Heimkehr seines Vaters freute. Als sie die letzten Worte vorlas, sanken ihre Hände in den Schoß und sie blickte Heinrich unter Tränen, aber auch mit einem erleichterten Lächeln erwartungsvoll an.

„Mutter, jetzt wird alles gut, Vater kommt bald nach Hause. Alles wird gut, Mutter. Vater hatte seinen Krieg und wir den unsrigen."

„Ich bin so froh, mein Sohn, dass du genauso fühlst wie ich. Lass uns dieses furchtbare Unglück vergessen und in unseren Herzen begraben, bis ans Ende unserer Tage."

Hans überstand den Krieg, er kehrte körperlich versehrt, aber nicht gebrochen, zwei Jahre vor Kriegsende zu seiner Familie nach Arsbeck zurück.

*

Es vergingen viele Jahre, bis der Zufall verborgen Geglaubtes wieder ans Licht brachte.

Heinrichs Vater war 1949 gestorben, im Gedenken an seinen Vater gab Heinrich seinem erstgeborenen Sohn dessen Namen Hans. Im Zweiten Welt-krieg leistete Heinrich seinen Dienst und wurde wie sein Vater aufgrund einer Verwundung noch vor Kriegsende zu Frau und Kindern entlassen. Ein Steckschuss neben dem rechten Lungenflügel brachte ihm die Heimreise. Marie lebte seit dem Tod von Hans mit ihrem Sohn, Schwiegertochter Klara und ihren drei Enkeln unter einem Dach zu-sammen, immer noch in der Kate bei Arsbeck.

„Stell dir vor, im Wald nicht weit von hier hat man ein Skelett gefunden", berichtete Klara ihrer Schwiegermutter, nachdem sie vom Markt mit ihren Einkäufen zurückgekehrt war. „Zöllner sind auf ei-nen grausigen Fund gestoßen, als sie Schmuggler auf den Fersen waren, die über die grüne Grenze vor ihnen flohen. Einer der Zollbeamten stürzte in einen der Gräben am Aldeberg und brach in einen Stollen ein. Als man die Grube näher untersuchte, fand man eine skelettierte Leiche, mit zerborste-nem Schädel. Die Leiche muss schon viele Jahre dort gelegen haben."

Marie hatte der Erzählung ihrer Schwiegertochter bewegungslos gelauscht. Als diese geendet hatte, hatte Marie jegliche Farbe aus ihrem Gesicht ver-loren und starrte Klara mit entsetzten Augen an. „Was ist mit dir, geht es dir nicht gut? Oh, mein Gott, du siehst aus, als wäre dir ein Geist begeg-net." Klara reichte ihrer Schwiegermutter ein Glas Wasser.

Marie winkte ab. „Es ist nichts, mir war nur etwas schwindelig geworden. Ich werde mich einen Au-genblick hinlegen, dann geht es wieder."

Auf wackeligen Beinen ging sie in ihre Kammer.

Wenig später kam Heinrich nach Hause, Klara be-richtete ihm von dem Leichenfund im Wald und wie geschockt Marie auf die Neuigkeiten reagiert hatte.

Heinrich antwortete Klara nicht, er stand wie zur Salzsäule erstarrt vor ihr.

„Was ist nur los mit euch beiden?", fragte sie ihren Mann.

Wortlos ließ er Klara stehen und ging in die Schlafstube seiner Mutter.

Marie lag regungslos auf ihrem Bett, die Hände ruhten zusammengefaltet auf ihrem Bauch, und sie murmelte leise das Ave Maria.

Heinrich sprach aus, was er all die Jahre nicht hatte glauben wollen: „Mutter, er war noch nicht tot!"

„Nein. Ich bin mir sicher, er hat versucht sich zu befreien. Was ich getan habe, war Mord. Ich habe ihn kaltblütig erschossen." Marie schluchzte in sich hinein. „Bitte verzeih mir mein Schweigen. Du hast niemanden erschlagen."

„Ich habe es geahnt, Mutter. Dein Mantel, er roch nach Pulver."

Jetzt, da ihr Sohn die Wahrheit kannte, erzählte sie ihm, wie sich alles zugetragen hatte. „Ich fand das Gewehr und verbarg es unter meinem Mantel, als ich ein Geräusch vernahm, das sich wie ein Scharren anhörte. Es kam eindeutig aus dem Stollen. Er lebt noch, dachte ich bei mir. Ich musste verhindern, dass er sich befreite, er hätte dich umgebracht. Das war kein Mensch, das war ein Ungeheuer. Ich entfernte das Laub und öffnete vorsichtig den Eingang, das Gewehr hatte ich griffbereit neben mich gelegt. Ich war auf alles gefasst. Doch nichts als Dunkelheit war zu sehen. Da war wieder dieses Geräusch, etwas bewegte sich auf mich zu. Ich griff nach dem Gewehr und schoss ins Dunkel, zweimal schoss ich ins Nichts. Dann war alles still, kein Rascheln mehr, einfach nur Stille um mich herum. Kein Geräusch, außer dem Geschrei der aufgeschreckten Vögel.

Der schwarze Schlund würde niemanden mehr frei geben, er sollte seine Beute behalten dürfen. Ich verschloss sorgfältig die Höhle und ging wieder nach Hause. Auf dem Rückweg redete ich mir ein, dass nicht ein Mensch, sondern ein wildes Tier in dem Loch gehaust hatte." Sie atmete tief durch.

„Nur ein böses, tollwütiges Tier."

Brigitte Oleszynski-Wichmann

Salto mortale

Thomas erwachte leicht verkatert in dem engen Gästebett. Wie lange war es her, dass er durch das Krähen eines Hahns geweckt worden war? Vor mehr als 30 Jahren hatte er seine Heimat, den idyllischen Erkelenzer Vorort Granterath, verlassen und war nur wenige Male zu Weihnachten, zum Geburtstag seiner Mutter und natürlich zu den Beerdigungen seiner Eltern zurückgekehrt. Es war ihm nicht schwergefallen, alles hinter sich zu lassen. Er konnte es damals nicht mehr ertragen, wenn hinter ihm geflüstert wurde: „Dat is enne Wärme." Vor 30 Jahren wurden Homosexuelle wenig akzeptiert. Seine Eltern, vor allem sein Vater, hatten darunter gelitten; ein Kompromiss zwischen ihnen war einfach nicht zustande gekommen.

Nun hatte seine Cousine Martha ihn ganz offiziell mit „Freund" zu ihrer goldenen Hochzeit eingeladen. Nach langem Überlegen war er dem Wunsch seines langjährigen Lebensgefährten Walters gefolgt, der seinen Heimatort und seine Familie kennenlernen wollte. Walter, der Großstädter, war schon bei ihrer Ankunft von dem mit goldenen Röschen geschmückten Bauernhof begeistert. So was hatte er noch nie erlebt.

Thomas schmunzelte, es war besser gelaufen, als er je gedacht hätte. Es war ein netter, lustiger Abend gewesen. Schade, dass sein Jugendfreund Pitter nicht da war, er hätte ihn gerne wiedergesehen. Pitter war genau so ein Außenseiter gewesen wie er. Pitter war nicht schwul, aber er durfte nirgendwohin. Seine Mutter beherrschte ihn total, und sie wollte ihn nur für sich.

Walter schlummerte friedlich neben Thomas. „Aufwachen! Los, wir joggen eine Runde vor dem Frühstück!"

Die frische Luft tat gut. Die Stille war traumhaft. Das ganze Dorf schien noch seinen Rausch auszuschlafen.

„Ist das der Hof, von dem der Goldbräutigam erzählt hat?" Walter blieb vor dem kleinen Backsteinhaus mit einem Schild „Zu verkaufen" stehen.

„Ja, das ist er", antwortete Thomas. „Wie findest du ihn?"

„Auf den ersten Blick ganz nett, Natur pur! Aber war das gestern Abend wirklich dein Ernst, aufs Land zurück zu wollen?"

„Vielleicht, in einigen Jahren. Als Rentner wäre es hier doch ganz nett, oder? Mir reicht die Großstadt! Komm, schauen wir ihn uns genauer an."

In einem Satz sprang Thomas über den kleinen Holzzaun und stand schon an der Haustür. „Ist offen, na, komm schon."

Das Haus war alt, aber in einem guten Zustand. Die kleine Scheune, wie geleckt; der Garten mit den alten Obstbäumen etwas verwildert, aber traumhaft. „Komm, da hinten liegt noch ein kleiner, wunderschöner Teich, da haben wir als Kinder immer ‚Schatzsucher' gespielt."

Als sie sich durch das hohe Gras dem Wasser näherten, trauten sie ihren Augen nicht. Fünf Karpfen, etwa 20 Goldfische und zig kleine Moderlieschen schwammen tot an der Oberfläche. Sie waren teilweise aufgelöst, ein ekelhafter Anblick.

„Sieht nicht gut aus", war Walters Kommentar. Er redete nie viel, außer es ging um chemische Dinge, dann war er kaum zu stoppen. Er war Chemiker beim Umweltamt, ein komischer Kauz, aber ein zuverlässiger Kumpan. „Ich habe meinen Einsatzkoffer im Auto, ich hole ihn. Bin gleich zurück."

Minuten später keuchte er mit dem Koffer heran, klappte ihn auf, entnahm professionell einige Wasserproben und füllte damit mehrere Reagenzgläser zur Hälfte. In jedes Gläschen pipettierte er aus seinen unterschiedlichen Testlösungen einige Tropfen, schüttelte die Röhrchen drei- bis viermal und stellte sie in den Reagenzglasständer.

Als er sich die Proben ansah, runzelte er nachdenklich die Stirn. „Schon merkwürdig, die Suppe hat einen sehr niedrigen pH-Wert, hohen Chlorid- und Nitratgehalt, aber keine erhöhten Kationenkonzentrationen oder organische Schadstoffe."

„Na und", fragte Thomas, „was bedeutet das nun für Normalsterbliche?"

„Das Wasser ist sehr sauer, es sind aber keine Salze drin, also keine Dünge- oder Reinigungsmittel, es gibt nur die beiden erhöhten Anionenwerte: Chlorid und Nitrat. Demnach müssten reine Säuren in den Teich gelangt sein, nämlich Salzsäure und Salpetersäure. Die Zusammensetzung lässt auf Königswasser schließen."

„Königswasser?" Thomas sah ihn fragend an.

„Ja, Aqua regia, das ist ein bestimmtes Gemisch der beiden Säuren, damit haben schon die Alchemisten rumexperimentiert. Es ist die Königin der Säuren, kann sogar Gold auflösen. Dafür ist nicht die Säurestärke, sondern das bei der speziellen Mischung entstehende atomare Chlor, Chlor im ‚statu nascendi', und das Nitrosylchlorid verantwortlich, die ..."

„Lass gut sein", Thomas wurde ungeduldig, „das verstehe ich sowieso nicht. Aber wie kam dein königliches Wasser in den Teich? Hier wohnt schon seit mindestens drei Monaten keiner mehr, die Fische wurden nie gefüttert, das ist bei einem biologischen Gleichgewicht nicht nötig, und sie sind noch nicht allzu lange tot, sonst würden sie nicht mehr oben schwimmen. Lass uns mal die nähere Umgebung absuchen, vielleicht finden wir ja was", schlug er vor und verschwand in den Büschen. „Hier steht eine Regentonne, es sieht so aus, als wenn eine bräunliche Flüssigkeit ausgelaufen wäre."

„Warte, ich komme", rief Walter, „fass nichts an." Er holte einen Streifen pH-Papier aus der Tasche und hielt ihn an den Auslauf. Der Streifen verfärbte sich knallrot. „Stinksauer, wie ich mir dachte. Hier kommt die Säure her."

„Hilf mir bitte", bat Thomas, „ich will mal in die Tonne reinschauen."

Vorsichtig drehten sie den Deckel der unscheinbaren, dunkelgrünen Kunststofftonne auf. Stechende Dämpfe kamen ihnen entgegen.

„So geht das nicht", sagte Walter, „du verätzt dir dein Gesicht." Er holte eine Gasmaske aus seinem Koffer, säuberte die dazugehörige Schutzbrille, zog sie sich vors Gesicht und schaute in die Öffnung. In Sekundenschnelle zuckte er zurück. Er riss die Maske ab, lief ins Gebüsch und erbrach sich lautstark.

„Da sind zerfledderte Leichenteile drin, Mensch, ist das ekelig." Mit weit aufgerissenen Augen und blassem Gesicht sah er seinen Freund an.

„Ich glaube", sagte Thomas leise, „das ist ein Fall für die Polizei." Er holte sein Handy hervor und wählte die 110.

Es dauerte nicht lange, da fuhr der erste Streifenwagen vor. Innerhalb kürzester Zeit wimmelte es von Polizisten und Spurensicherungsleuten.

„Hauptkommissar Zettel. Sie haben uns angerufen?"

Thomas nickte bestätigend und berichtete in knapper Form, was dem Kommissar äußerst recht war.

„Sie sagen, es ist das Grundstück eines Jugendfreundes. Wo befindet er sich, und warum will er es verkaufen?"

„Beides kann ich nicht konkret beantworten." Thomas zog verlegen seine Schultern hoch. „Man sagte mir gestern auf der Goldhochzeitsfeier meiner Cousine, er sei vor einigen Monaten nach Aachen gezogen, und er wolle verkaufen, weil seine Frau ihn verlassen habe. Mehr kann ich dazu nicht sagen."

„Und Sie?" Zettel sah Walter fragend an. „Sie haben hier Wasserproben entnommen, warum?"

„Walter Schneider mein Name. Wir sahen die toten, halb aufgelösten Fische, und ich dachte, warum ist das passiert. Ist mein Job, sozusagen. Da ich vorgestern Bereitschaft hatte, war mein Analysekoffer noch im Auto, und da habe ich die Proben genommen. Meines Erachtens handelt es sich um Königswasser, eine seltsame Zusammenstellung um …"

„Das interessiert mich nicht", fiel Zettel ihm ins Wort, „das werden unsere Leute schon rausfinden. Wo finde ich Ihre Cousine?" Er sah Thomas fragend an.

„Vor dem Zaun, da steht mittlerweile das ganze Dorf", war dessen kurze Antwort.

Zettel teilte einige Mitarbeiter ein, die Passanten zu befragen. Die etwas rundlich gewordene Goldbraut Martha und ihr goldener Bräutigam Karl-Heinz, dem man ansah, dass er tapfer bis zum Morgen die Kölsch gezapft, verteilt und getrunken hatte, standen ganz vorne. Zettel nahm sie sich persönlich vor und bat sie aufs Gelände.

„Das Grundstück gehört einem Peter Kohnen. Wo befindet er sich zurzeit? Warum und seit wann will er verkaufen? Was hat sich in letzter Zeit hier diesbezüglich zugetragen?" Zettel schaute die beiden herausfordernd an.

„Ja, das war so", Karl-Heinz versuchte sich zu konzentrieren. „Dem Pitter seine Frau ist vor ungefähr drei Monaten abgehauen, und dann wollte er auch nicht mehr hier leben und wollte verkaufen. Ach, das ist eine lange Geschichte. Pitter wohnte ja in Aachen, er arbeitete dort bei der RWTH. Er war Leiter des Chemielagers oder wie das heißt. Als seine Mutter schwer krank wurde, kündigte er seinen Job und zog wieder hierher. Zusammen mit der Olga hat er sich um sie gekümmert."

„Olga?" Zettel zog seine Augenbrauen fragend hoch.

„Ja, das war ein Waisenmädchen aus der Ukraine. Sie war nach Tschernobyl in den 90er Jahren einige Male auf Urlaub hier und hatte seitdem immer noch Kontakt zu Mutter Kohnen. Pitter hatte ihr, als seine Mutter zum Pflegefall wurde, geschrieben, um Hilfe gebeten, und zwei Wochen später war sie da. Sie hat sich wirklich liebevoll um Mutter Kohnen gekümmert, sie war überhaupt ein liebes, freundliches Ding, immer hilfsbereit, immer gut gelaunt. Nachdem Mutter Kohnen dann friedlich eingeschlafen war, hat Pitter Olga geheiratet. Die beiden haben den Hof richtig auf Vordermann gebracht." Karl-Heinz schnaufte lautstark in sein Taschentuch, bevor er weitersprach. „Aber Pitter, der war schon als Kind ein komischer Kauz, hatte nie Kontakte im

Dorf, war nie bei irgendwelchen Festen, und nun ließ er seine Frau auch nirgendwo hin. Na ja, und eines Tages ist sie abgehauen. Pitter hat dann auch seine Zelte hier abgebrochen, ist wieder nach Aachen gezogen und will seitdem verkaufen. Aber bei dem Preis, den der haben will, hat noch keiner angebissen."

„Und, was können Sie noch hinzufügen?" Zettel wandte sich an Martha.

Mit glühenden Wangen trat sie nach vorne. „Ach, das ist eine traurige Geschichte, und ich fühle mich irgendwie verantwortlich."

Der Hauptkommissar sah sie fragend an.

„Ja, die Sache war so: Vor etwa drei Monaten gastierte in Erkelenz ein kleiner Wanderzirkus. Ich weiß auch nicht, wer die Idee hatte, aber wir von der Frauengemeinschaft beschlossen dort hinzufahren. Olga kam ja nie raus, und da Pitter gerade zu einem Wanderwochenende mit dem Heimatverein im Hohen Venn war, überredeten wir Olga mitzukommen." Martha wischte sich ihre Schweißtropfen von der Stirn und fuhr fort.

„Wir stehen an der Zirkuskasse, da taucht ein bunt geschminkter Clown auf, ruft irgendetwas auf russisch oder so und fällt Olga um den Hals. Die beiden liegen sich in den Armen, Tränen laufen ihnen die Wangen runter – einfach rührend. Nachher erzählte sie, dass er ein Jugendfreund aus dem ukrainischen Waisenhaus sei. Er hatte sie sofort wiedererkannt, und sie wollten sich am nächsten Tag zum Mittagessen treffen, um alte Geschichten auszutauschen. Irgendwann während der Vorstellung stand sie auf und ging zur Toilette. Danach haben wir sie nie wieder gesehen."

Martha schluckte und redete mit wässrigen Augen

weiter.

„Als die Vorstellung zu Ende war, suchten wir bestimmt über eine Stunde nach ihr. Wir klopften an die Wohnwagentüren und fragten die Artisten, keiner hatte sie gesehen. Der Wohnwagen des Clowns war leer, auch er war verschwunden. Wir suchten am Ziegelweiher, auf dem Burgplatz, am Markt, schauten uns in den Lokalen um – keine Spur von Olga."

Hilfesuchend blickte Martha zu Karl-Heinz, bevor sie weitersprach.

„Wir waren fertig mit den Nerven, was sollten wir tun. Pitter würde uns umbringen, wenn wir ihm das erzählten. Vollkommen ratlos fuhren wir nach Hause. Am nächsten Morgen brausten wir noch einmal nach Erkelenz, um nach Olga zu suchen. Doch der Zirkusplatz war leer, das Zelt abgebaut, alle Wohnwagen weg. Der Zirkus war nur für zwei Tage in Erkelenz gewesen."

Es entstand eine bedrückende Pause.

„Abends warteten wir am Fenster, bis wir Pitters Auto vor dem Haus sahen. Ungefähr eine halbe Stunde später hatten wir endlich den Mut gefasst, bei ihm zu klingeln. Er öffnete mit grimmigem Gesichtsausdruck. Voller Wut knallte er uns ein Blatt Papier entgegen. Er schrie uns an, dass wir blöde Weiber wären, toll, was wir da unterstützt hätten. Bei seiner Heimkehr hätte er diesen Brief vorgefunden. Helmi nahm den Zettel hoch, las, reichte ihn an Eva weiter, die wurde ganz blass, dann las ich die kritzelig geschriebenen Worte. Sinngemäß stand da, dass Olga ihre Jugendliebe wiedergetroffen habe und sie Pitter für immer verlasse. Er solle nicht nach ihr suchen, ihr Entschluss stehe fest."

Martha konnte ihre Tränen nicht mehr unterdrücken. Bedächtig beendete sie ihre Aussage.

„Wir schauten Pitter verschämt an, wollten etwas sagen, aber er schnitt uns das Wort ab. Er sagte, wir sollten verschwinden! Das Bargeld und seiner Mutters Schmuck hätte sie auch noch mitgenommen. Wir sollten einfach abhauen, er wolle uns nicht mehr sehen. Dann ging er ins Haus und knallte die Tür zu. Einige Tage später packte Pitter seine Sachen, zog wieder nach Aachen und will den Hof seitdem verkaufen."

Zettel ließ sie einfach stehen und wandte sich an seine Mitarbeiter. „Schuhmacher, Sie finden sofort den Wohnsitz von diesem Peter Kohnen heraus, ich will ihn dringend sprechen. Und Thönnes, Sie ermitteln den Zirkusstandort, ich will diesen ukrainischen Clown befragen. Aber bitte so schnell wie möglich, obwohl heute Sonntag ist."

Zettel fuhr in sein Büro zurück. Scheiß Bereitschaftsdienst, ausgerechnet heute feierte seine Schwiegermutter ihren 70. Geburtstag.

Zwei Stunden später lagen die ersten Laborberichte auf seinem Schreibtisch. Leichenteile einer weiblichen Person; Exitus vor zwei bis drei Monaten; Alter zwischen 30 und 40; Verletzung am Kopf; teilweise bereits stark aufgelöst durch Königswasser.

Dieses Säuregemisch hatte auch begonnen, den metallenen Ausguss der Regentonne aufzulösen, so dass die Flüssigkeit entweichen und in den Teich fließen konnte.

Der Täter wusste zwar, wie man die Säuremischung herstellt, aber ein absoluter Fachmann war er nicht, sonst hätte er das mit dem Ausguss berücksichtigt, kombinierte Zettel.

Telefonisch meldete sich Thönnes bei seinem

Chef. „Der Zirkus gastiert heute in Eilendorf bei Aachen, morgen ziehen sie weiter nach Recklinghausen. Ein ukrainischer Clown ist auch im Ensemble."

„Danke", erwiderte Zettel, „ich werde persönlich hinfahren."

Er hatte kaum aufgelegt, da klingelte es schon wieder.

„Hallo Chef, dieser Peter Kohnen ist nur unter der Tatortadresse gemeldet. Eine Zweitadresse in Aachen ist unbekannt", berichtete Schuhmacher.

„Hm, die Leute meinten ja, er sei nach Aachen zurückgegangen, weil er wieder bei der RWTH arbeitet. Nehmen Sie gleich morgen früh Kontakt mit der Hochschule auf. Wenn er dort beschäftigt ist, kennen die auch seinen Wohnsitz. Fahren Sie am besten dort vorbei, vielleicht erfahren Sie noch weitere wichtige Details."

Zettel hatte keine Mühe die Zirkusleute in Eilendorf zu finden. Sie trafen im Zelt die letzten Vorbereitungen, in zwei Stunden begann die Vorstellung. Der Hauptkommissar ging auf den Erstbesten zu und fragte nach dem Clown.

„Ach, Sie meinen Vladi, er steht dort hinten neben dem Lichtmast."

Zettel bedankte sich und durchquerte geradewegs die Manege. „Kripo Heinsberg. Sind Sie Vladi, der Clown aus der Ukraine?"

Der Mann schaute Zettel verängstigt an. „Ich habe Arbeitsgenehmigung, ich nicht illegal hier."

„Nein, darum geht es nicht. Kennen Sie eine Olga Kohnen?"

„Ich kenne eine Olga, auch aus Ukraine, wohnt jetzt in Nähe Erkelenz. Name Kohnen kenne ich nicht."

„Wann haben Sie Olga zum letzten Mal gesehen?"

„Ich habe Olga nur einmal kurz gesehen, waren wir mit Zirkus in Erkelenz, muss vor ungefähr drei Monaten gewesen sein. Olga stand vor Zelt, ich sie sofort erkannt. Wir Freunde aus Kinderheim. Olga sagte, ist verheiratet mit lieben Mann, ist glücklich." Vladis Augen strahlten, und stolz berichtete er weiter. „Wir wollten treffen uns nächsten Tag. Zirkus fuhr weiter nach Bedburg. Ich extra Chef gefragt, ob ich haben kann sein Auto, um Olga zu treffen und dann hinter Zirkus herfahren. Aber Olga nicht an Treffpunkt, habe über ein Stunde gewartet, nicht mehr Zeit, musste zurück zu Zirkus. Habe leider nicht Adresse, kann ihr also nicht schreiben, schade. Aber warum fragen Sie?" Er sah Zettel erwartungsvoll an.

„Es tut mir leid, wir ermitteln in einem Mordfall, die Tote könnte Olga sein."

Vladi wurde kreidebleich, er tastete nach dem Lichtmast, um sich festzuhalten.

„Ich nehme an, Ihr Chef kann Ihre Aussage bestätigen", fügte Zettel hinzu, verabschiedete sich und fuhr nach Hause. Für heute gab es nichts mehr zu tun, außer seiner Schwiegermutter zum Geburtstag zu gratulieren.

Am nächsten Morgen erfuhr Zettel von seinem Mitarbeiter, dass Peter Kohnen bereits seit Jahren nicht mehr bei der RWTH arbeitete. Er hatte damals gekündigt, da er sich um seine kranke Mutter kümmern wollte. Er war nie wieder an der Hochschule aufgetaucht, seine früheren Kollegen hatten keinen Kontakt zu ihm.

„Hm", war Zettels einziger Kommentar. „Wie heißt die Immobilienfirma, die Kohnens Haus verkaufen soll? Die müssen doch wissen, wo man ihn erreichen kann. Finden Sie es raus und verbinden Sie mich mit dem Chef."

Minuten später hatte er Paul Jakobs, den Besitzer von Jakobs-Immobilien, am Telefon. Zettel kam sofort zur Sache. „Es geht um den Verkauf des Bauernhauses von Peter Kohnen. Ist es richtig, dass Sie damit beauftragt sind?"

Jakobs ließ ein langgezogenes, fragendes „Ja" erklingen. „Worum geht es?"

„Wir müssten dringend mit Herrn Kohnen sprechen, kennen aber seinen derzeitigen Aufenthaltsort nicht. Wo können Sie ihn erreichen, wenn der Verkauf des Hauses ansteht?"

„Ach so", Jakobs Stimme klang deutlich erleichtert. „Wenn man Kripo hört, ist man immer zuerst erschrocken, meist ist dann ja was Schlimmes passiert. Herr Kohnen befindet sich seit ungefähr drei Monaten auf einer Weltreise", fuhr er fort. „Er wird erst in einem halben Jahr wieder hier sein. Der Preis, den er für sein Anwesen haben will, ist illusorisch hoch. Ich habe ihm gesagt, dafür kauft das keiner. Wenn er zurück ist, will er mit sich reden lassen, aber bis dahin soll ich versuchen, es für diesen Wunschpreis zu verkaufen."

„Stehen Sie in irgendeinem Kontakt zu ihm? Telefonisch, per Internet oder wie auch immer?", unterbrach ihn Zettel.

„Nein", antwortete Jakobs. „Für den Fall, dass jemand trotz des überzogenen Preises das Anwesen haben möchte, hat er bei Notar Busch in Erkelenz eine Vollmacht für mich hinterlegt, mit der ich in seinem Namen den Verkauf durchführen kann. Ansonsten, was wohl realistischer ist, wird er sich nach seiner Rückkehr darum kümmern. Bisher gibt es auch keinen Interessenten."

Zettel beendete das Gespräch und beauftragte

Thönnes, einen Termin bei diesem Notar Busch zu vereinbaren. Er musste wissen, was genau in dieser Vollmacht stand. Vielleicht würde er da einen Hinweis finden, was anderes fiel ihm jetzt auch nicht mehr ein.

Zwei Stunden später saß Zettel im Büro des Notars. „Wir ermitteln in einem Mordfall. Ich würde gerne Einsicht nehmen in die Vollmacht für Jakobs von Kohnen."

„Ja, Herr Hauptkommissar, tut mir leid", erwiderte der Notar, „so ohne weiteres geht das nicht. Diese Vollmacht ist nur unter bestimmten Bedingungen wirksam und nur für Herrn Jakobs bestimmt. Weder die Bedingungen, noch die Person sind hier gegeben. Auch wenn Sie von der Kripo sind, ohne richterlichen Beschluss kann ich das nicht so einfach freigeben."

Busch lächelte bedauernd, bevor er fortfuhr. „Meine Sekretärin hat mir sofort nach Ihrem Anruf die Akte raus gelegt. Vor drei Wochen kam ein Brief von Herrn Kohnen, in dem er mir einen verschlossenen Umschlag hat zukommen lassen. Diesen soll ich Herrn Jakobs zusammen mit der Vollmacht aushändigen, für den Fall, dass er sie benötigt."

Zettel räusperte sich. „Was steht in diesem Brief?"

„Herr Zettel, ich bin Notar, wenn ich einen Brief verschlossen übergeben soll, dann tue ich das auch."

„Okay, rufen Sie Jakobs an, er soll Ihnen die Genehmigung erteilen, mir den Brief zu übergeben."

Das Telefongespräch mit Jakobs dauerte keine zwei Minuten. Zettel riss den Umschlag ungeduldig auf.

„ES WAR EIN SCHRECKLICHER UNFALL" stand in großen Buchstaben auf der ersten Seite. Danach ging es in einer zierlichen Handschrift weiter:

„Sie haben Olga oder das, was von ihr übrig geblieben ist, also gefunden, ansonsten wäre dieser Brief nicht geöffnet worden. Bei meiner total überhöhten Preisvorstellung hätten Sie nie die Vollmacht zum Verkauf benötigt.

Ich wollte sie nicht töten, ich liebte sie über alles. Ich werde versuchen, das Geschehene zu beschreiben.

Mein Wanderwochenende ist damals ausgefallen. In dem gebuchten Hotel war in der Nacht zuvor ein Brand ausgebrochen, so dass wir dort nicht übernachten konnten, sondern bereits am selben Abend zurück fuhren. Als ich in unsere Einfahrt einbiegen wollte, sah ich Olga lachend in Marthas Auto steigen. Wo wollten die hin? Unbemerkt lenkte ich den Wagen in die nächste Seitenstraße, wartete bis Martha an mir vorbei war und fuhr langsam hinter ihnen her.

In Erkelenz parkten sie an der Burg, die vier Frauen stiegen aus und schlenderten lachend zum Zirkusplatz. Ich, im Abstand einiger Meter, hinterher. Vor dem Zelt stürzte ein Clown auf Olga zu, umarmte sie und küsste sie immer wieder. Ich war rasend vor Eifersucht. Endlich ließ er sie los, und die Frauen verschwanden im Zirkuszelt. Mein Körper zitterte, ich konnte mich nicht beruhigen und kauerte mich einfach ins Gras, den Blick wie gebannt auf den Zelteingang gerichtet. Ich weiß nicht, wie lange ich da saß, aber irgendwann erschien Olga. Sie sah sich suchend um. Ich dachte, sie wartet auf ihn. Ich stürzte auf sie zu, packte ihr Handgelenk und zwang sie, mit zum Auto zu kommen.

Wir fuhren streitend nach Hause. Sie beteuerte immer wieder, er sei ein Jugendfreund aus dem Waisenhaus, sie hätte ihn rein zufällig wiedergesehen.

Ich glaubte ihr nicht. Zu Hause ging ich nach oben, wollte ins Schlafzimmer. Sie weinte, kam ebenfalls die Treppe hinauf, sagte ich solle wieder gut sein und wollte mich umarmen. Ich stieß sie weg. Sie stolperte, fiel rückwärts die Treppe hinunter und schlug mit dem Kopf auf den Löwen, unseren bronzenen Türstopper. Sie blutete stark, sie atmete nicht mehr, sie war tot. Meine über alles geliebte Olga war einfach tot.

Nachdem ich keine Tränen mehr hatte, geriet ich in Panik. Was hatte ich getan? Was sollte nun passieren? Wie sollte ich das erklären? Dann dachte ich nur noch: Wohin mit der Leiche?

Da erinnerte ich mich an mein Säurelager. Ich hatte es vor vielen Jahren langsam Liter für Liter zusammengetragen. Mal ein Fläschchen Salzsäure, mal ein Kanisterchen Salpetersäure; niemand hatte etwas bemerkt, keiner wusste davon. Ich hatte damals den Entschluss gefasst, meine Mutter zu töten. Sie hatte mich mein Leben lang bevormundet. Jedes Mädchen, das sich nur halbwegs für mich interessierte, machte sie schlecht, ekelte jede aus dem Haus. Sie wollte mich nur für sich. Ich aber wollte endlich frei sein!

Die Idee kam mir, als ich eines Mittags in der Mensa jungen Chemiestudenten am Nachbartisch zuhörte. Sie machten sich über ihren Anorganik-Professor lustig, der während der Vorlesung erzählt hatte, in Königswasser könnte man sogar seine Oma auflösen. Ich wurde hellhörig. Später las ich im Internet alles über Königswasser. Dann legte ich mir nach und nach das Säurelager in der Scheune an, versteckt hinter den alten Gerätschaften. Ich weiß nicht, ob ich je fähig gewesen wäre einen Mord zu begehen, aber es beruhigte mich irgendwie, diesen Plan zu haben.

Dann wurde Mutter schwer krank. Mein Säurelager hatte ich zwischenzeitlich total vergessen. Aber jetzt, als ich Olga da liegen sah, fiel es mir wieder ein. So könnte es gehen.

Es war furchtbar, ich musste Olga zerschneiden, sonst würde sie nicht in die Regentonne passen. Ich weiß nicht mehr, wie ich es geschafft habe, aber als es erledigt war, wollte ich nur noch fort.

Nirgendwo konnte ich in Erfahrung bringen, wie lange es dauern würde, bis ein Mensch durch Königswasser aufgelöst war. Also brauchte ich Zeit – viel Zeit.

Ich gab den Verkauf des Hofes in Auftrag zu einem Preis, der jeden Interessenten abschrecken würde. Olga konnte sich in Ruhe zersetzen und ich mich absetzen.

Aber bald schon merkte ich, dass mein Leben ohne Olga jeden Tag schwerer wurde.

Die schlimmen Gedanken gehen mir Tag und Nacht nicht aus dem Sinn. Ich schlafe nicht mehr, ich esse nicht mehr – einfach nichts – , nur mein Kopf scheint zu zerspringen. Ich kann so nicht weiterleben!

Ich habe beschlossen, eine Wanderung durchs Hohe Venn zu machen. Meine letzte! Ich kenne mich dort gut aus, weiß, wo die gefährlichsten Stellen sind und werde im Moor versinken.

Mein Hof soll meistbietend verkauft werden, der Erlös soll an das ukrainische Waisenhaus gehen. Da ich weder Verwandte noch Freunde habe, wird mich auch keiner vermissen.

Peter Kohnen"

„Hm", sagte Zettel nachdenklich und kratzte sich am Hinterkopf, „ist er nun auf Weltreise oder eine

Moorleiche? Ich liebe solche Fälle; man kann immer mal wieder drüber nachdenken, wenn man Langeweile hat! Aber richtig lösen wird man sie nicht."

Heidi Hensges

No Reply

„Mama, es ist großartig! Die dritte Auflage geht nächste Woche in Druck. Und deine Autorenwebsite ist seit Montag online. Aber die IT braucht noch ein aktuelles Foto von dir und nicht wieder eins, das schon uralt ist. Da siehst du ja fast so aus wie ich."

„Langsam, Anna, langsam, das freut mich ja, aber es wird mir gerade etwas viel", antworte ich schleppend. „Nächste Woche mache ich einen Termin beim Fotografen, versprochen." Sie wird seufzen, meine Tochter. Natürlich tut sie das.

„Ach, Mama. Hast du wieder Schmerzen?"

Ich starre auf den Bildschirm, auf grün und rot unterstrichene Wörter, und massiere meinen Nacken. „Bin nur ein bisschen verspannt und kämpfe mit Word. Ist eben alles noch ungewohnt. Liebes Kind, in zwei Wochen werde ich 65, was erwartest du von deiner alten, kranken Mutter?"

„Ich verstehe dich doch. Aber wir können wirklich keine Schreibmaschinenmanuskripte mehr annehmen. Verlage machen das nicht mehr. Aber du kriegst das hin. Und wenn nicht, dann zeig ich's dir noch mal. Ist denn meine E-Mail bei dir angekommen?"

E-Mail. Noch so ein komplizierter Kram.

„In Outlook. Im Posteingang." Anna klingt ungeduldig. Im Hintergrund klingelt ein Telefon. „So ein kleines gelbes Symbol mit einer Uhr, unten links. Klick da drauf."

Umständlich schiebe ich die Maus hin und her, bis der Pfeil endlich an der richtigen Stelle ist. Klick. Aha. Oh.

„Ja, da ist etwas, da steht dein Name und was dahinter, so ein komisches Zeichen und dann …"

„Okay, okay, alles fein, Mama. Pass auf, ich komme Montagmorgen und wir gehen das noch mal ganz in Ruhe durch. Antworte bitte bis dahin auf keine E-Mails, solange sie nicht von mir sind. Ich muss weitermachen hier, hab dich lieb! Und ruf an, wenn es Probleme gibt."

„Sicher", murmele ich abwesend und suche den Bildschirm nach der Datei mit dem Manuskript ab. „Mach's gut, Liebes."

Internet, E-Mail, Textverarbeitungsprogramm. Text-Verarbeitung. Wie das schon klingt. Viel lieber würde ich noch auf meiner alten Schreibmaschine tippen. So wie früher und noch bis vor acht Monaten. Der fünfte Band meiner Kinderbuchreihe „Lilly und Schlumpf", der erste seit elf Jahren, scheint tatsächlich ein Erfolg zu werden. Es ist ein kleines Wunder, sagt Anna, die wochenlang damit beschäftigt war, das Manuskript am Computer abzuschreiben. Verrückt. Alles ist total verrückt. Dass mein geliebter Mann Carlos nicht mehr lebt, dass ich jetzt im tristen Heinsberg-Oberbruch bin und nicht mehr in Portugal, dass ich nicht mehr in meinem luftigen Häuschen bei Lissabon sitze, sondern in einer winzigen Wohnung direkt an einer Hauptverkehrsstraße, dass ich an der Universität keine Literaturvorträge mehr halte, sondern ständig zum Arzt laufe, dass der Krebs nach so langer Zeit wiedergekommen ist und dass ich Schulden habe, alles völlig verrückt. Der Professor in Aachen macht mir Hoffnung, meine Werte sind gut. Anna und ihr Mann suchen in Erkelenz, wo sie wohnen, ein kleines Haus, damit ich zu ihnen ziehen kann. Ich habe trotz der Krankheit und trotz der Depressionen nicht vor, diese Welt schon zu verlassen. Der Tod wird noch Geduld mit mir haben müssen.

Der PC macht ein Geräusch, wie ein Klingeln. Ich bin irritiert, klicke irgendwo. Noch eine E-Mail von Anna. Das lenkt mich doch alles vom Schreiben ab, meine Güte! Ich solle mal antworten, damit sie weiß, ob das funktioniert. Das und das müsse ich dafür machen, aber ich habe keine Lust dazu. Vielleicht nachher. Oder morgen. Es ist schon spät.

Der Morgen schenkt mir eine wunderbare neue Idee für das zweite Kapitel. Der nächste Band soll in einem halben Jahr in den Verkauf gehen, sagte Anna letzte Woche. Ihre Arbeit im Marketing eines Düsseldorfer Verlages macht sie wohl prima. Ich schalte den Computer ein und überlege, vor dem Schreiben noch schnell ihre Nachricht von gestern zu beantworten. Outlook, ah, da. Klick. Nanu. Eine neue E-Mail, aber nicht von meiner Tochter. Von einer Susanne Schulz. Ich kenne keine Susanne Schulz. In der Betreffzeile neben ihrem Namen steht: „Bitte helfen Sie mir!" Lesen werde ich das ja wohl dürfen. Doppelklick.

„Liebe Frau Carstens,
entschuldigen Sie bitte meinen Hilferuf, aber es ist wirklich sehr wichtig. Meine 13-jährige Tochter Jenny kennt alle Bände von Lilly und Schlumpf und ist ein großer Fan von Ihnen. Jenny hat Leukämie. Ihr großer Wunsch ist es, Sie einmal persönlich kennen zu lernen. Die Zeit drängt, Jenny ist sehr schwach. Können Sie uns am kommenden Wochenende besuchen? Das wäre sehr freundlich von Ihnen. Wir wohnen in Erkelenz. Bitte haben Sie ein Herz. Mit freundlichen Grüßen, Susanne

Schulz."

Keine Adresse darunter, keine Telefonnummer. Ich schlucke. Das ist ja furchtbar. Aber ich habe Sorge, dass ich das nicht verkrafte. Soll ich auf „Antworten" klicken? Was soll ich überhaupt schreiben? Ich beschließe, meine Tochter anzurufen und zu fragen.

„Mama, ich weiß nicht, ob das seriös ist oder von einer Irren kommt, keine Ahnung, aber lass dich nicht drauf ein. Leite das an mich weiter, ich kümmere mich darum", sagt sie. Höre ich da einen genervten Unterton in ihrer Stimme oder bilde ich mir das nur ein?

„Ja, aber ...", entgegne ich mutlos.

„Kein Aber! Meinetwegen drück auch die Entfernen-Taste und denk bitte nicht weiter darüber nach. Lies am besten auch nichts mehr, was von Fremden kommt, ich rede am Montag mit der EDV wegen deiner E-Mail-Adresse. Ich muss auflegen, Mama, Besuch ist hier." Weg ist sie aus der Leitung.

Es fällt mir nicht leicht, die Nachricht zu löschen. Aber Anna wird schon recht haben, sie kennt sich aus mit so was. Ich werde nun ein paar Stunden lang in Ruhe schreiben und früh ins Bett gehen.

Mitten in der Nacht wache ich auf. Meine Operationsnarbe schmerzt, aber viel schlimmer war der Traum, der mich atemlos und bebend vor Angst aus dem Schlaf gerissen hat. Ein dürres, nacktes Mädchen kam darin vor, blass, zahnlos, mit wässrigen Augen in schwarzen Höhlen. Es ging in einem endlos langen Krankenhausflur schief auf mich zu und erbrach Blut auf meine Kleidung.

Ich öffne zitternd die Balkontür, lasse Luft ins Zimmer. Bum bum bum, mein Herz, bum bum bum. Wasser, ich brauche Wasser, ich muss was zur Beruhigung nehmen, ich muss raus hier, einen Spaziergang machen, kann mich kaum anziehen oder gehen. Bleibe in der Wohnung, sitze in der Küche, laufe herum, koche Kaffee, wasche ab, lege mich ins Bett, stehe wieder auf, schalte den Fernseher ein und aus, greife mir ein Buch, starre auf Buchstaben und Sätze, schlafe irgendwann auf dem Sofa ein und bin drei Stunden später wieder wach.

Sie sind wieder unterwegs, die Ameisen in meinem Kopf, die Gedankenfragmente von einer Ecke in die andere schleppen. Ganz ruhig, Karla, ganz ruhig. Das geht vorbei. Mach autogenes Training und such die Ursache des Problems. Zwiegespräche mit mir selbst. Die Ursache des Problems. Die E-Mail. Das Mädchen aus dem Traum. Es war Jenny. Jenny, so versteh doch.

Nach und nach kann ich klarer denken. Schreiben ist nicht möglich jetzt, oder doch? Soll ich es versuchen? Ich schalte den Computer ein. Werde nervös. Öffne Word. Schreibe nichts. Öffne Outlook, atme schwer. Zwei neue Nachrichten von Susanne Schulz. „Haben Sie gut geschlafen?" und „Bitte melden Sie sich!" steht in den Betreffzeilen.

Nein. Bitte nicht. Den Text der E-Mails sehe ich mir nicht an. Ich kann das nicht lesen. Lassen Sie mich in Ruhe. Ich drücke den Ausschaltknopf, gehe ins Bad und übergebe mich.

Anna. Sie darf davon nichts wissen. Schlimme Gedanken kommen und gehen, kein Grund zur Besorgnis. Ich schreibe jetzt auf Papier, irgendwas, ich muss mich beschäftigen. Wenn Anna anruft, erzähle ich ihr, der Computer sei kaputt.

Das Blatt Papier bleibt leer. Nichts geht. Ich fühle

mich kraftlos, habe Kopfschmerzen, esse ein bisschen, schlucke Valium, schlafe tief und lange. Irgendwann ist es hell draußen, dann wieder dunkel, wieder hell. Zwischendurch auf die Toilette, etwas trinken, noch eine Valium.

Es ist Sonntagabend, erfahre ich aus dem Radio. Morgen kommt Anna, morgen früh. Ich muss duschen, aufräumen, lüften. Alles wird wieder gut. Alles.

„Moin, Mama, ich habe Brötchen mitgebracht und selbstgemachte Erdbeermarmelade! Du siehst blass aus, alles in Ordnung?" Anna ist frisch, riecht gut, sie ist so schön, meine Tochter, wie sie da in meinem winzigen Flur steht und die Jacke auszieht. Meine alte Lederjacke, sie gefiel ihr so gut. Wir könnten Schwestern sein, wäre ich noch 25 Jahre jünger.

„Ach, nur etwas erkältet, sonst nichts. Marmeladenbrötchen sind toll, ich mache gleich Kaffee. Setz dich." Ich öffne die Kaffeedose. Sie ist so gut wie leer, der kleine Rest wird nicht mehr reichen.

Anna lacht. „Macht nichts, ich flitze schnell nach gegenüber zum Supermarkt. Ich muss eh noch die Bücher für dich aus dem Auto holen. Das dauert ja nur ein paar Minuten."

Ich sehe meine Tochter ratlos an, während sie sich die Jacke wieder überwirft.

„Die, die du verschenken wolltest, weißt du nicht mehr?", erinnert sie mich, bevor sie zur Wohnungstür hinausgeht. Stimmt, das hatte ich völlig vergessen. Die Exemplare für die Bücherei im Aachener Klinikum.

Ich schließe die Tür nicht sofort, höre Anna noch die Treppe hinunterlaufen und die Haustür öffnen.

Beim Decken des Frühstückstisches sehe ich aus dem Küchenfenster. Ihr Auto steht auf der anderen Straßenseite. Was für ein Verkehr heute Morgen. Da kommt sie schon, mit einer Einkaufstüte und öffnet den Kofferraum. Die Sonne scheint, ich lächle und drehe mich um.

Das Reifenquietschen. Der Knall. Wieder Reifenquietschen. Anna. Nein.

Ich stolpere durchs Treppenhaus, renne auf die Straße. „Anna? Anna? Anna?" Keine Ahnung, wie laut ich schreie. Da liegt sie, meine Tochter, neben ihr ein aufgeplatzter Karton und das Kaffeepaket, eine Tüte flattert über den Asphalt. Menschen stehen auf dem Bürgersteig und reden, telefonieren und glotzen, ein Mann ist bei ihr und beugt sich über sie. „Ich habe das Kennzeichen", sagt er. „Anna?", flüstere ich. „Anna?"

Sie antwortet nicht. Sie wird nie mehr antworten.

Die nette Pflegerin begleitet mich zum Friedhof. Stefan, mein Schwiegersohn, schiebt mich im Rollstuhl zum Grab. Auf dem Holzkreuz steht der Name meiner einzigen Tochter. Sterbedatum vor zehn Tagen. Ich weiß nicht, warum das so ist. Sie war doch nur Kaffee holen. Kleine Erinnerungen fliegen vorbei. An mich im Krankenwagen. An die Worte „Zusammenbruch" und „Schock". An einen Polizisten, der sagte, Anna sähe dem alten Foto in meinem Buch sehr ähnlich, aus dem mir meine Pflegerin vorliest. Er hat gefragt, ob ich mir eine Verwechslung vorstellen könne. Und ob ich eine Susanne Schulz kenne. Susanne Schulz. Susanne Schulz. Ich bin müde. Ich muss darüber nachdenken.

Mein Blick fällt auf das Holzkreuz etwas weiter links. Jenny. Ein hübscher Name.

Astrid Seine-Becker

Heiße Spur

Schmerz. Schmerz, der dich zerreißt, der dich blind und taub zurücklässt. Nackt, jedes Schutzes beraubt. Wellen toben durch deinen sich windenden Körper. Die Umgebung ist ausgeschaltet. Kein Licht, kein Laut, keine Menschen. Nur Dunkelheit, in der die Dämonen des Schmerzes sich mit hässlichen Fratzen grölend um dein Herz winden.

*

Er ist tot! Anna stand in ihrem Wohnzimmer. Ihre Freundin redete beruhigend auf sie ein, der Arzt packte seine Tasche. „In fünf Minuten schläft sie, aber lassen Sie sie nicht allein", sagte er. Beruhigend schaute er Anna an. Marie war seit 19 Jahren mit Anna befreundet. Sie hatten gemeinsam schon einiges erlebt, wie ein altes Ehepaar, in guten wie in schlechten Tagen. Das machte ihre Freundschaft aus, Vertrauen. Aber das jetzt? Marie fühlte sich hilflos Annas Schmerz ausgeliefert. Mit einem gurgelnden Laut sank Anna auf das rote Sofa und erschlaffte. Mit Hilfe des noch anwesenden Arztes legte Marie Annas Beine auf das Sofa und deckte sie mit einer leichten Decke zu.

Alle waren sie weg, die Kripo und der Arzt. Die Stille wurde nur von Annas ruhigen Atemzügen unterbrochen. Jetzt brauche ich einen Obstler, dachte Marie. Randvoll füllte sie das Schnapsglas mit dem Obstler aus dem Kühlschrank und leerte es in einem Zug. Nicolas war Annas große Liebe gewesen. Ein Mann, wie Frauen ihn sich wünschen. Schwarze Haare, blaue Augen, schlank, groß und mit einem herzerfrischenden Humor ausgestattet.

Ja, sie hatte zugegebenermaßen Anna beneidet, so schwer es ihr auch fiel das zuzugeben. Aber jetzt, unter diesen Umständen, konnte sie es zumindest sich selbst eingestehen. Jetzt, wo er tot war.

Kommissarin Tessa Brand betrat ihr Büro an der Roermonder Straße in Wassenberg, nahm ihre Aufzeichnungen, die sie sich am Vortag bei dem Gespräch mit Dr. Kramers am Fundort der Leiche gemacht hatte und legte sie auf ihren Schreibtisch. Viel war es nicht, mal sehen, was die Spurensicherung und die Obduktion der Leiche ergaben.

Nicolas Bodenga war vom Burgfried der Burg Wassenberg gestürzt und hatte sich etliche Knochen gebrochen, als er auf den Felsen am Fuß des Turmes aufgeschlagen war. Er war sofort tot. So lautete die erste Diagnose des Pathologen noch am Tatort, natürlich wie immer unter Vorbehalt. „Alles weitere nach der Obduktion. Hübscher Junge, schade drum. Na ja, vielleicht haben wir Männer jetzt mehr Chancen? Das was fürs Erste", sagte Dr. Kramers zu Tessa.

„Kann ich den Leichnam jetzt mit in die Pathologie nehmen, oder wollen Sie den Toten noch länger bewundern?" Tessa hatte Kramers angegrinst und war zu der Adresse gefahren, die sie auf dem Ausweis des Toten gefunden hatte. Anna Bodenga hatte verschlafen die Türe geöffnet. Vorsichtig hatte Tessa gefragt, ob sie hereinkommen dürfe. Nachdem sie Platz genommen hatten, hatte sie Anna mitgeteilt, dass ihr Mann tot sei. Anna wurde blass und sackte im Sessel zusammen.

„Kann ich jemanden anrufen?", fragte Tessa, als Anna wieder zu sich gekommen war.

„Rufen Sie bitte meine Freundin Marie Grüner an", bat Anna, „die Nummer finden sie neben dem Telefon." Nachdem Marie und der Notarzt bei Anna waren, hatte Tessa sich verabschiedet. Eine Befragung hatte sie vergessen können.

Tessa schreckte aus ihren Gedanken auf, als Jan das Büro betrat.

„Hallo Jan", grüßte sie ihren Kollegen, „lass uns mal zusammenfassen, was wir haben."

Jan setzte sich auf die Kante seines Schreibtisches, zog seinen Notizblock aus der Jackentasche und teilte Tessa das Ergebnis seiner Befragung mit. Die bisherigen Recherchen ergaben, dass die Türe des Turmes offen war und jeder herein konnte, keine Kampfspuren. Die Frau, die Nicolas Bodenga gefunden hatte, war um die 60, hieß Sabine Vokasik und wohnte in den so genannten grünen Blocks am Fuß der Burg Wassenberg. Wie jeden Abend hatte Frau Vokasik mit ihrem Hund einen kurzen Spaziergang gemacht. Es war Vollmond und der Tote trug ein weißes Hemd, sonst hätte sie ihn in der Dunkelheit wohl nicht gesehen. Sie hatte ihn ohnehin nur bemerkt, weil der Hund hinlief und wie verrückt bellte. So ihre Aussage.

Gekleidet war das Opfer mit einer blauen Leinenhose, weißem Hemd, blauem Jackett und passenden dunkelblauen Slippern. Der Tote hatte seinen Ausweis in der Geldbörse, mit Kreditkarten der Kreissparkasse Heinsberg, Krankenkassen-Ausweis, 1.498,42 Euro und diversen Quittungen. Später würde Tessa sich den Inhalt der Geldbörse noch näher anschauen, vielleicht ergab sich daraus ein Hinweis. Haus-, Briefkasten- und Autoschlüssel sowie einen weiteren etwas kleineren Schlüssel fand sie in einem Lederetui in der Jackentasche. Außerdem sein Handy, es steckte in der Hose.

„Hast du von den Nachbarn was erfahren können?", fragte Tessa ihren Kollegen.

„Nein, nichts Besonderes, die Bodengas sind bei den Nachbarn beliebt. Er war Betriebsleiter in einer Spedition in Roermond, sie ist Sprechstundenhilfe bei einem Zahnarzt in Wassenberg an der Kirchstraße. Keine Kinder, die beiden haben einen Wohnwagen am Effelder See. Beide spielen Tennis im örtlichen Verein."

„Wir brauchen dringend die Ergebnisse der Spusi." Tessa drehte sich zu Jan, der abwartend in seinem Notizblock blätterte. Ihre Stirn lag in Falten, wie immer, wenn sie angestrengt nachdachte. „Das ist wirklich nicht viel, Jan, ruf bitte die Nummern auf dem Handy an und schreib die Namen und Adressen auf. Morgen will ich die auf meinem Schreibtisch haben."

Der Kollege murrte. „Am besten sofort, was?"

„Fang an und mecker nicht rum." Jan ging ihr auf die Nerven, der war so voller Elan, dass es weh tat. Die Kommissarin sah aus dem Fenster. Die Abendsonne warf ein malerisches Licht auf die Bäume, die Ende Mai mit ihren hellen grünen Blättern wunderschön anzusehen waren. Der Blick auf ihre Armbanduhr zeigte 19.10 Uhr, Zeit nach Hause zu gehen.

Tessa betrat ihre helle Dachgeschosswohnung. Die Sonne schien durch die großen Fenster der Dachschräge auf das Bücherregal, das die Längswand des Wohnzimmers einnahm, und tauchte das Zimmer in ein warmes Licht. Sie konnte gar nicht schnell genug aus den Klamotten kommen. Die Kleidungsstücke markierten ihren Weg vom Eingang bis ins Bad. Wasser marsch, dieses ganze Elend abwaschen, durch den Abfluss fortspülen. Sie hielt ihr Gesicht in den warmen Strahl der Dusche, langsam wich die Spannung aus ihrem Körper. In ein weiches, nach Blumen duftendes Duschtuch gehüllt holte sie sich ein Glas und goss sich aus dem Kühlschrank einen Grau-Burgunder ein. Genussvoll trank sie einen Schluck, während sie in einer Pfanne Scampi mit viel Knoblauch in Olivenöl briet. Frisches Baguette dazu, ja, so ließ sich der Abend genießen.

Als Tessa am nächsten Morgen Anna Bodenga aufsuchen wollte, öffnete ihr Marie Grüner die Tür. „Anna ist gerade im Bad", sagte sie. „Wollen Sie auch eine Tasse Kaffee?"

Dankend lehnte Tessa ab.

Wenig später kam Anna im roten Hausanzug zu ihnen in die Küche. Ihr Gesicht war blass, die Hände zitternd ineinander verschränkt schaute sie die Kommissarin an.

Zunächst stellte Tessa die üblichen Fragen: „Wann haben Sie Ihren Mann zum letzten Mal gesehen? Ist Ihnen in der letzten Zeit etwas Ungewöhnliches an ihm aufgefallen?" Schluchzend antwortete Anna. Sie sei zu Hause gewesen und gegen 22.15 Uhr schlafen gegangen. Nein, Zeugen habe sie keine. Das Handy ihres Mannes habe so gegen 21.30 Uhr geläutet, ihr Mann sagte ihr, er müsse noch mal zur Spedition fahren. Der Sicherheitsdienst habe gerade angerufen, die Alarmanlage sei aktiviert worden. Das hatte sie nicht weiter beunruhigt, es war schon öfter vorgekommen, bis jetzt war es immer Fehlalarm.

Tessa musste einsehen, dass die Befragung der Frau sie nicht weiterbrachte.

Im Büro angekommen fragte sie Jan, wie weit er mit der Telefonliste gekommen sei.

„Ich habe dir alle Adressen aufgeschrieben. Drei Anrufe waren mit unterdrückter Nummer, die Kollegen versuchen gerade die Nummern ausfindig zu machen."

„Gut, du suchst jetzt die Anrufer auf und befragst sie."

Das Telefon klingelte, Tessa nahm ab und hörte schweigend zu. Kramers bestätigte den Todeszeitpunkt zwischen 22.30 und 23 Uhr. Tod durch den Sturz vom Bergfried. Die Schädeldecke war zerschmettert. Beim Sturz war Nicolas Bodenga mit dem Kopf auf einen Felsen am Fuße des Turms aufgeschlagen. Aber eine Besonderheit gab es doch: Unter seinen Fingernägeln fanden sich Faserreste von weißem Leinen. Tessa bedankte sich und überlegte, wieder einmal schaute sie auf ihre Notizen. Aus den Aufzeichnungen von ihr und Jan war bis jetzt nichts Ungewöhnliches zu erkennen. Aber ja, fiel ihr ein, der Campingwagen in Effeld, den hatten sie noch nicht untersucht. Sie rief Jan, der gerade zur Befragung aufbrechen wollte, und machte sich mit ihm auf den Weg nach Effeld.

Am Eingang zum Campingplatz fragte sie nach dem Stellplatz, Reihe 5, Birkenweg Nummer 8. Problemlos ließ sich die Tür mit dem Schlüssel, den sie am Schlüsselbund des Toten gefunden hatte öffnen. Innen war es sehr ordentlich. Während Jan sich draußen umschaute, durchsuchte die Kommissarin den Innenraum. Nichts Ungewöhnliches, der normale Hausrat.

„Hi, Tessa, komm mal!" Jans Stimme klang aufgeregt. Unter dem Wagen liegend zog Jan an einem Metallkasten, der mit einem Vorhängeschloss gesichert war. Mit einem Bolzenschneider aus dem Vorzelt knackten sie das Schloss. Ein weißes Gewand lag oben in der Kiste. Beim Herausnehmen sahen sie, dass es sich um einen langen Mantel aus Leinen handelte, eher ein bodenlanges Cape. Eine ebenfalls weiße, spitze Kapuze mit Augenschlitzen lag darunter.

Jan schaute seine Kollegin erstaunt an: „Hast du eine Ahnung, was das ist?"

Tessa schüttelte den Kopf und nahm ein sorgfältig gefaltetes Tuch heraus. Es handelte sich um eine Flagge. Weißer Untergrund, darauf ein roter Kreis, in dem Kreis ein weißes Kreuz, in dessen Mitte in einer Raute eine Flamme abgebildet war. Sie schaute ihren Kollegen an. „Hast du so etwas schon mal gesehen?"

„Noch nie, was ist das? Könnte von einem Schützenverein sein", vermutete Tessa. „Aber, was hat dieses weiße Cape mit Kapuze damit zu tun?" Eine Mappe mit mehreren eng beschriebenen Seiten erregte ihre Aufmerksamkeit. Ganz oben eine Liste mit Zahlen. „Pack alles ein, wir kümmern uns im Büro darum", bestimmte sie und schloss den Campingwagen.

Der weiße Umhang kam ihr irgendwie bekannt vor. Sie hatte den schon mal gesehen. Langsam wurde es deutlicher, Fasching! Straßenkarneval in Düsseldorf. Was war das doch gleich? Ja, das sah aus wie eine Mönchskutte. Aber warum versteckte Nicolas Bodenga sein Faschingskostüm unter dem Campingwagen? Das ließ Tessa keine Ruhe.

Im Büro setzte sie sich an ihren Computer und rief über Wikipedia den Begriff Mönchskutten auf. Unter anderem wurde auch der Ku-Klux-Klan ausgeworfen. Das weckte ihr Interesse. Sie fand die Geschichte des Klans bis 2013. Der ursprüngliche Ku-Klux-Klan wurde 1865 in Pulaski, Tennessee gegründet. Die Gründer waren sechs Offiziere der im Amerikanischen Bürgerkrieg unterlegenen Konföderation. Zunächst hatte der Klan keine politische Motivation, das änderte sich später. Sein Ziel war die Unterdrückung der Schwarzen oder anderer Minderheiten, auch mit Gewalt. Heute gibt es den K-K-K in Kanada, Australien und mehreren europäischen Ländern. Zum mystischen Repertoire des Klans gehört das brennende Feuerkreuz, das heute als Symbol des Klans allgemein bekannt ist. Der Klan wendet sich gegen Juden, Schwarze, andere Rassen und Glaubensgemeinschaften, auch vor Mord schreckt er nicht zurück. Dann zeigte der Bildschirm die Flagge des Ku-Klux-Klans. Tessa hielt den Atem an ja, es war genau die Flagge die sie in der Kiste gefunden hatten. Weiter, das wurde ja immer spannender. 2012 wurden in Baden-Württemberg angeblich zwei Polizisten aus Böblingen mit dem Klan in Verbindung gebracht. Der Verfassungsschutz Nordrhein-Westfalen gab 2013 bekannt, dass einige Mitglieder des Klans bereits als Rechtsextremisten in Deutschland bekannt sein sollen.

Die Kommissarin blätterte durch die Mappe, die sie bei dem Kostüm gefunden hatten. Auf der ersten Seite Zahlen. Nur Zahlen in laufender Reihe. War das ein Code? Und wenn ja, wer konnte ihn knacken? Später.

Die nächsten Seiten zeigten Orte mit Wegbeschreibungen in ganz Deutschland. Was war das? Wassenberg, die Straße kannte sie, das war doch am Effelder Waldsee, dort joggte sie jeden Morgen ganz nah vorbei. Neben dieser Straße, in einem

Bauwagen im Wald, ohne Strom und fließend Wasser, hatte jahrelang ein Mann gelebt und Pferde gezüchtet, bis sie ihn in einem Altenheim untergebracht haben. War der nicht sogar gehbehindert gewesen? Diese Stelle war ideal für eine Zusammenkunft des K-K-K. Das nächste Haus war der Hof direkt neben der niederländischen Grenze, dazwischen nur Wald. Tessa nahm sich das Blatt mit den Zahlenreihen und dachte nach. Handelte es sich um die Termine für die Treffen des Klans? Sie nahm sich die erste Reihe vor. Nein, das passte nicht. Aber wenn sie jede vierte Zahl wegließ, acht Zahlen für das Datum nahm und von rechts nach links las, ergaben sich Tag, Monat und Jahr. Nahm sie jetzt noch die aussortierten Zahlen, hatte sie die Uhrzeit. Wenn ihre Überlegung zutraf, war das nächste Treffen des K-K-K um 23.30 Uhr heute Abend.

„Jan!" Der Kollege schaute auf, sie berichtete ihm, was sie herausgefunden hatte.

„Hör mal", unterbrach Jan sie, „das ist eine Nummer zu groß für uns, wir sollten den BND einschalten."

„Spinnst du", fuhr Tessa ihn an, „wir können doch gar nichts beweisen. Ich weiß noch nicht mal, ob das Datum stimmt. Wir schleichen uns heute Nacht an und schauen mal, was die so treiben, wenn sie dann wirklich da sein sollten. Zieh schwarze Sachen an! Wir treffen uns um 23 Uhr bei mir."

Jan nickte bestätigend, so ganz wohl war ihm nicht.

Pünktlich traf Jan bei Tessa ein. Sie fuhren von Wassenberg in Richtung Niederlande und parkten an der Grenze in Rothenbach auf dem Parkplatz vor dem China-Restaurant. Immer am Rand des Weges entlang liefen sie langsam in Richtung Effelder See. Schnell erreichten sie die kleine Kreuzung, an der es rechts zur Gitstapper Mühle und links durch den Wald in Richtung Effeld ging. Es war Vollmond, keine Wolke am Himmel, eine laue Mai-Nacht wie gemacht zum Träumen. Na ja, mit dem Träumen war es wohl nichts, dachte Tessa bedauernd.

„Hier gehen wir in den Wald Jan. Noch etwa 100 Meter, dann müssten wir da sein", sagte sie. „Pass auf, dass du nicht auf trockene Zweige trittst."

Jan murrte. „Bin ich blöd?" Plötzlich blieb er stehen, fast wäre Tessa gegen ihn gestoßen.

„Was ist denn?", flüsterte sie.

„Da vorne bewegt sich was." Jan ging in die Hocke.

Jetzt sah sie es auch, eine Gestalt bewegte sich etwa 15 Meter vor ihnen durch das Unterholz. Gespannt warteten sie ab und folgten ihr dann. Sie hörten Stimmengemurmel. Leise schlichen sie an die Lichtung heran. Vor ihnen spielte sich eine gespenstische Szene ab. In der Mitte der Lichtung stand ein großes Holzkreuz, dass gerade angezündet wurde. Etwa 20 Kapuzenmänner, die Gesichter vollständig bedeckt, standen um das Kreuz herum. Gespannt warteten Tessa und Jan, was nun passieren würde. Vor ihnen, versteckt hinter einem umgestürzten Baum, beobachtete die schwarze Gestalt ebenfalls das unheimliche Ritual. Im hellen Licht des Mondes warfen die Bäume gespenstische Schatten. Hungrigen Dämonen gleich zogen sich die Flammen am Holz des Kreuzes empor. Bizarre Schatten tanzten in den Bäumen des Waldes. Ein leiser, langsam anschwellender, monotoner Gesang mischte sich in das Knistern der Flammen, wurde lauter und ebbte wieder ab. Die Kapuzenmänner streckten ihre Hände gegen den

Himmel und verneigten sich vor dem brennenden Kreuz.

Tessa und Jan starrten gebannt auf das gespenstische Treiben. Abrupt endete der Gesang, die Kapuzenmänner traten zurück. Der Anführer trat vor. In einer Hand hielt er ein Buch, in der anderen einen kunstvoll verzierten Dolch, die Schneide funkelte im Schein der Flammen. Außer dem Knistern des Feuers herrschte Totenstille. Mit erhobener Stimme, den Dolch und das Buch mit erhobenen Händen gegen den nachtdunklen Himmel gestreckt, begann er zu reden.

„Brüder, unter uns war ein Verräter. Er wollte die Bruderschaft preisgeben, doch der Herr kam ihm zuvor. Bruder Nicolas weigerte sich, weiter zum Wohle unserer Gemeinschaft beizutragen. Er hatte vor, sich und Bruder Philip anzuzeigen. Das hätte das Ende unserer Gemeinschaft bedeutet. Ich muss nicht betonen, dass jeder von uns mit hineingezogen worden wäre. Der K-K-K wäre für eine lange Zeit nicht mehr handlungsfähig. Doch dieses wurde verhindert. Ich bitte nun denjenigen, der unsere Verbindung im Namen des Herrn gerettet und Bruder Nicolas seiner gerechten Strafe zugeführt hat, vorzutreten und unseren Dank entgegen zu nehmen."

Die Kommissarin und ihr Kollege hielten den Atem an und beobachteten gespannt die Szene. Der Anführer hatte das Buch und den Dolch auf einen kleinen, mit einem weißen Tuch bedeckten Tisch abgelegt und schien erwartungsvoll seine Männer anzusehen. Keiner rührte sich. Stille, die Flammen hatten das Holz des Kreuzes fast aufgefressen. Dennoch waren die weißen Kutten im Mondlicht deutlich zu sehen. Jetzt kam Bewegung in die vermummten Gestalten, ein leises Murmeln drang zu den heimlichen Beobachtern.

In die dunkle Gestalt vor ihnen kam Bewegung. Tief duckten sich die Kommissare in das Gebüsch. Jedes Geräusch vermeidend schlich der heimliche Beobachter vor ihnen den Weg zurück, Richtung Parkplatz. Vorsichtig im Schatten der Bäume, folgten Tessa und Jan ihr. Ein Knacken, laut drang das Geräusch durch die Stille der Nacht. Tessa erstarrte, die Person vor ihnen begann zu laufen.

„Los. Jan, schnapp ihn dir!", befahl Tessa.

Jan sprintete los. Gott sei Dank waren sie weit genug von dem Klan entfernt. Die Vermummten konnten sie nicht mehr hören, hoffte Tessa wenigstens. Keuchend näherte sie sich dem Parkplatz und sah gerade noch, wie Jan sich auf den Flüchtigen warf. Trotz heftiger Gegenwehr hatte er seinem Gegner schnell Handschellen verpasst und zerrte ihn hoch, als Tessa ankam.

Das Licht der Laterne schien einer Frau in das Gesicht. Die Kommissarin traute ihren Augen nicht. Vor ihnen stand Marie Grüner, die beste Freundin der Frau des Opfers.

„Los, Jan, in den Wagen, wir fahren ins Kommissariat, bevor wir hier Besuch bekommen!"

„Bring Frau Grüner in den Verhörraum!" Tessa zog ihre Jacke aus. Jetzt erst mal Kaffee. Mit drei Bechern dampfenden Kaffees betrat die Kommissarin das Zimmer, gab Jan und Marie einen Becher und setzte sich gegenüber der Verdächtigen an den Tisch. Die Lampe warf ein grelles, kaltes Licht auf Maries Gesicht.

„Was wollten Sie im Wald bei der Zusammenkunft?"

Stumm starrte Marie ins Leere.

„Frau Grüner, ich will eine Antwort. Haben Sie mir was zu erzählen?"

Maries Augen wandten sich der Kommissarin zu, dann brach sie schluchzend zusammen. Sie hatte sich mit Anna verabredet, wie jeden Dienstag wollten sie zum Schreibkurs. Bei Anna angekommen, ging es dieser gar nicht gut, sie hatte starke Kopfschmerzen. Nicolas war noch im Büro. Sie gab Anna zwei Tabletten aus ihrem Handtaschenvorrat und riet ihr sich hinzulegen, was diese auch tat. Danach hatte sie keine Lust mehr zum Schreibkurs zu fahren, sie wäre ohnehin zu spät gekommen.

Zu Hause angekommen, stand Nicolas' Wagen vor der Türe. Während sie ihre Wohnung betrat, vernahm sie laute Stimmen aus dem Wohnzimmer. Leise schloss sie die Türe. Was sie hörte, ließ ihr das Blut in den Adern gefrieren.

Ihr Mann Philip redete beschwörend auf Nicolas ein: „Bist du verrückt geworden, das kannst du nicht machen, wenn du das tust, landen wir beide im Knast. Außerdem ist die Bruderschaft in Gefahr." So wolle er nicht weiterleben, erklärte Nicolas. Er wolle Kinder haben und ein ganz normales Leben führen. Er würde sich selbst anzeigen und die Unterschlagung über 1.000.000 Euro zugeben. Die Unterhaltung wurde immer lauter. Philip schrie seinen Freund an: „Du weißt genau, dass ich dann mit dran bin. Das Geld war ja nicht für uns, sondern für die Bruderschaft, ohne meine Hilfe hättest du die Million gar nicht beiseite schaffen können." Er drohte ihm, versuchte ihn zu überzeugen, dass der Klan das nicht ungestraft zulassen würde und dass Nicolas mit seinem Leben spiele.

Im Gästezimmer versteckt wartete Marie, bis sie üblicherweise vom Schreibkurs gekommen wäre.

Nicolas hatte kurz darauf ihre Wohnung verlassen. Geistesabwesend saß ihr Mann in seinem Sessel und starrte auf den Fernseher. Auf ihre Frage, was denn los sei, antwortete er, Ärger auf der Arbeit.

Marie war ins Bett gegangen. An Schlaf war nicht zu denken. Was meinte ihr Mann mit Bruderschaft? Wieso kam er ins Gefängnis, wenn Nicolas zur Polizei ging? Wie hatte er Nicolas helfen können Geld zu unterschlagen? Sie wurde immer verwirrter. Ich muss mit Nicolas reden, nahm sie sich vor. Gleich morgen, so dass es niemand mitbekommt, dachte sie, bevor der Schlaf sie übermannte.

Am nächsten Tag hatte sie Nicolas angerufen und um ein Treffen auf dem Burgfried gebeten. Sie hatte ihm gesagt, sie wolle mit ihm über die Bruderschaft sprechen.

„Was weißt du von der Bruderschaft?" Er klang aufgeregt und stimmte einem Treffen um 22.30 Uhr zu. Sie hatte ihn mit dem erlauschten Wissen konfrontiert, er war wütend geworden, hatte sie bei den Armen gepackt, geschüttelt, beschimpft und bedroht. Marie hatte Panik bekommen. Als sein Griff sich einen Moment lockerte, stieß sie ihm ihr Knie zwischen die Beine. Nicolas krümmte sich und ließ Marie los. Voller Angst hatte Marie ihn weggestoßen. Er war rückwärts gegen die Brüstung gestolpert, hintenüber gekippt und vom Turm gefallen

Weinend saß Marie auf ihrem Stuhl. Tessa knipste die Lampe auf dem Tisch aus und bedeutete Jan, Marie in die Zelle zu bringen. Auf einmal war sie todmüde. Morgen war auch noch ein Tag. Sie würde den BND anrufen, die konnten sich um den Ku-Klux-Klan kümmern. Marie würde sie dem Haftrichter überstellen.

Arme Marie Grüner. Wenn sie Glück hatte, würde sie wegen Notwehr freigesprochen. Tessa wünschte es ihr.

Clemens Hardmann

Bei Anruf Mord

Erste Sonnenstrahlen schimmerten durch den Nebel und kündigten einen schönen Herbsttag an. I. R. Gendwer schritt gut gelaunt über den von Tau bedeckten Rasen, die Heckenschere in der Hand, und überlegte sich, wo er mit dem Rückschnitt der Pflanzen beginnen sollte. Eigentlich war Gartenarbeit nicht sein Ding, aber wer wollte schon bei einem solchen Wetter schlecht gelaunt sein? Und so begab er sich pfeifend ans Werk. Gegen Mittag legte er die Heckenschere beiseite, wischte sich mit einem Taschentuch über die schweißbedeckte Stirn und betrachtete die am Boden liegenden Zweige und Schnittreste. Er war gut vorangekommen. Zeit für eine Pause. Oder sollte er zuvor noch den Strauch zu seiner Rechten stutzen? Eigentlich schade, dass er nicht Tom Sawyer hieß und die zunehmend lästig gewordene Arbeit irgendeinem Deppen überlassen konnte, der dafür auch noch zahlte. Nein, es war wirklich Zeit für eine Pause. Jetzt nur noch schnell den Müll wegbringen und dann eine wohl verdiente Tasse Kaffee genießen. Im Zusammenhang mit dem fein austarierten Wegberger Mülltrennsystem von schnell zu sprechen, war jedoch die Übertreibung des Jahrhunderts. Die Bestückung der zahlreichen, unterschiedlich bunt gefärbten Müllbehälter war eine Wissenschaft für sich. Sechs solcher Behälter reihten sich inzwischen an seinem Gartenzaun auf. Und ohne die jährlich erscheinende Müllfibel mit Tipps und Anweisungen zum Befüllen der Gefäße war es beinahe unmöglich, eine korrekt gefüllte Mülltonne an den Straßenrand zu stellen. Dies war jedoch wichtig, da die korrekte Füllung der Tonnen hin und wieder kontrolliert wurde. Und so sollte es sogar schon vorgekommen sein, dass eine Tonne der ehemaligen Bürgermeisterin wegen Falschbefüllung nicht geleert worden war. Kein Wunder, dass findige Mitbürger im Begriff waren, ein Bürgerbegehren zur Abschaffung des Systems zu starten. Seine Unterschrift würden sie bekommen. Ob sich dadurch aber etwas zum Guten wenden würde, das war eine ganz andere Frage.

Gendwer war soeben dabei, den Deckel der grünen Papiermülltonne zu heben, als er vor Schreck erstarrte. Das, was er sah, konnte einfach nicht wahr sein. Er hielt den Atem an. Sein Magen zog sich zusammen. Ein heftiger Brechreiz überkam ihn. Oben auf dem Müllberg lag ein zerknicktes Exemplar von „Mord im Selfkant". Ein Buch zu knicken war ein Frevel, nein, ein Sakrileg sogar. Und dann noch ein Exemplar dieses besonderen Buches, seines Buches.

„Mord im Selfkant" war der rote Faden gewesen, der sich durch das letzte Jahr gezogen hatte. Ohne ihn wäre sein Leben leer gewesen. Nach seiner Frühpensionierung hatte er Monate lang in den Tag gelebt und nichts Wirkliches zu tun gehabt, bis er dann eines Tages auf Anraten eines ihm bekannten Schriftstellers mit dem Schreiben eines Kriminalromans begonnen hatte. Was andere konnten, konnte er auch. Zumindest redete er sich das ein. Peter Ulitzer, besagter Schriftsteller, hatte ihm sogar einen Verlag besorgt, der seinen Roman veröffentlichen wollte. In diesem Verlag hatte er viele Menschen kennen gelernt, die ganz besonders und zu Freunden geworden waren. Stundenlang hatten sie über dem Text gebrütet, diskutiert, ihn abgeändert, vorgelesen, erneut verändert, bis schließlich eine druckfertige Version des Buches vorgelegen hatte. Er konnte stolz auf sich sein. Und er genoss es, nun plötzlich als wirklicher Autor ernst genommen zu werden. Was hatte man früher über ihn, den kleinen Beamten, gelacht. Aber Schriftsteller zu sein, das war doch schon ein großer Aufstieg auf der Karriereleiter. Auch wenn man nicht davon leben konnte. Aber das ging ja vielen Künstlern so.

Deswegen war er auch so entsetzt, als er das Buch im Müll liegen sah. Welcher Bücherschänder war zu so etwas fähig? Gendwer musste sich abstützen und heftig durchatmen. Das konnte nur … klar, das konnte nur die alte Müller gewesen sein, seine Haushälterin. Luise Müller, ein furchtbares Weib. Ständig versuchte sie, ihm in sein Leben hineinzufuschen, räumte hinter ihm her, verlegte seine Sachen und brachte seine wohldurchdachte Ordnung in Unordnung. Und das nannte sie dann auch noch Aufräumen. Ätzend. Einfach nur ätzend. Wenn er nicht selbst so bequem wäre und Hausarbeit verachtete, er hätte sie längst hinausgeworfen. Aber dann hätte er den ganzen Mist selbst machen müssen. Und diese Vorstellung behagte ihm überhaupt nicht. Dann schon lieber das kleinere Übel wählen und die Müllerin ertragen.

Nur das mit dem Buch, das ging jetzt aber wirklich zu weit. Ein Buch gehörte gehegt und gepflegt, keinesfalls durfte man es offen umgekehrt liegen lassen. Ein geknickter Buchrücken trieb ihm Tränen in die Augen. Es wegzuwerfen kam einer Straftat nahe. Und dann handelte es sich auch noch um sein Werk, seinen Einstieg in die Welt der Literatur. Je mehr Gendwer darüber nachdachte, desto wütender wurde er. Und plötzlich stand sein Entschluss fest. Diese Büchermörderin verdiente nur eins, den Tod! Auge um Auge, Zahn um Zahn, wie es schon in der Bibel stand. Und das Wie war auch rasch klar: mit dem großen Gartenmesser zustechen, die Leiche in den Garten zerren und dort im Blumenbeet vergraben, wie es ein bekannter Autor so anschaulich beschrieben hatte.

Vom Gedanken bis zu seiner Ausführung war es nur ein kleiner Schritt. Das verwunderte Gesicht der Müllerin, als sie das Messer in ihrem Bauch sah, würde er nie vergessen. Selbst schuld. Büchermörder verdienten keine Gnade. Genau in dem Moment, als die Müllerin zu Boden sank, schellte das Telefon. Mist. Auch das noch. Wer störte denn nun schon wieder? Doch dann hellte sich sein Gesicht auf: Auf dem Display erschien die Nummer von Peter Ulitzer. Gendwer griff schnell zum Hörer und begrüßte ihn: „Hallo, Peter, wie geht es dir? Was kann ich für dich tun?"

Ulitzer erwiderte den Gruß und fragte: „Hat dich deine Haushälterin erreicht? Es ist wirklich wichtig. Im Probedruck von ‚Mord im Selfkant' befindet sich doch tatsächlich immer noch ein sinnentstellender Fehler. Der Verleger hat angeordnet, alle Exemplare zu vernichten! Schmeiß deines in die Tonne, falls die Müllerin dies noch nicht für dich erledigt hat."

Gendwer röchelte und legte auf. Nun hatte er ein Problem.

Simone Michiels

Feinkost

Kai-Uwe reckte das kantige Kinn in die Höhe und gönnte sich einen Rundblick über seine zahlreichen Gäste. Keiner von ihnen wollte versäumen, was schon lange angekündigt war und heute seinen krönenden Abschluss finden sollte. Für ihn war es der Auftakt zu einem neuen Leben, der vorzeitige Ruhestand nach dem jahrzehntelangen Wirken in dem von ihm betriebenen Feinkostgeschäft. Seine Kunden schmückten sich gerne mit dem Emblem, erlesene Köstlichkeiten von ihm erworben zu haben. Für einen exklusiven Kreis und nicht zuletzt für eine Stelle mehr auf den Rechnungen stellte sich Kai-Uwe auch selbst an den Herd, briet, backte und pochierte. Exotische Früchte, seltene Fleischsorten und nie gekannte Gewürze umfassten sein Repertoire.

Kai Uwe entdeckte bei seinem Rundblick den ältlichen Chirurgen, geschmückt von der zerknitterten Gattin. Dürr war sie und sie trug schwer an ihrem Make-Up. Er verwandelte sein Schmunzeln darüber in ein freundliches Zunicken zu seinem befreundeten Bankdirektor a.D., erschienen in Begleitung einer kurvigen Lady, an der wohl nur noch die eingeschrumpelte Warze auf der linken Wange echt war. Er würde das Paar mit dem Chirurgen bekannt machen. Am edlen Anzug seines Golfkollegen Eberhards klammerte sich ein neues Sportgerät. Der als Schwerenöter bekannte Hardy ließ keine Gelegenheit aus, sich in seinen Begleitungen neu zu orientieren und immer waren es um ein Vielfaches jüngere Damen. Gedämpftes Stimmengewirr vermischte sich mit dezentem Klavierspiel, und botoxerfrischte Gesichter beprosteten sich mit dezent klirrenden Champagnerflöten.

Kai-Uwes Blick fiel auf Bellinda, seine Königin des Abends. Im bordeauxroten, figurumschmeichelnden Seidenkleid trug sie ihre honigblonden, schulterlangen Haare elegant zu einer Grace-Kelly-Frisur hochgesteckt. Ihre grauen Augen waren dezent betont und nur eine Spur von Lipgloss unterstrich ihre perfekt geschwungenen Lippen. Sie bediente sich einer diskreten, aber gepflegten Erscheinung. Von allem nur ein Hauch, und es reichte, um ihr Charisma zu unterstreichen. Sie stand zu ihren Lachfältchen, zum kleinen Bauchansatz, der heute vom geschickt fallenden Stoff kaschiert wurde und vor allen Dingen: Sie stand zu Kai-Uwe!

Seit zwei Jahren waren sie zusammen. Sie begegneten sich damals auf dem Wegberger Weihnachtsmarkt. Beide wurden vom Schicksal körperlich zusammengestoßen, als sich die Menschenmenge um sie herum gleichfalls mit ihnen am Glühweinstand drängte. Sie wollten sich entschuldigend anschauen, doch auf beiden Seiten glitt ein Lächeln über das Gesicht und zwei Augenpaare versprühten das, was man Liebe auf den ersten Blick nennt. In der Passage Alt-Berk, einer kleinen Seitenstraße der Wegberger Fußgängerzone, pusteten sie auf den dampfenden Glühwein und nach einer halben Stunde war es bei beiden keine Option mehr, zum jeweiligen Kreis der Freunde zurückzukehren, mit dem sie ursprünglich auf dem Weihnachtsmarkt angekommen waren. Erst als der Glockenturm den neuen Tag ankündigte, besiegelte Kai-Uwe mit einem zarten Kuss auf Bellindas Fingerspitzen zum Abschied das, was keines Siegels mehr bedurfte.

Bellinda musste wohl seinen Blick auf ihren freien Schultern gespürt haben, denn sie drehte sich mit ihrer Sektflöte zu ihm um, hob das Kristall in seine Richtung, um sich dann wieder mit einer würdevollen Drehung den Gästen zu widmen. Andächtig nickte sie zu den langweiligen Urlaubsanekdoten, sacht wiegte sie sich zum leisen Klavierspiel und sie konnte nicht verhindern, dass sie in Gedanken auf Reisen ging. Auch für sie war die Feier der Aufbruch in eine neue Ära. Aus dem langweiligen Leben einer Büroschreibkraft hatte Kai-Uwe sie entführt, das Vergnügen des Lebens in der miteinander verbrachten Zeit gezeigt. Es war niemals ihr Wunsch, eine Geliebte zu werden. Aber auch das genoss sie an seiner Seite. Die aufgebauten Geheimnisse hatten beide genug ausgekostet. Irgendwann war der Punkt erreicht, dass sie sich füreinander entschieden hatten.

Aber es gab noch ein spezielles Hindernis.

Sein Name war: Käthe!

Die Angetraute von Kai-Uwe, eine dauergewellte, rotgetönte Kratzbürste, würde bei einer Scheidung die Villa und den größten Teil des Vermögens für sich in Anspruch nehmen können. Auch war sie es, die es ihrem Mann in jungen Jahren ermöglichte, den waghalsigen Schritt in die Selbstständigkeit zu verwirklichen. Auf seinen finanziellen Stand wollte Kai-Uwe jedoch nicht verzichten. Als das Leid für die Liebenden nicht mehr zu bewältigen war, schmiedeten sie den gemeinsamen Plan, den Störenfried aus ihrem Leben zu entfernen. Durch den Gemahl angelockt in ein Waldstück war es ein erstaunlich kurzes Unterfangen, Käthe die spitze Klinge von hinten zwischen die Rippen zu rammen. Eingehüllt in dicken Decken, verfrachtet in den Kofferraum, blieb die einzige Frage: Wohin mit ihr?

Die sonore Stimme ihres geliebten Kai-Uwes riss sie aus den Gedanken an damals. Mit geschäftsmäßiger Souveränität hielt er eine kleine Rede, bedankte sich für das zahlreiche Erscheinen der Anwesenden und ließ es natürlich nicht aus, mit Formvollendung und entsprechend andachtsvollem Blick an Bellinda ihr einen besonderen Dank für das Gelingen dieses Festes auszusprechen. Hernach eröffnete er mit schwungvollen Worten das Buffet.

Bellinda antwortete zu gerne dem verschworenen Blickkontakt, und für einen winzigen Moment wurden ihre Augen gemeinsam mit denen von Kai-Uwe zu schmalen Schlitzen. Kai-Uwe drückte mit einer weltmännischen Geste die bogige Tür zum Speisesaal auf. Bellinda bemühte sich um eine würdevolle Haltung, als die geladenen Gäste zu der langen, angerichteten Tafel strömten.

Käthe würde ihnen schmecken.

Brigitte Oleszynski-Wichmann

Sans atout

Wir führten eine sehr harmonische Ehe. Er war Oberstudienrat, verdiente das Geld, und ich hatte meine Banklehre, versorgte allerdings nach der Heirat unsere beiden Kinder, den Haushalt, den Hund, die Events – einfach alles.
Wir waren beide perfekt.

Bis er pensioniert wurde.
Von da an ging's bergab!
Er wuselte ständig in meinem Bereich herum. Er räumte den Geschirrschrank total um; er hängte sämtliche Bilder im Haus neu auf; er versuchte dem Hund eine neue Verhaltenstechnik beim Fressen zu vermitteln; er bohrte überall irgendwelche sinnlosen Löcher mit seiner neuen Bohrmaschine … Ich wartete eigentlich nur noch darauf, dass er Paletten voller Senf bestellen würde, wie es Loriot ganz toll in einem Film dargestellt hatte.
Nachdem ich die Kaffeefilter nach langem Suchen in der untersten Schublade des Küchenschrankes fand, und mittlerweile drei Ersatzrollen Toilettenpapier neben jedem Klo standen, … war ich froh, als er mir mitteilte, er hätte sich zu einem Französischkursus bei der VHS angemeldet. Etwas Auffrischung wäre ja gut, meinte er, wo wir doch nächstes Jahr in die Provence wollten.
Als er von der ersten Französischstunde nach Hause kam, berichtete er ganz euphorisch, dass er eine alte Schulfreundin wiedergetroffen hätte. Die spiele jetzt Bridge im Erkelenzer Bridgeclub, das wolle er auch machen. Seine Oma hätte es ihm beigebracht, es sei ein tolles Spiel, das Gehirn wür-

de gefordert, man müsse logisch denken … einfach ideal für ihn.

Schön, ich fand es toll! Jetzt hatte er seinen Französischkursus und auch noch seinen Bridgeclub. Er war beschäftigt und ich hatte Ruhe in meinem Terrain.

Es wurde besser, sehr viel besser. Er besaß zwei neue Aufgaben! Dienstags verbesserte er sein Französisch und donnerstags spielte er Bridge in der Oerather Mühle.

Wäre da nicht mein eingefahrener Putzfimmel gewesen. Als mein Staubwedel an diesem Dienstag über seinen Computer huschte, erhellte sich der dunkle Bildschirm und eine Mail wurde sichtbar.

„Betreff: Sans atout!"

Neugierig las ich weiter.

„Hallo, bist du auch schon nervös? Ich kann es kaum erwarten. Ich freue mich riesig auf unser nächstes Sans atout und dieses Mal auf fremden Boden. Du warst beim letzten Mal so souverän, ich fand es einfach toll!

Erwarte dich morgen um zwei Uhr auf dem Hotelparkplatz der Doverener Mühle.

Liebe Grüße

Edith!"

Was war das? Was sollte das? Das passte überhaupt nicht zu meinem alten, griesgrämigen Oberstudienrat. Er hatte eine Verabredung! Mittwochs? Dienstags war französisch und donnerstags war Bridge, was machte er mittwochs in Doveren?

Ich war nie gut in der französischen Sprache, hatte sie auch deshalb in der zehnten Klasse abgewählt. Aber sans hieß ohne, da war ich mir sicher und tout, tous, toutes, ich wusste nicht, wie viele Varianten es da gab …, aber tout hieß alles.

Also sans atout – ohne alles, war meine Kombination!

„Du Schwein", dachte ich, „sagst mir, du lernst Französisch und spielst Bridge, aber ohne alles im Hotel!"

Das wollte ich sehen!

Ich versteckte mich hinter einem Busch auf dem Parkplatz der Doverener Mühle. Es regnete, ich sah auf die Uhr. Fünf Minuten vor zwei. Ich wartete, worauf eigentlich? Ich wollte Gewissheit! Ich wollte es mit eigenen Augen sehen.

Gleich würde er auftauchen. Nach 35 Jahren Ehe, mein alter, eigenbrötlerischer Ehemann hatte eine Verabredung!

Ein blauer Golf fuhr auf den Parkplatz und eine Frau in einem grauen Kostüm stieg aus. Sein BMW bog fast zeitgleich um die Ecke. Lachend ging er auf die graue Maus zu und umarmte sie herzlich mit Küsschen auf beiden Wangen. Sie hakte sich bei ihm ein und schnellen Schrittes marschierten sie Richtung Eingangstür, die er ihr galant öffnete.

Ich kam hinter meinem Busch hervor. Die Regentropfen liefen an meinem Gesicht herunter, aber es störte mich nicht. So war das also, und das nach so vielen Jahren. In jedem Krimi würde die betrogene Ehefrau jetzt mit gezückter Pistole ins Hotel gehen und die beiden erschießen. Aber ich hatte keine Pistole. Wie in Trance ging ich zu meinem Auto, öffnete den Kofferraum, kramte einen Schraubenzieher und die Spraydose mit rotem Autolack hervor …

Ich hatte gerade den Tisch fürs Abendessen gedeckt, als mein Mann total aufgeregt zur Tür reinkam. „Stell dir vor", sprudelte es sofort aus ihm heraus, „wir hatten ja heute unser Gast-Bridgeturnier in der Doverener Mühle. Als ich nach dem Turnier auf den Parkplatz komme, ist mein Wagen rundherum total verkratzt und auf der Windschutzscheibe steht mit roter Farbe geschrieben Schwein. Ediths Auto ist ebenfalls total zerkratzt und bei ihr steht in rot Nutte auf der Scheibe. Wir riefen sofort die Polizei, die wussten allerdings schon Bescheid." Ein Grinsen machte sich auf seinem Gesicht breit, als er fortfuhr. „Eine Zeugin hat die ganze Sache beobachtet. Sie konnte der Polizei die Autonummer der Täterin nennen, und sie hat sogar ein Beweisfoto mit ihrem Handy gemacht."

Mir wurde übel. „Dann ist die Sache ja bald geklärt", hörte ich mich sagen.

„Ach, was heißt übrigens Sans atout?", fügte ich leise hinzu.

„Sans atout?" Er sah mich fragend an, „Sans atout bedeutet ohne Trumpf. Aber seit wann interessierst du dich für Spielvarianten beim Bridge?"

Luitgard Olufayo

Der Heckenschütze

Kommissar Wilson war ratlos. Auf seinem Schreibtisch in der Kreispolizeibehörde Heinsberg hatten sich die Unterlagen über vier ungeklärte Morde angesammelt. In einem Abstand von mehreren Monaten hatte ein Schütze aus dem Hinterhalt vier Menschen erschossen.

Der erste Mord war am ersten Weihnachtstag passiert. Während die Nikolauskirche in Gangelt in weihnachtlichem Glanz erstrahlte, hatte jemand vom Dachboden des gegenüberliegenden Hauses auf einen betuchten Fabrikanten geschossen, der nach der Weihnachtsmesse die Kirche verlassen hatte und in seinen in der Nähe parkenden Mercedes einsteigen wollte. Der Mann war neben der geöffneten Fahrertür tot zusammengebrochen. Als die Polizei wenige Minuten später am Tatort eintraf, war der Schütze unerkannt entkommen. Die Mordkommission unter Leitung von Wilson ermittelte zwar den Standort des Täters, fand aber außer einer Patronenhülse keinerlei Spuren, die möglicherweise Aufschlüsse über den Täter hätten geben können.

Wilson las weiter in dem Bericht der Spurensicherung. Das Opfer war 46 Jahre alt und hinterließ Frau und Kinder. Aber die sind abgesichert, dachte Wilson und schämte sich sofort für seinen Zynismus.

Da kein anderes Tatmotiv erkennbar war, schloss Wilson auf einen Hass auf Reiche.

Das zweite Opfer wurde etwa drei Monate später am 13. März vor dem Portal der Propsteikirche St. Gangolf am Kirchberg in Heinsberg gefunden. Er war mit der gleichen Waffe erschossen worden, wie bei einer Untersuchung der Patrone festgestellt wurde. Es handelte sich um einen Verleger, der mit Kochbüchern und Reiseratgebern reich geworden war. Offensichtlich war er beim Verlassen der Kirche getroffen worden. Der Pfarrer, der die Kirchentür zuschließen wollte, hatte ihn gefunden. In der Akte stand, dass der Verleger keine Verwandten hatte und 58 Jahre alt war.

Seltsam, dachte Wilson, zwei Männer und beide reich.

Das dritte Opfer war eine Frau. Sophie van Velde, 52 Jahre, kam aus den angrenzenden Niederlanden. Die Tat geschah ebenfalls an einem 13., allerdings im Juni, gegen 22.30 Uhr. Die Frau hatte gerade ihren Imbiss vor dem Real-Einkaufsmarkt in Heinsberg verschlossen und war zum Parkplatz gegangen. Die Ermittlungen hatten ergeben, dass der Täter die Frau aus einem Auto heraus erschossen hatte.

Ob die Opfer gezielt ausgesucht waren, konnte Wilson nicht mit bestimmter Sicherheit sagen, aber dass die Taten in einem dreimonatigen Abstand und drei an einem 13. verübt wurden, war bestimmt kein Zufall und hatte sicherlich eine Bedeutung.

Das letzte Opfer war eine 30-jährige Frau. Sie kam aus einer Pizzeria in Heinsberg, wo sie allein zu Abend gegessen hatte. Der tödliche Kopfschuss wurde von der gegenüberliegenden Straßenseite abgegeben. Wie bei den anderen Morden hatte niemand etwas gehört oder gesehen. Der Täter hatte offensichtlich ein Gewehr mit Schalldämpfer benutzt. Die Tat war am 13. September geschehen.

Wieder der 13. Wilson sah auf seine Armbanduhr. Es war fast 8 Uhr. Auf der Datumanzeige stand die

Zahl 13. Es war der 13. Dezember. Sein Kollege Huber hatte den Kopf auf den Schreibtisch gelegt und schnarchte. Sie hatten die Nachtschicht gehabt.

Wilson entschied, wegen der Wichtigkeit des Datums weiter zu arbeiten. Er war übermüdet und hungrig. Huber ließ er schlafen, er nahm seinen Privatwagen und fuhr zur nächstgelegenen Bäckerei im Stadtzentrum. Wenig später bestellte er sich ein umfangreiches Frühstück und setzte sich an einen Tisch. Ein alter Mann in sauberer, aber abgetragener Kleidung nahm neben ihm Platz.

„Sie untersuchen den Mord an dem reichen Fabrikanten, stimmt's, Herr Kommissar?", fragte er und beobachtete sein Gegenüber.

Wilson sah auf. Den Mann hatte er in der Gegend schon häufiger gesehen.

„Ja", sagte er. „Wie kommen Sie darauf? Wer sind Sie eigentlich?"

Es störte ihn ungemein, von einem Wildfremden angesprochen zu werden, ohne dass dieser sich vorstellte.

„Josef Bartels. Ich habe ein Zimmer bei Frau Nikolei drüben an der Westpromenade."

Der erzählt mir jetzt hoffentlich nicht seinen gesamten Lebenslauf, dachte Wilson genervt und biss in sein Brötchen. „Und?", fragte er, „Wissen Sie etwas über den Mord?"

„Also, es ist doch wohl offensichtlich, dass es sich hier um ein und denselben Täter handelt. In der Zeitung habe ich von den anderen Morden gelesen."

Jetzt macht er auch noch meine Polizeiarbeit, dachte Wilson müde und ungeduldig. „Ja … ja, und?"

„Die haben doch wohl die gleiche Waffe benutzt?",
fragte Bartels.

„Wer, die?"

„Na, die Täter!"

„Vorhin dachten Sie noch, es wäre ein Täter gewesen und jetzt reden Sie von mehreren?"

Mürrisch wischte sich Wilson die Cappuccinomilch aus dem Schnäuzer.

„Ich habe da so etwas gehört."

„Gehört?", wiederholte Wilson und schlug eine neben ihm liegende Tageszeitung auf.

In großen Lettern stand dort „13. DEZEMBER! WIRD DER HECKENSCHÜTZE WIEDER ZU-SCHLAGEN?" Wilson sah hinaus auf die Einkaufsstraße. Sie war ungewöhnlich leer. Lag es an dem ungemütlichen Wetter, dem grauen Nieselregen oder hatten die Menschen etwa Angst, ihr Heim zu verlassen?

„Ja, was denn?"

Wilson ließ die Zeitung sinken und sah sein Gegenüber direkt an.

„Ach, ist vielleicht auch nicht so wichtig", wich der Mann aus.

„Nein, nein, jedes Detail ist wichtig", ermunterte ihn Wilson.

„Den genauen Tag weiß ich nicht mehr, aber ich habe zufällig das Gespräch zweier Jugendlicher mitbekommen, in dem es um eine Schusswaffe ging."

„Wo?"

„Am Kirchberg auf einem der Plateaus", antwortete der Alte.

„Und was genau haben sie gesagt?"

„Der eine hat gesagt, dass er eine neue Schusswaffe kaufen müsste, weil sich der Abzugshahn verklemmt habe."

„Und der andere…?"

„Der hat gesagt, dass er wisse, wo er die herbe-kommt."

„Und warum denken Sie, dass dieses Gespräch mit dem Mord an dem Fabrikanten zu tun hat?"

„Erstens, weil einer der Morde auf dem Kirchberg stattfand, und zweitens, weil der eine Jugendliche sagte, dass er die Schusswaffe bis zum 13. Dezember brauche. Wie Sie sehen, gibt es hier niemanden, der nicht vor dem 13. Dezember Angst hat", sagte er und zeigte auf den Zeitungsartikel.

„Wo waren Sie während des Gesprächs?"

„Ich kam gerade von unten und bei dem Wort Waffe habe ich mich sofort in den Büschen versteckt. Bei Dunkelheit wird man dort nicht leicht gesehen."

„Und was ist mit Ihnen? Haben Sie jemanden erkannt?"

Wilsons Gegenüber schüttelte den Kopf.

In dem Moment klingelte das Mobiltelefon. Wilson musste das Telefon von seinem Ohr weit weg halten, denn Huber schrie: „Wilson, wo bist du? Es hat schon wieder einen Mord gegeben!"

Wilson gab seinen Standort an und bevor er erklären konnte, dass er eigentlich mit seinem Privatwagen da war, antwortete Huber schon: „Ich bin gleich bei dir!"

„Hab ich doch gesagt!", nickte Bartels und steckte sich gemütlich eine Zigarre an.

Wenige Minuten später hielt Huber mit einem Einsatzwagen vor der Bäckerei.

„Wir sehen uns!", rief Wilson Bartels zu und rannte zur Tür hinaus.

„Was, wo?", fragte er gehetzt seinen Kollegen.

„Mercator-Hotel in Gangelt! Beim Frühstücksbüfett.

Der Orangensaft war vergiftet. Das Opfer hat davon getrunken und ist umgefallen."

„Wer?", fragte Wilson.

„Ein Gast, alter Pensionär, 60 Jahre alt, alleinstehend. Franz Scheuben. Ihm gehören in- und außerhalb von Heinsberg eine Menge Häuser."

„Hmm, kenne ich nicht."

„Du liest auch nicht den Wirtschaftsteil der Zeitung", entgegnete Huber.

Der Polizeiwagen erreichte das Hotel. Die Spurensicherung hatte ihre Arbeit schon erledigt. Wilson hob das Tuch hoch, das die Leiche bedeckte, und schaute sich das Gesicht des Toten an. Der Mann hatte weit aufgerissene Augen, Schaum lief ihm aus dem Mund. Eindeutig ein Giftmord.

„Hm, der kommt mir irgendwie bekannt vor", sagte er, bückte sich und schob die grauen Haare des Toten etwas zur Seite. An seinen Koteletten sah er kleine Narben wie von einer Gesichtsoperation. Er ließ das Tuch los.

„Sag ich doch", brummte Huber, der hinter ihm stand.

„Wer hat den Mord beobachtet?", fragte Wilson und sah sich nach dem Hotelpersonal um.

„Ich!", sagte eine dunkle Frauenstimme.

„Wer ist ich?"

Wilson schaute sich um und sah in die kühlen Augen einer etwa 40 Jahre alten Südländerin.

„Bin Giovanna Garone. Arbeite hier seite fünf anni."

„Jahren", übersetzte Huber.

„So … und Sie haben etwas gesehen. Ja, was denn?"

Diese Morde fingen an, Wilson auf den Nerv zu gehen. Mit allem hatte er gerechnet, nur nicht mit einem Giftmord. Da stellte sich doch die Frage, ob es der gleiche Täter war.

Die Italienerin hatte nicht viel zu erzählen und Wilson entließ sie sogleich wieder. Nachdem die Leiche abtransportiert worden war, war Wilson froh, erst mal Feierabend machen zu können.

Der nächste Morgen verlief ruhig und Wilson erledigte notwendigen Papierkram, als er am Nachmittag eine Pause einlegen wollte.

„Ich hole mir eben ein Baguette", meinte er zu seinem Kollegen, ging hinunter zum Parkplatz zu seinem Wagen und fuhr zur Bäckerei.

Dort traf er wieder den alten Mann. Anscheinend hatte der hier seinen Stammplatz.

„Und?", fragte Bartels neugierig, als er Wilson sah.

„Ein Giftmord", antwortete der Kommissar.

„Schauen Sie mal auf das Datum, Kommissar", machte der Alte ihn aufmerksam.

„Ja , ja. Ich weiß doch!", knurrte Wilson.

Aber warum sollte ein Heckenschütze, der seine Opfer aus dem Hinterhalt erschoss, sich plötzlich darauf verlegen, mit Gift zu morden? Zu billig, dachte Wilson.

Am nächsten Nachmittag wurde an der Tankstelle in Gangelt ein Mann festgenommen, der im Kofferraum ein Gewehr hatte. Einem der Angestellten war der Mann aufgefallen, als er versuchte, mit einem falschen 50-Euro-Schein zu zahlen. In dem Kofferraum fand die hinzugerufene Polizei dann die Waffe. Die Untersuchung ergab, dass es sich dabei um die Tatwaffe handelte.

Der Verdächtige – er war russischer Abstammung – gestikulierte heftig, als Wilson den Befragungsraum betrat.

„Ich nicht wissen, ist falsch Fünfziger!", rief er immer wieder. „Bankautomat geben!"

„Er meint doch nicht etwa, er habe den falschen Fünfziger aus einem Bankautomat?", erkundigte sich Wilson bei dem befragenden Polizisten.

Dieser zuckte statt einer Antwort mit den Schultern.

„Wie heißen Sie? Woher haben Sie die Waffe?", polterte Wilson.

„Mein Name ist Thomas, Thomas Anders. Ich bin jetzt deutsch. Und ich habe deutsche Großeltern. Sie können mich nicht so behandeln." Anders fühlte sich pikiert.

„Wie behandele ich ihn denn?", fragte Wilson den Beamten.

Dieser zuckte wieder mit den Schultern.

„Also festnehmen", ordnete Wilson an, „wegen vierfachen Mordes."

„Gut, Kommissar", meinte der Beamte. „Und was ist mit dem fünften Mord? Dem Giftmord?"

„Ach ja, richtig. Habe ich vergessen. Wegen fünffachen Mordes. Gibt es dafür in Amerika nicht die Todesstrafe?"

Der Beamte zuckte abermals mit den Schultern und machte Anstalten zur Tür zu gehen, um Verstärkung zu holen.

„Warte mal, Kommissar. Das mit den Morden war ich nicht."

„So?" Wilson war im Begriff, den Raum zu verlassen, blieb stehen und drehte sich um. „Dann leg mal los! Wer hat dir die Waffe verkauft und was wolltest du damit?"

„Weiter verkaufen. Natürlich."

„Ist das nicht strafbar?", fragte Wilson den Beamten.

Der Beamte nickte.

„Ja, ja, Kommissar, ich Geld brauchen, Bank mir

Kredit gestrichen!" Anders zeigte offensichtlich Reue.

„Also noch einmal", polterte Wilson ungeduldig. „Von wem hast du die Waffe?"

„Von einem alten Mann, ich habe ihn zufällig in Heinsberg getroffen. Seinen Namen kenne ich nicht. Aber wiedererkennen würde ich ihn. Ich habe ihm bei einer Tasse Kaffee in einer Bäckerei von meinen Geldproblemen erzählt."

Wilson spürte einen Stich in der Herzgegend.

„Und das Geld? Woher stammt das Falschgeld?", fragte er streng.

„Die Waffe war in Zeitungspapier eingewickelt. Er muss Fünfzig-Euro-Schein darin vergessen haben. Kommissar, ich ehrliche Haut. Ich ganz nervös mit einer Waffe im Kofferraum." Der Mann fuchtelte wieder mit den Händen.

„Was zum Teufel dachtest du, wo du diese Waffe verkaufen kannst?"

„Ach, Kommissar, du denken ein bisschen, bin Russe, auch wenn ich Thomas heiße."

Er wischte sich mit einem Tuch den Schweiß von der Stirn.

„Den Hundesohn hol ich mir!", murmelte Wilson im Hinausgehen und ließ den Beamten stirnrunzelnd zurück.

„Mann, Wilson, hast du lange gebraucht", empfing Bartels den Kommissar, als der ihn kurze Zeit später ohne viel Aufsehen in der Bäckerei verhaftete. Zum ersten Mal sprach er ihn mit seinem Namen an und duzte ihn, als wollte er ihm das Gefühl geben wollte, dass er ihn schon lange kenne oder schon lange beobachtete.

Eigentlich hat er die vier Morde viel zu schnell gestanden, überlegte Wilson, als man den Mann in

Untersuchungshaft brachte.

In der Nacht wälzte er sich von einer Seite auf die andere. Der Mann hatte doch offensichtlich eine Spur für ihn gelegt und er war hereingefallen. Aber wo war das Motiv? Der Alte hieß tatsächlich Bartels, alle seine Angaben stimmten. Warum aber sollte dieser ältere, so vernünftig erscheinende Mann vier oder fünf Morde begehen? Wen also deckte er?

Am nächsten Morgen sagte Wilson im Vernehmungsraum Bartels auf den Kopf zu: „Ich habe das Gefühl, Sie verschweigen mir etwas."

„Dieses Gefühl haben Polizisten immer. Das ist ihre zweite Natur", antwortete Bartels zufrieden.

„Bartels, ich weiß, Sie hatten eine Tochter. Was ist mit ihr passiert? Ihre Spur verliert sich im Ausland."
Er hatte alte Vernehmungsprotokolle durchgeschaut und war durch Zufall durch den Namen von Bartels auf dessen Tochter gestoßen.

Auf die Frage war Bartels offensichtlich nicht vorbereitet. Man sah ihm an, dass er mit einem Male errötete und nach Worten suchte.

„Das ist richtig. Ich habe seit 15 Jahren nichts mehr von ihr gehört", antwortete er.

 Wilson sah seine Chance.

„Sie ist tot? Habe ich recht?"

 Bartels schwieg.

„Bartels, lassen Sie sich doch nicht alles aus der Nase ziehen. Ich finde es sowieso heraus. Woran ist sie gestorben?"

„Sie hat Selbstmord begangen. Sie hat sich auf dem Dachboden eines Hauses in Paris erhängt."

„Warum?", bohrte Wilson nach und wartete.

„Weil sie es nicht ertragen hat, dass der Mann, den Sie liebte, als Mörder verhaftet wurde."

„Von wem reden Sie, Bartels?"

„Wann kommt mein Anwalt?"

„Dann, wenn Sie ihn hinzugerufen haben." Wilson wies den Beamten an, Bartels ein Telefon zur Verfügung zu stellen.

Während Bartels auf seinen Anwalt wartete, durchsuchte Kommissar Wilson das Archiv nach alten Zeitungsartikeln. Man hatte die alten Blätter auf Mikrofilm gespeichert. Endlich stieß er auf einen 15 Jahre alten Artikel aus seiner Anfangszeit als Kommissar. Richtig! Er erinnerte sich jetzt. Dass er das aber auch vergessen hatte. Damals waren drei Morde verübt worden, genauso wie jetzt aus dem Hinterhalt. Seltsam, sogar jeweils am gleichen Datum. Einmal am Weihnachtstag. Danach drei Monate später am 13. März und dann am 13. Juni. Die Opfer waren zwei ältere Männer und eine ältere Frau gewesen. Er sah sich noch einmal die Beschreibung der Tatorte an. Der erste Mord wurde am Kirchberg in Heinsberg begangen, der zweite bei der Nikolauskirche in Gangelt und das dritte Opfer kam gerade aus einem Hotel in Hückelhoven. Zwei gleiche Tatorte, dass das nicht einmal einem Journalisten aufgefallen war. Wilson war damals derjenige gewesen, der den Mörder verhaftet hatte. Verdammt, auf einmal fiel es ihm wie Schuppen von den Augen: Jürgen Schmidt. Der Mann, den er damals wegen der drei Morde verhaftet hatte, lag heute Vormittag vergiftet auf ihrer Bahre. Er hatte sich die Fingerkuppen weggeätzt und sich einer Gesichtsoperation unterzogen, nachdem ihm wegen einer schweren, tödlichen Krankheit Haftverschonung gewährt wurde. Deshalb hatte ihn Wilson nicht gleich erkannt. Er recherchierte, offensichtlich war Franz Scheuben der Cousin von Jürgen Schmidt und ließ sich von ihm gern vertreten, da er wegen Krankheit seine Geschäfte nicht mehr ausüben konnte.

Den von Bartels gerufenen Anwalt schickte Wilson sogleich mit den Worten zu seinem Klienten, dass gegen diesen nichts mehr vorliege. Sie hätten den wahren Täter der vier Morde geschnappt und dieser habe Selbstmord verübt.

„Bartels", fragte Wilson, als dieser an ihm vorbei das Gebäude verließ, „wann ist ihre Tochter geboren?"

„Am 13. März vor 35 Jahren."

„Und sie hat Jürgen Schmidt an einem Weihnachtstag kennengelernt?"

Bartels nickte und drehte sein Gesicht ein wenig weg.

Wilson schüttelte den Kopf. Wie Bartels nur auf die Idee kam, dass er den Mörder diesmal nicht finden würde. Schrieben damals die Zeitungen nicht über eine lesbische Liebe von Bartels Tochter mit einer fünf Jahre älteren Italienerin, während der Zeit, als sie mit Jürgen Schmidt zusammen war, die der Auslöser für die Morde gewesen sein soll?

„Sie haben seine Spur gesehen, Bartels, nicht wahr. Seit wann wussten Sie, dass die Italienerin dort arbeitet?"

„Die Frage stellt sich nicht."

„Was meinen Sie, mit welchem Gift Jürgen Schmidt Selbstmord verübt hat?", fragte Wilson noch, bevor Bartels die Tür hinter sich ins Schloss fallen ließ.

„Strychnin, Kommissar, mit Strychnin."

Elke Wenk

Tarnung
ist das halbe Leben

Peer Meyer wachte mit einem sonderbaren Gefühl auf. Wie jeden Morgen war er angespannt, weil sein erster Gedanke seinem Baby galt. Pardon seiner Arbeit, aber die verschiedenen Projekte, die er mit seinen 32 Jahren betreute, konnte man getrost als seine geistigen Kinder bezeichnen, und genauso behandelte er sie auch.

Die Marketingabteilung hatte ihn schon wieder fest mit Beschlag belegt, gedanklich. Seiner in den Kissen träumenden Lebensabschnittsgefährtin hatte Peer nur eine Zehntel Sekunde gewidmet, ehe er mit Schwung seine durchtrainierten Beine aus dem Bett schwang. Lauftraining, jeden Morgen eine halbe Stunde. Kaum angezogen und nur mit ein paar Schlucken Kaffee verließ er gutgelaunt sein großes Haus am Rande von Erkelenz, natürlich in gediegener Lage. Harte Arbeit und eine Menge Herzblut hatte er in die Erfüllung seines Traumes gesteckt. Jetzt stand er unmittelbar vor einer Teilhaberschaft in der Agentur. Jörg Peters, sein Chef, stellte ihm diesen Karrieresprung in Aussicht. Peer hatte den Großkunden mit seiner ideenreichen Präsentation geködert und konnte prompt den Auftrag an Land ziehen.

Peer war kaum bis zur ersten Ecke seiner üblichen Laufstrecke gejoggt, am Krankenhaus vorbei zum Ziegelweiher, als er dort auf der Mauer eine schwarze, feingliedrige Katze sitzen sah. Ihre blauen Augen blickten ihn ernst an, so kam es ihm jedenfalls vor, und musterten ihn in einer Art und

Weise, die vom Auge durchs Hirn sich im Herzen festkrallte. Der Blick ging durch und durch. Er schmerzte regelrecht.

Peer mochte Katzen nicht, denn er erinnerte sich an ein äußerst unangenehmes Zusammentreffen in seiner Jugend. Damals hatte seine Mutter eine schwarz-getigerte, schwangere Katzendame mitgebracht und er verliebte sich sofort in Lulu. Damals war er ein Elfjähriger gewesen, der völlig unbedarft im Umgang mit Samtpfoten war. So bemerkte er auch nicht, dass er der Katzendame ständig zu nahe kam, sie bedrängte, sie und ihre Jungen anfasste und streichelte. Lulu reagierte wie eine Löwenmutter.

Das Resultat seines Annäherungsversuches endete für beide Seiten in einem Desaster. Naiv langte er in den Korb der jungen Katzenfamilie und wurde von Lulu gebissen. Lange litt er unter der stark infizierten Wunde an seiner Hand.

Doch er hatte es dieser Kratzbürste und ihren Fellratten gezeigt. Sie hatten bezahlt!

Er strich über die wulstig verheilte Narbe an seiner Hand. Alles war nur Einbildung, schalt er sich und setzte seinen Weg fort. Kurz in Gedanken die Strategie, alle wichtigen Fakten durchgegangen und schnell unter die Dusche. Im Anzug machte er eine gute Figur. Peer lächelte sein Spiegelbild gewinnend an und verließ, ohne einen Gruß an die immer noch schlummernde Mia, seine Villa. Die Agentur lag in der Erkelenzer Innenstadt. Er beschloss, das schöne Herbstwetter auszukosten und die eineinhalb Kilometer per pedes zurückzulegen, schließlich zeigte das Thermometer noch satte 18 Grad an diesem Morgen. Es roch schon erdig, obwohl der Herbst noch nicht richtig begonnen hatte. Die Blätter hatten sich ebenfalls nicht verfärbt.

Moment! Da saß diese Katze wieder an einem Baum und schaute ihn wissend an. Warum führte sein Weg ihn auch ausgerechnet am Ziegelweiher vorbei? Da saß sie, ein schönes Tier, mit glänzendem Fell. Ihr Schwanz wedelte energisch hin und her, bis sie ihn elegant um sich legte und sich nur noch die Schwanzspitze wie bei einem Trommelwirbel bewegte. Ihn erinnerte diese Katze an das Ende der tödlich verlaufenen Begegnung. Dieses Mistvieh hatte seine Zuneigung und seine Liebesbekundungen verschmäht, doch Lulu und ihre Bagage hatten bezahlt … Für immer.

Peers Blick glitt über die ruhige Oberfläche des Ziegelweihers. Ja, hier hatten sie mit ihrem Leben bezahlt. Seine Narbe an der Hand prickelte. Mit unbändiger Wut und tief enttäuscht hatte er ein Handtuch über den Korb geworfen, ihn mit Mutters Paketklebeband zigfach umwickelt und mit einem großen Stein beschwert. Keines dieser Viecher war entkommen. Das schrill-panische Miauen und alle anderen Ereignisse dieses Abends verschloss er für immer in seiner Erinnerung. Seitdem ruhte die Katzenfamilie ebenso wie seine Erinnerungen hier auf dem Grund des Ziegelweihers.

Halluzinierte er? Da starrte ihn schon wieder die gleiche Katze an. Mistviecher! Warum fixierte sie ihn immer so mit ihren Blicken? Es konnte doch nicht sein … Peer meinte, sie wolle ihm etwas mitteilen. Blödsinn! Auf welche abstrusen Gedanken er heute kam.

Die Provision und die geplante Teilhaberschaft ließen ihn die Begegnung schnell vergessen und beschwingt weitereilen. Die Katze hatte er schon wieder aus seinem Gedächtnis verdrängt, als er auf die prunkvollen Glastüren der Agentur zueilte.

Da! Schon wieder! Es pochte stark in seinen Schläfen. „Ich hasse Katzen und kann sie in meiner Nähe nicht ertragen."

Kurz vor der Tür lungerte dieses lästige Flohtaxi abermals herum und schien ihn mit ihren Blicken zu hypnotisieren. Irgendwie schaffte sie es, vor ihm am Eingang zu sein. Gerade wollte er auf sie zugehen, als ein freundschaftlicher Klaps ihn ablenkte. Ah, Tom, ein Abteilungsleiter, mit dem er gelegentlich eine seiner seltenen Mittagspause beim Griechen verbrachte.

Tom müsste jetzt auf die Katze treten, aber sie war schon wieder verschwunden. Von seiner Stirne rannen immer mehr Schweißperlen herab.

Sie durchschritten den Eingang und ihre Wege trennten sich.

Peer lockerte seine Krawatte. Er betrat den Fahrstuhl und drückte den Knopf für die Chefetage. Langsam schloss sich die polierte Edelstahltür, hinter ihm spiegelte sich die Katze. Sie war mit ihm im Aufzug!

Übelkeit überfiel ihn. Ein Eisenring schien seinen Brustkorb einzuengen, seine linke Hand kribbelte so sonderbar.

Mein Gott, dieses verdammte Vieh verfolgte ihn.

„Okay, was willst du von mir und wie bist du in den Aufzug gekommen?", schoss es ihm durch den Kopf. Ganz gegen seine tiefe Katzenaversion beugte er sich zu ihr hinunter und streichelte sie. Die wasserblauen Augen erinnerten ihn an etwas. Die Katze schnurrte in einem tiefen, sonderbaren Ton.

„Da bist du endlich. Es ist Zeit deine Schuld zu begleichen", schien sie zu denken.

In diesem Moment sah Peer Meyer sein ganzes Leben vor sich ablaufen. Mit geöffneten Augen sackte er in sich zusammen und hörte die Katze in seinem Kopf flüstern: „Ja, es ist lange her, dass ich mit schwarzem Cape und Sense gearbeitet habe."

Heike Dahlmanns

Flödel

„Geil! Haben wir dich endlich, dich Verräter", sagte
Georg und umkreiste den Baum, an dem sie Flödel
festgebunden hatten.

Drei Vermummte hatten ihm auf dem Heimweg
vom Tennisplatz aufgelauert, ihn vom Fahrrad gerissen und ihm die Augen verbunden. Flödel wusste nicht, wovon Georg sprach. Er erkannte ihn an
der Stimme.

Georg war der Freund seines älteren Bruders.
„Wieso Verräter? Ich habe gar nichts und niemanden verraten. Was soll ich denn verraten haben?"
„Das weißt du ganz genau. Du tust nur so unschul-
dig, genau wie dein Bruder es gesagt hat", hörte er
eine andere Stimme, die Axel gehörte.

„Verrat muss bestraft werden", verkündete der dritte Junge, dessen Stimme er nicht kannte. „Genau,
und zur Strafe muss Flödel jetzt essen. Das tust du
doch gerne, Flödel, essen? Deshalb nennt man
dich ja auch Flödel, halb Fleisch halb Knödel."

„Essen kannst du jetzt, bis nichts mehr reingeht,
feine, leckere Sachen", meldete sich wieder Georg.
Ja, das stimmte: Sein Spitzname war Flödel, aber
nur bei denen, die ihn nicht mochten. Die nannten
ihn so, weil er zu dick war. Er war nicht ausgesprochen fett, aber übergewichtig und ein wenig behäbig, obwohl er Sport trieb. Zum Teil war es Frust-
fressen, denn im Grunde seines Herzens war er
unglücklich. Unglücklich darüber, dass er zu Hause
nur Stress hatte, aber nicht etwa mit seinen Eltern
wie andere 14-Jährige, sondern mit seinem Bruder.
Von der ersten Minute seines Daseins an hatte
Frank ihn abgelehnt, war eifersüchtig auf ihn und

tat alles, um ihm das Leben so unangenehm wie möglich zu machen. Hinzu kam, dass er ein guter Schüler war – nicht der Beste der Klasse, aber immer bei den fünf Besten – sein Bruder hingegen schlug sich mühevoll durch die Gymnasialjahre mit eher bescheidenen Ergebnissen. Seine Eltern hatten immer wieder versucht, Frank zur Einsicht zu bringen und ihm zu erklären, dass er auf seinen jüngeren Bruder Rücksicht nehmen müsse. Aber alle Ermahnungen und Strafen prallten an ihm ab. Im Gegenteil, meist wurde es danach nur noch schlimmer, weil Frank glaubte, sein Bruder habe sich beklagt. Dass er jetzt an diesen Baum gebunden war, war offensichtlich auch auf seinen Bruder zurückzuführen. Sie befanden sich in der Nähe der Tennisanlagen in Gangelt. Hoffentlich bemerkte sie bald jemand.

„Dann wollen wir doch mal ein Häppchen essen", sagte Georg und schob ihm einen großen Löffel in den Mund.

Flödel hatte das Gefühl, als habe er Feuer gegessen: Sein Mund brannte höllisch, man hatte ihn mit extra scharfem Senf gefüttert. Er spuckte den Senf aus, was ihm eine schallende Ohrfeige eintrug.

„Hier wird fein gegessen. Hier wird nichts ausgespuckt", sagte Axel streng. „Und noch ein Löffelchen für Papi."

Wieder kam der Löffel an seine Lippen, die er fest aufeinanderpresste. Jemand öffnete seinen Mund mit Gewalt, so dass ihn der Kiefer schmerzte, und schon hatte er wieder einen Löffel Senf im Mund. Jetzt konnte er ihn noch nicht einmal wieder ausspucken. Man hatte ihm ein Stück Folie vor den Mund geklebt. Flödel wurde noch mehrfach mit Senf gefüttert; jedes Mal verklebte man sofort wieder seinen Mund mit Folie. Er versuchte zu schreien, konnte aber nur seltsame Laute von sich geben.

Endlich nahm ihm jemand den Klebestreifen ab und er hörte Axel sagen: „Na, Kleiner, willst du jetzt gestehen, dass du uns alle verraten hast?"

„Ich habe wirklich niemanden verraten", jammerte Flödel voller Angst und Schmerzen. „Willst du etwas trinken?", fragte die unbekannte Stimme übertrieben höflich.

„Ja, unbedingt", entgegnete Flödel gierig und fühlte die Öffnung einer Flasche an seinen Lippen. Kaum hatte er den Mund geöffnet, merkte er, dass sie ihm Schnaps eintrichterten. Er versuchte, das Schlucken zu vermeiden, dann verschluckte er sich und bekam fast keine Luft mehr, weil sie die Flasche nicht absetzten. Letztlich konnte er nicht anders, als den ekelhaften Fusel zu trinken. Danach brannte es in ihm noch schlimmer, diesmal bis in den Magen hinein. „Lasst mich nun endlich los!", rief Flödel völlig verängstigt, „jetzt ist es genug. Ich hab' doch gar nichts gemacht!" Aber er befürchtete, dass seine Bitte ins Leere lief.

„Du musst noch viel essen", entgegnete Georg hämisch, „so ein Flödel braucht schon einiges an Essen und die schlechten Noten haben wir nicht umsonst bekommen. Dafür musst du noch büßen."

„Welche schlechten Noten?", fragte Flödel sofort und hoffte, dass er nun endlich erfahren würde, warum man ihn quälte.

„Die schlechten Zensuren in der letzten Klausur im Leistungskurs Englisch. Aber das weißt du doch ganz genau."

Langsam dämmerte es Flödel. Die letzte Arbeit im Leistungskurs Englisch am Bischöflichen Gymnasium in Geilenkirchen wurde wegen Täuschungs-versuchs des ganzen Kurses noch einmal wieder-holt. Jemand hatte die Aufgaben aus dem Lehrer-zimmer gestohlen, kopiert und an alle Kursmitglieder verteilt. Sein Bruder schrieb darauf-hin die erste Englisch-Zwei seines Lebens und der Lehrer wunderte sich über die ausnahmslos guten Klausurergebnisse. Aber ein Mitwisser musste ge-plaudert oder damit geprahlt haben, und dann wur-de die Arbeit neu geschrieben mit einer schwieri-geren Aufgabenstellung. Diesmal bekam Frank eine Fünf und einige andere mit ihm.

„Ein Häppchen für die liebe Mami", sagte Georg, schob ihm eine zerdrückte Chilischote mit einem Löffel in den halb geöffneten Mund, um diesen wie-der zu verkleben. Flödel glaubte zu explodieren. Er konnte kein wirklich scharfes Essen zu sich neh-men. Jedes Mal hatte er das Gefühl, sämtliche Ge-schmacksnerven würden abgetötet. Auch jetzt konnte er kaum noch Atem holen. Ein merkwürdi-ges Gurgeln kam aus seiner Kehle und seine drei Peiniger grölten.

Was hatten die noch mit ihm vor? Wie lange sollte das noch weitergehen? Normalerweise wäre er schon längst zu Hause. Immer, wenn das Tennis-training zu Ende war, fuhr er gleich heim. Seine El-tern würden sich bestimmt langsam Sorgen ma-chen.

„Na, das war gut, nicht wahr?", lachte Axel und klopfte ihm aufmunternd auf die Wange, als habe man ihm einen wirklichen Leckerbissen verab-reicht.

„Noch ein Schlückchen zu trinken?", fragte die un-bekannte Stimme, riss ihm den Klebestreifen vom Mund und drückte ihm erneut die Schnapsflasche zwischen die Zähne.

Sich zu wehren hätte keinen Sinn gehabt, erkannte Flödel, man hätte ihm eher die Zähne ausgeschlagen. Er schluckte bereitwillig. Langsam merkte Flödel, dass ihm der Alkohol die Sinne benebelte. Er trank sonst nie Alkohol, nur ein- oder zweimal hatte er heimlich ein Glas Bier getrunken.

„Dann kommen wir mal zu den Delikatessen", sagte Herr Unbekannt und steckte ihm ein kleines, pelziges Etwas in den Mund. Klebestreifen.

Plötzlich realisierte Flödel, was man ihm da gegeben hatte: Man hatte ihm eine lebendige Raupe zu essen gegeben.

„Du magst doch Fleisch, oder?", feixte Georg.

Flödel wusste nicht, was er tun sollte: Ausspucken ging nicht. Sollte er die Raupe zerbeißen oder einfach herunterschlucken? Mit von Ekel verzerrtem Gesicht würgte er die Raupe hinunter und hatte das Gefühl, dass er sich übergeben musste.

Die drei Jungen lachten, als sie merkten, dass er sich ekelte und würgte.

„Du hast lange durchgehalten, Verräter", sagte der Namenlose. „Nein, du Asi, das Zeug bleibt drin. Sonst hätten wir uns die ganze Mühe ja umsonst gemacht."

Mama, Mama, er wollte nur noch nach Hause.

„Zum Schluss bekommst du noch etwas besonders Feines", stellte Herr Unbekannt fest, „dann darfst du wieder nach Hause zu deiner Mami. Ich weiß zwar gar nicht, warum das eine Strafe sein soll, aber egal." Er riss Flödel das Klebeband vom Mund und schob ihm einen Löffel mit einer Paste in den Mund. Durch den beißenden, scharfen, ätzenden Geschmack in seinem Mund schmeckte Flödel zuerst gar nicht, was ihm da gegeben wurde.

„Und noch ein Löffelchen hinterher für den lieben Frank", sagte der Namenlose und verschloss erneut Flödels Mund mit dem Klebeband. „Damit du keine Dummheiten machst und es nicht ausspuckst."

Entsetzt bemerkte Flödel nun, was er essen sollte. Erdnussbutter! „Nein, keine Erdnussbutter. Ich darf keine Erdnüsse essen, ich bin total allergisch gegen jegliche Art von Nüssen", wollte Flödel herausschreien. Aber das Klebeband erstickte sein Gelalle. Vergeblich zerrte er an seinen Fesseln.

„Das muss ja wirklich besonders gut schmecken", hörte er Axel sagen, bevor er starke Atemprobleme bekam. Hilfe! Er bekam kaum noch Luft. Einen Arzt! Er brauchte sofort einen Arzt. Vor Jahren war er nach dem Verzehr von Erdnüssen mit einem anaphylaktischen Schock im Aachener Klinikum gelandet und in allerletzter Minute gerettet worden. Er durfte alles essen, nur keine Erdnüsse.

Schnell setzte sein Atem aus und Flödel sackte in seinen Fesseln zusammen.

Als die drei Jungen erkannten, dass sie zu weit gegangen waren, reagierten sie panisch. Sie durchtrennten Flödels Fesseln und ließen den Jungen auf den Waldboden fallen. Schnell packten sie ihre Sachen zusammen, schwangen sich auf ihre Fahrräder und hasteten nach Hause. Ob sie anonym die Polizei anrufen sollten?

„Quatsch, der ist nur ohnmächtig", meinte Georg, „außerdem suchen die sowieso bald nach ihm, wenn er nicht nach Hause kommt. Der hat sein Fett jedenfalls weg."

Am späteren Abend fand ein Spaziergänger, der mit seinem Labrador seinen Rundgang entlang der Dahlmühle und der Tennisanlagen machte, den leblosen Jungen. Sein Hund war ins Unterholz gelaufen und hatte gebellt. Der Mann rief sofort den Notarzt. Aber jede Hilfe kam zu spät.

Als Flödel um halb zehn Uhr abends immer noch nicht zu Hause war, wusste Frank, dass seine Freunde ganze Arbeit geleistet hatten. Er stellte den Fernseher an und sah als erstes die Kinovorschau für den neuen Film „Stirb langsam 4.0“.

Ein breites Grinsen überzog sein Gesicht.

Heidi Hensges

Die Wolken-Mafia

Eine Sekunde bitte, ich muss kurz was übermitteln.

„Zielpersonen Roswitha P., Beatrix H.-Sch., Renate J. und Heidi H. in Geilenkirchen-Lindern, Bahnhof, Parkplatz, angekommen. Bewegen sich zu Bahnsteig 1. Koordinaten: 5A9B1 XWZM3. Regionalexpress 10425 Richtung Düsseldorf verspätet sich voraussichtlich um 11 Minuten. Zielpersonen unterhalten sich über Käsekuchen. Geplante Ankunft in Köln Hauptbahnhof: 16.12 Uhr mit Intercity 132 auf Gleis 7."

So, danke fürs Warten. Ich erkläre Ihnen eben, worum es hier geht und wer ich bin. Mein Name ist M47BU, Erdenpseudonym Karl Schmidt, Heimatcloud J92LA, Einsatzgebiet BRD, Nordrhein-Westfalen, Niederrhein-Süd, Kreis Heinsberg, Erdenforschungsbasisstation Sektor 525GM034i. Ja, völlig richtig, ich bin ein Außerirdischer. Unsere Forschungsbasisstation liegt unterirdisch, unter einer Kuhweide in Heinsberg-Hülhoven. Es roch anfangs etwas streng, aber unser neues Nasenmodell filtert das inzwischen zu 99 Prozent aus. Wir wohnen und reisen in Clouds, also in Wolken, um den ganzen Erdenplaneten.

Unser Ziel: komplette Übernahme mit anschließender Weltherrschaft. Mein Spezialgebiet ist die vollständige Überwachung und Vernetzung. Ich bin auf einem guten Weg. Sehen Sie sich nur um. Alleine hier auf diesem Bahnsteig. 17 Personen, elf davon haben unsere Smartphones in der Hand. Die ohne Smartphone sind entweder unter fünf oder über 60.

In der Regel jedenfalls. An den jüngeren arbeite ich noch, mittlerweile sind die jüngsten vier. Die älteren sind für mich nicht von Interesse. Darum kümmert sich eine Kollegin.

Heute muss ich einen ganz besonders kniffeligen Fall lösen. Vier Frauen über 50. Harte Nuss. Ganz harte Nuss. Wenigstens haben sie schon alle Navigationsgeräte in ihren Fahrzeugen und buchen ihre Bahntickets online am PC zu Hause. Das ist besser als nichts. Daher weiß ich jetzt auch, dass sie hier sind. Aber: Interesse an Smartphones, Tablets, eBook-Readern, Facebook ist quasi nicht vorhanden. Stellen Sie sich vor, die besitzen noch nicht mal unsere alten Handymodelle! Das hat alles mein Vorgänger versaut. Jetzt habe ich die ganze technikrenitente Landbevölkerung am Hals.

Aber heute ist mein Glückstag. Vier auf einen Schlag. Meine Assistentin Monique-Chantal bereitet in Köln schon alles vor. Die Zielpersonen wollen eine Lesung in der Kölner Buchhandlung Ludwig im Hauptbahnhof besuchen. Das hat mir vor zehn Minuten das Navigationsgerät im Fahrzeug von Frau P. übermittelt. Wir haben noch genügend Zeit. Was gucken Sie so? Haben Sie etwa gedacht, wir hätten Navigationsgeräte nur dafür entwickelt, um Sie sicherer durch den Verkehr zu lotsen? Nein, ganz gewiss nicht.

Der Zug kommt. Sekunde.

„Zielpersonen nehmen Platz in Wagen 3. Frau P. reicht Leberwurststullen herum. Sie unterhalten sich ununterbrochen und als einzige im Wagen. Jetzt über Bücher. Frau H.-Sch. holt 2 Bücher aus ihrer Handtasche."

Bücher. Papierbücher! Sie will sie sich signieren lassen, vom Autor persönlich. Nach der Lesung. Na bravo. Papierbücher müssen weg. In spätestens zehn Jahren wird es keine mehr geben. Papierbücher können wir einfach zu schlecht kontrollieren. Bei Papierbücherlesern wissen wir nie, mit welchen Informationen oder dummen Ideen sie gerade versorgt werden. Der Prototyp mit sensorischem papierähnlichem Material hat sich leider nicht durchgesetzt. Wenigstens läuft das Geschäft mit den Readern ganz passabel. Schulbücher wird es schon in zwei Jahren nur noch digital geben. In fünf Jahren gar nicht mehr. Die Schule selbst wird in naher Zukunft überflüssig. Alles viel zu umständlich und unzuverlässig. Nach zehn Jahren Schule ist heutzutage doch kaum ein Kind schlauer als vorher! Viel Zeitaufwand für nichts.

Zentral gesteuerte, sich selbst aktualisierende Datenchips hinterm Ohr reichen doch. Das praktizieren wir seit 900 Jahren so. Jeder weiß auf Abruf das, was er zum Überleben und Arbeiten braucht. Nicht mehr und nicht weniger.

Aber ich schweife ab und fasse kurz zusammen: Diese vier Papierbuchleserinnen ohne mobile digitale Kommunikationsgeräte gefährden unseren Plan. Bei Frau H.-Sch., Frau H. und Frau J. kommt ein weiterer Risikofaktor hinzu: Sie schreiben. Sie schreiben Kurzgeschichten. Sie schreiben diese Kurzgeschichten mit der Hand auf Papier und lassen die auf Papier drucken! Und fast hätte ich es völlig vergessen: Sie lesen diese Geschichten auch noch vor Publikum vor! Seit Jahren! Sie bringen Literatur in Papierbuchform unters Volk!

Ehrlich gesagt weiß ich gar nicht, ob mein heutiger Plan sinnvoll ist. Anderseits widerstrebt mir das physische Eliminieren von Erdenmenschen zutiefst. Gut, 20 oder 30 Mal ließ es sich nicht vermeiden. Wie neulich, diese Apothekerin ... ärgerlich. Aber auch wir Cloudagenten haben ein Gewissen. Daran hat die oberste Wolkenregentin schuld. Sie besteht auf Gewissen und dass das so bleibt. Frauen eben. Mit Gewissen kann man nur halb so effektiv arbeiten!

Die Zielpersonen bekommen heute ihre letzte Chance, um dem Schlimmsten zu entgehen. In ein paar Jahren sind sie sowieso nicht mehr mein Problem. Wie ich ja bereits erwähnte: Für über Sechzigjährige ist meine Kollegin zuständig.

„Regionalexpress mit 9 Minuten Verspätung in Düsseldorf angekommen. Zielpersonen bewegen sich hektisch auf Gleis 7 zu. Intercity 132 Richtung Köln Hauptbahnhof steht schon bereit. Zielpersonen steigen ein und nehmen Platz in Wagen 5."

Zugfahren ist auch so eine unmögliche Sache. Fast 90 Minuten von Lindern bis Köln. WIR schaffen das in zwei Sekunden. Teleportation, zack, da. Die oberste Wolkenregentin findet Zugfahren romantisch. Romantisch! Naja, sie wohnt ja auch in Cloud 7. Kein Witz. Wenn ich den bloß erwische, der ihr Romantik einprogrammiert hat. In Kombination mit Gewissen ist das unerträglich!

Aber zurück zu den Zielpersonen. Jetzt liest Frau J. den anderen drei Frauen eine Geschichte vor. Hat sie selbst verfasst. Irgendwas mit Hundewelpen. Die anderen Zuggäste tippen zum Glück weiter auf unseren Smartphones herum. Wessen Fingerabdrücke wir noch nicht hatten – jetzt haben wir sie.

Bis auf … Mist.

„Mama, ich will auch einen Hund! Wann bekomme ich endlich auch einen Hund?"

Eine Neunjährige. Die hat wohl jemand übersehen. Sehen Sie, das meine ich. Das Kind hört eine alberne Hundewelpen-Geschichte und kräht los. Haustiere für Kinder sind nicht gut. Also reale Haustiere. Die Jugend können wir mit unserer Technik am einfachsten manipulieren. Haustiere lenken nur ab. Aber nun raten Sie mal, wer sich bei uns für die Erhaltung von Tier- und Pflanzenarten einsetzt? Genau. Die Regentin. Wenigstens sieht sie das mit den Papierbüchern so wie alle anderen. Zwar wegen der Rettung der Wälder, aber ihre Motivation ist in diesem Falle egal. Nur Ergebnisse zählen.

Meine Assistentin ist mit den Vorbereitungen in Köln fertig, übermittelt sie mir gerade. Hervorragend. Zumal wir in fünf Minuten in den Hauptbahnhof einfahren.

„Zielpersonen sprechen von Toilette, Kaffee und Hunger. Bitte alles bereithalten."

Erwähnte ich schon, dass einige von uns seit Jahren im Kölner Hauptbahnhof leben? Unentdeckt? Gibt ja alles da. Sogar Duschen.

„Zielpersonen steigen aus und bewegen sich hektisch in Richtung Sanitärbereich."

Jetzt müssen wir ganz genau aufpassen. Meine Assistentin hat zwei Frauen neben dem Ausgang von Mc Clean positioniert. Mit Flyern und roten Rosen in der Hand. Rote Rosen ziehen bei Erdenfrau-

en immer. Ausnahmslos. Bei der Wolkenregentin übrigens auch.
Halt! Stopp!

"3 Zielpersonen haben Mc Clean betreten, Zielperson H. bewegt sich Richtung Haupteingang Domseite. Achtung, Alarmstufe gelb!"

Das ist jetzt doof. Wie ich meinen Job hasse. Hinter Erdenmenschen hinterherlaufen! Ach, sie raucht.

"Zielperson H. kehrt in den Bahnhof zurück und bewegt sich auf Sanitärbereich zu. Alarmstufe neutralisiert."

Renne ich ihr eben noch aufs Klo hinterher. Wir Cloud-Agenten sind ja mit voluminösen Kathetern für unterwegs gut versorgt. Einfach laufen lassen. Halt, was macht sie nun?

"Zielperson H. bewegt sich orientierungslos im Kreis. "

Das ist doch alles nicht zu fassen hier. Kurzsichtige Frauen in den Wechseljahren. Und immer ich.

"Zielpersonen P., H.-Sch. und J. verlassen den Sanitärbereich. Nehmen Flyer und Rosen an. Nicken. Zielperson H.-Sch. ruft den Namen von Zielperson H. und zeigt auf Flyer, Rose und den Sanitärbereichs-Eingang. Zielperson H. betritt Sanitärbereich."

Uff, geschafft. Der Flyer ist übrigens eine Einladung zu kostenlosem Kaffee und Kuchen im Pixelbuch-

Café direkt neben der Buchhandlung. Nein, nicht Pixibuch, Pixelbuch! Also eBooks. Unsere neueste Strategie für Papierbuchleser. Hat meine Assistentin gestern eröffnet. Die Buchhandlung wird zu 85 Prozent am Umsatz beteiligt. Das waren harte Verhandlungen, ich sag's Ihnen. Gutes Konzept, werde ich für mein Einsatzgebiet so schnell wie möglich übernehmen.

„Zielperson H. verlässt Sanitärbereich. Alle 4 Zielpersonen steuern auf Café-Eingang zu. Und Action!"

So, mein Job ist hier für heute erledigt. Um alles andere kümmert sich meine Assistentin. Die vier Zielpersonen haben schon ihr Los entgegengenommen. Für die Tombola. Jede von ihnen wird den neuesten, teuersten und schicksten eBook-Reader gewinnen. Es ist natürlich nichts anderes als ein verkleidetes Smartphone. Mit Schutzhülle im individuellen Wunschdesign, 50 vorinstallierten aktuellen internationalen Bestsellerromanen, kostenloser eBook-Download-Flatrate für die nächsten fünf Jahre inklusive Gratis-Non-Stop-Maxi-Mega-Highspeed-Internet und einmal wöchentlich frei Haus geliefertem Gratis-Pixelbuch-Café-Käsekuchen bis ans Lebensende.
Wir kriegen sie alle. Ich empfehle mich.

Roswitha Gierling

Marie

Es klingelt an der Tür. Wer ist das denn jetzt? Ich schaue aus dem Fenster. Nicht mal am Wochenende hat man seine Ruhe. Manchmal nervt der Job schon. Vor der Tür steht Jason, einer meiner Arbeitskollegen beim Police Department. Ich hoffte, dass er beruflich und nicht privat hier ist. Uns verbindet der Beruf, aber auch eine kurze, nicht ganz so erfreuliche Affäre. Und er konnte oder wollte sich nicht damit abfinden, dass sie beendet ist.

Ich öffne die Türe und schnaube wütend: „Hab ich irgendwas verpasst oder musst du mich jetzt auch noch an meinem wohlverdienten Feierabend stören?"

Doch, sein Gesichtsausdruck irritiert mich. Er schaut mich ernst, mit starrer Mimik an. Sein Blick ist gesenkt. Und ich denke, so kenne ich ihn nicht. Langsam beginnt er zu sprechen: „Christine, ich muss dir eine traurige Nachricht übermitteln. Die deutsche Polizei hat bei uns angerufen und mitgeteilt, dass deine Schwester Marie auf einem brachliegenden Acker in der Nähe ihres Wohnortes tot aufgefunden wurde."

Lauthals keife ich ihn an: „Und das erzählst du mir einfach so!"

Jason nimmt mich in den Arm und ich hänge an ihm wie ein nasser Sack.

Er spricht leise weiter: „Die Leiche deiner Schwester konnte nur mittels ihres Gebisses identifiziert werden. Und der Zahnarzt war in Urlaub. Ihr Gesicht wurde durch Salzsäure bis zur Unkenntlichkeit zerstört."

Fassungslos und voller Entsetzen beende ich das

Gespräch. Und höre mich noch sagen, wie ein Roboter, der automatisch Floskeln abspult: „Danke für die Mitteilung, Jason."

Ich drücke ihn von mir weg und schiebe ihn aus der Wohnung.

Für einen Augenblick weiß ich nicht mehr, ob es Realität ist, was da gerade geschehen ist oder habe ich das Ganze nur geträumt? Ich stehe auf, ziehe mich an. Mittlerweile ist es 21.30 Uhr. Ich muss raus. Ich laufe die Straße rauf und runter, nichts, nichts! Was ist das? Dunkelheit, schwarze Nebelschleier, nichts? Nichts, was dich mir näher bringt, nichts was die Erinnerungen verschwinden lässt. Ich sehe uns, Marie, wie wir gemeinsam spielen, lachen, nebeneinander in der Schule sitzen und uns darüber amüsieren, dass uns die Lehrer wieder einmal verwechselt haben. Wir, Marie und Christine, zwei blondgelockte Zwillinge, die einander so nah sind, wie es nur eineiige Zwillinge sein können. Ich sehe und höre dich in meiner Erinnerung. Unruhig laufe ich auf und ab. Es ist die Suche nach dir! Bist du es, die jetzt bei mir ist? Doch nichts ist zu sehen. Nur Dunkelheit, Nebelschleier, ein Nichts! Was erhellt dieses unsagbare Nichts? Niemand kann es mir sagen. Oder doch? Wie weit ist die Polizei in ihren Ermittlungen. Qualvolle Gedanken tauchen auf. Ich muss es wissen. Was ist geschehen?

Ich arbeite als Psychologin bei der Polizei in New York und erstelle Täterprofile. Heute reise ich nach Deutschland und ermittle selbst. Das bin ich meiner Schwester schuldig.

Am nächsten Tag betrete ich nach acht langen Jahren wieder deutschen Boden. Der Flug ist turbulent verlaufen, viele deutsche Passagiere beschweren sich.

Meine Eltern leben getrennt. Aber am Flughafen tauchen sie gemeinsam auf, um ihre verloren geglaubte Tochter abzuholen. Ich bin entsetzt, als ich in ihre Gesichter sehe. Tief hat sich der Schmerz über den Tod meiner Schwester eingegraben. Die Worte, die meine Mom spricht, durchbohren meine Seele: „Christine, du musst den Mörder deiner Schwester finden! Erst dann werde ich wieder zu Ruhe kommen. Dieses widerliche Schwein muss seine gerechte Strafe bekommen."

Auf dem Weg nach Hause zu meinen Eltern, die nicht weit von Maries Haus in Mönchengladbach-Herrath wohnen, erzählt meine Mutter ununterbrochen, was sich in den letzten Jahren im Leben meiner Schwester ereignet hat.

„Marie hat sich sofort in das Haus verliebt, das sie später kaufte. Am Ende von Venrath liegt es, In Venrath, Hausnummer 69. Vom Garten siehst du weit über die Felder. Beim Bäcker in der Nähe der Kirche erfährt man alle Neuigkeiten aus dem Dorf. Du weißt, wie sehr sie das Landleben liebte."

Tränen schießen meiner Mutter in die Augen. Doch sie erzählt weiter. „Marie eröffnete danach ihre eigene psychologische Praxis in der Einliegerwohnung ihres Einfamilienhauses. Die Praxis war ein großer Erfolg. Schon bald fuhr sie auf zahlreiche Fachtagungen. Dann lernte sie Mark kennen."

Ja, ich erinnere mich, falle ich meiner Mutter ins Wort. Mit ihm ist sie doch jetzt schon ein Jahr zusammen. Meine Mutter korrigiert mich. „Mark ist seit einem Monat verschwunden, so lange wie deine Schwester. Wir vermuten, dass er auch tot ist."

„Was sagen denn die Ermittler?"

Mein Vater schimpft wütend: „Die suchen erst fast

einen Monat, dann finden sie die Leiche und können sie tagelang nicht zuordnen. Nichts wissen sie bis jetzt! Du bist unsere ganze Hoffnung."

„Bringt mich zu Maries Haus. Ich möchte mir ein Bild machen", forderte ich sie auf.

Es ist ein sonderbares Gefühl, das Haus von Marie zu betreten. Ich kenne es von zahlreichen Bildern. Und auch hier ist klar, dass wir den gleichen Geschmack haben. Denn genauso modern, mit hellen Naturholzmöbeln, so würde ich dieses Haus auch einrichten. Ich durchsuche erst die Schränke im Wohnzimmer, Esszimmer und später in der Küche. Marie war nicht die Ordentlichste, das ist klar. Überall Prospekte, Rechnungen, Briefe, Fotos, sehr viele Fotos von ihr und Mark, Fotos von Familienfeiern, von Feten, aber leider keine brauchbaren Indizien. Auch im Schlafzimmer, im Flur und im Badezimmer, nichts! Nichts, was das Dunkel langsam erhellen könnte.

Ich betrete die Praxisräume meiner Schwester. Überall Staub, hier war lange niemand mehr. Die Aktenführung ist akkurat. Dies scheint jemand anderes für sie erledigt zu haben. Beim Sichten der Patientenakten fällt mir ein Name auf. Mark Jansen. Ist dies ein Zufall? Mark Jansen, so heißt der Freund meiner Schwester. Und Zufälle gibt es nicht!

Ich öffne die Akte. Zum Vorschein kommt nur eine kurze Aufzählung durchgeführter körperlicher Untersuchungen, ein kurzer Bericht vom Hausarzt, der Marie dazu aufforderte, eine Psychoanalyse zwecks Bearbeitung eines Traumas durchzuführen und dann noch die Genehmigungen der Krankenkasse über 80 Sitzungen und die letzte Genehmigung von 20 palpatorischen Sitzungen aufgrund der schwerwiegenden psychischen Störung. Doch nirgendwo war seine Erkrankung im Detail beschrieben, sonderbar. Beim Durchsuchen der elektronischen Akten fällt mir auf, dass seine Akte gelöscht ist. Beim Vergleichen stimmt die Adresse des Patienten mit der Adresse des Freundes meiner Schwester überein.

Ich durchwühle die vollgestopften Schreibtischfächer. Dabei fällt mir ein Kuvert mit meinem Namen in die Hand. Ich öffne den vermeintlichen Brief, zum Vorschein kommt das Tagebuch meiner Schwester. Eine 35-jährige Frau, mitten im Leben stehend, führt ein Tagebuch? Ich setze mich und lehne mich entspannt im Bürostuhl zurück. Ich durchblättere es bis zu der Stelle, an der meine Schwester Mark zum ersten Mal trifft. Er kommt anfangs wöchentlich, später zweimal die Woche zur Therapiesitzung. Sie beschreibt ihn erst sehr sachlich, so, als würde sie in seine Akte schreiben. Dann beginnt sie zu schwärmen, romantisches Geschwafel. Mark umgarnt sie mit seinen stahlblauen Augen, seinem Lächeln, seiner guten Laune. Ein immer gut gekleideter BWL-Student, der nachts in einer Bar seinen Lebensunterhalt verdient. Ihr den Himmel zu Füßen legt und jeden Wunsch von den Augen abliest. Ich bin erstaunt, dass meine Schwester, die alles erreicht hat, so für einen Studenten schwärmen kann, der absolut nicht fest im Leben steht. Aus der Therapeut-Patienten-Beziehung scheint rasch eine Liebesbeziehung geworden zu sein. Doch was meine Schwester dann beschreibt, lässt mich hellhörig werden. Mark scheint mehr als launisch zu sein, seine Stimmung wechselt schlagartig. Meine Schwester hat Angst, neben ihm einzuschlafen. Die Geschichten, die er erzählt, beunruhigten sie zutiefst. Sie ist sich nicht mehr sicher ihn zu kennen. Er fängt an jeden ihrer Schritte zu kontrollieren. Über alle Aktivitäten muss sie Rechenschaft ablegen. Ich erinnere mich, wie sie mich vor zwei Monaten anrief und davon sprach, nach Amerika auswandern zu wollen. „Ich möchte bei dir sein, Christine", hatte sie damals gesagt. Und ich freute mich darüber, nicht ahnend, dass sie aus ihrem Leben flüchten wollte. Mark bedroht sie, schlägt sie, misshandelt und kontrolliert sie und dann immer, wenn sie ihn verlassen will, kommt ein liebevoller, zuvorkommender Mark zum Vorschein, der, den sie so liebt. Was war es? Eine Abhängigkeit? War sie sexuell von ihm abhängig? Oder hatte sie es mit einer multiplen Persönlichkeit zu tun?

Dann eine Stelle, die mich als Psychologin mehr als wachrüttelt. Marie beschreibt es so: Ich verstehe nicht, warum er mich beobachtet. Ich spüre ihn durch die geschlossene Tür. Ich sperre mich im eigenen Haus ein. Und da ist es wieder: abends ein Gepolter im Dachgeschoss. Das Licht geht an und aus. Ich höre Schritte auf der Terrasse, das Lachen eines Wahnsinnigen. Dann klingelt das Telefon. Wer ist das? Kontrolliert er mich? Es ist immer das gleiche, ich gehe ran und niemand meldet sich. An meinem Fenster sehe ich eine Gestalt vorbeihuschen. Ich schaue ihr hinterher. Sie sieht aus wie Mark. Doch der konnte nicht hier sein. Er ist auf einer Studienfahrt. Ich habe so fürchterliche Angst. Angst, die niemand versteht, die irrational zu sein scheint. Ich war bei der Polizei. Die nahmen alles auf und das war's. Sie glauben mir nicht. Er ist nicht einzuschätzen. Wenn ich ihn darauf anspreche, reagiert Mark völlig erstaunt oder fassungslos. Die Polizei sagt, er habe jedes Mal ein Alibi. Doch, ich bin mir sicher, da existieren mehrere Persönlichkeiten in einer Person, die sich wandeln und anpassen können wie ein Chamäleon. Warum nur habe ich es nicht vorher erkannt? Was geschieht da mit mir? Ich habe das Gefühl, verrückt zu werden.

Maries Tagebuch endet abrupt. Was war passiert?

Ich beginne ein Täterprofil zu erstellen. Welches Motiv liegt all dem zugrunde? Nach den Ermittlungen der deutschen Polizei war die Leiche meiner Schwester mit einem Messer verstümmelt und das Gesicht mit Salzsäure unkenntlich gemacht worden. War der Täter ein psychisch kranker Mensch oder waren es Machenschaften eines organisierten Verbrechens, wie die Mafia, die ihre Opfer gerne unkenntlich macht, um die Spuren besser zu verwischen? In was war Marie hineingeraten?

Auf einen leeren Zettel klebe ich ein Foto von Mark, dann notiere ich seine Charaktereigenschaften, gute und schlechte. Ich zähle die unterschiedlichen Situationen und Handlungen auf. Er ist eine sich immer wieder wandelnde Persönlichkeit. Ich weiß, bei dieser Art von seelischer Störung, der dissoziativen Identitätsstörung zerfallen Denken, Handeln, Erinnerung und Identität, so dass sich mehrere Persönlichkeiten bilden, die meistens nichts von der Existenz der anderen Identitäten wissen. Es sind viele unterschiedliche Identitäten, meist treten nur zwei zum Vorschein.

Es sieht tatsächlich so aus, als hätte meine Schwester sich in eine Person mit multipler Persönlichkeitsstörung verliebt.

Noch in Gedanken höre ich ein Geräusch. Jemand öffnet die Tür. Schritte, die sich langsam nähern. Dann steht Mark plötzlich vor mir. Für einen Augenblick fehlt mir die Luft zum Atmen. Angst lähmt meine Sinne, Gedanken kreisen. Wird er töten? Flucht-gedanken tauchen auf, aber ich bin weder in der Lage zu schreien, noch wegzulaufen. Welcher Mark steht vor mir?

Er schaut mich fragend an. Langsam nähernd. „Christine, hab keine Angst! Ich tue dir nichts. Marie ist tot. Ich konnte ihren Tod nicht verhindern." Mark weint. Nachdem er sich etwas beruhigt, erzählt er weiter: „Das, was ich dir jetzt berichte, hört sich sonderbar an, aber glaube mir, es ist die Wahrheit. Als ich Marie kennenlernte, musste ich den uner-klärlichen Tod meiner Eltern verarbeiten. Sie half mir das Trauma aufzulösen. Wir verliebten uns in-einander. Mein Zwillingsbruder, der auch für den Tod meiner Eltern verantwortlich ist, tauchte wieder auf. An meiner Stelle nahm er an Therapiesitzun-gen teil. Er traf sich immer wieder mit Marie, stalkte sie, kontrollierte sie und ließ sie nicht aus den Au-gen. Marie glaubte zuerst wie du, dass ich es war, bis sie mir endlich glaubte. Gemeinsam versuchten wir, Beweise für den Mord an meinen Eltern zu fin-den, doch die Indizien reichten nicht aus. Aber die Spur, die wir verfolgten, schien uns ans Ziel zu brin-gen. Mein Bruder entführte Marie. Ich konnte es nicht verhindern. Dann sperrte er mich im Keller unseres Hauses in Etgenbusch ein. Die Putzfrau hörte erst spät meine Schreie. Sie hat mich nach ihrem Urlaub befreit. Danach fuhr ich sofort zu Po-lizei und erfuhr, dass Marie tot ist. Deine Eltern ver-rieten mir, dass ich dich hier finden würde und du nach dem Mörder deiner Schwester suchst. Ge-meinsam sorgen wir dafür, dass mein Bruder seine gerechte Strafe erhält."

Mark schaut mich liebevoll an. Dann sagt er: „Christine, du bist ganz blass. Du solltest etwas trinken." Er reicht mir eine kleine Flasche Wasser.

Ich folge Mark. Aber welcher Mark ist es? Welche Persönlichkeit spielt er jetzt oder gibt es tatsächlich den vermeintlichen Bruder? Warum folge ich ihm? Angst hemmt mich wegzulaufen. Wie eine Marionette folge ich ihm. Tötet er mich auch oder ist der Bruder der Täter?

Mir ist schummrig, meine Beine sind schwer. Ich folge wie benebelt und steige in ein Auto ein.

Ich erwache und schaue mich im Raum um. Wo bin ich? Wie bin ich hierhergekommen?

Der Raum ist hell und groß. In ihm befindet sich außer dem Bett noch ein großer weißer Kleiderschrank.

Es klopft. Mein Vater tritt ein. Erleichtert atme ich auf. Mein Vater lacht und nimmt mich in den Arm. Er sagt: „Liebes, ich bin so froh, dass du lebst. Mark schaffte es noch, dich mit Hilfe von K.O.-Tropfen willenlos in sein Auto zu schaffen und mit dir nach Etgenbusch zu fahren.

Dann war die Kriminalpolizei da, die ihn die ganze Zeit schon observierte und ihn festnahm, als er dich in sein Haus schaffen wollte. Deine Schwester wurde dort gequält, umgebracht und später auf dem Acker in Venrath versteckt." Mein Vater beginnt zu weinen. „Das hatte er auch mit dir vor!", stotterte er. „Jetzt befindet er sich in Untersuchungshaft, ein psychiatrisches Gutachten wird erstellt und dann bekommt er wohl wegen der Schwere der Tat und weil sie geplant war lebenslänglich."

Fragend schaut er mich an.

Ich antworte ihn: „Nach deutschem Recht wird er nicht wegen Mordes verurteilt. Mark ist psychisch krank. Das wird auch das Gutachten bestätigen."

„Ich hätte ihn besser getötet", sagt mein Vater. Hasserfüllt schaut er mich dabei an.

Mark Jansen wird verurteilt und kommt in die Forensik der Rheinischen Klinik Viersen.

Mechthild M. Gödecke
Merkst Du was?

„Das Leben ist ein Alptraum", dachte er und sonst nie gekannte Panik kroch langsam vom Magen aufwärts, bis sie ihm den Hals zuschnürte und das Atmen fast unmöglich machte. Noch vor wenigen Wochen hatte er sich für einen glücklichen Menschen gehalten – eine intakte Beziehung, in der er den nächsten Schritt wagen wollte, ein Job mit Perspektive, Freunde … Aber dann, als hätte jemand einen Schalter umgelegt, veränderte sich alles. Statt seinen Heiratsantrag anzunehmen, eröffnete ihm Maike, sie hätte sich in ihren neuen Arbeitskollegen verliebt und könnte einfach nichts dagegen tun. So war er nach fünf Jahren wieder Single. Die Beförderung zum Abteilungsleiter, die eigentlich nur noch reine Formsache sein sollte, hatte völlig überraschend ein firmenexterner Bewerber bekommen, der zwar weniger Qualifikationen, dafür aber wesentlich mehr „Vitamin B" besaß. Und jetzt stand er hier am Grab seines besten Freundes. Dabei hatte es doch nur ein ausgelassenes Party-Wochenende werden sollen …

An diesem Wochenende wollte er alle negativen Gedanken ausblenden und es richtig krachen lassen! Das fast schon traditionelle Zelten an der Rur stand auf dem Programm. Was vor einigen Jahren ursprünglich als Vater-Sohn-Ding einiger älterer Freunde angefangen hatte, war inzwischen zu einer Institution geworden.

Am letzten Wochenende vor den Sommerferien wurde eine Wiese an der Rur zur Partylocation umfunktioniert. Jedes Jahr war die Teilnehmerzahl gestiegen und der Aufwand gewachsen. Jetzt fehlten weder die Kühltruhe, noch der Gas-Grill oder der Fernseher – den Klitschko-Kampf wollte trotz Party niemand verpassen. Dieses Mal würden circa 70 Erwachsene nebst Kindern und Hunden die Wiese bevölkern. Nicht jeder kannte jeden, aber mindestens einen des „harten Kerns", zu dem inzwischen auch Manni und sein bester Freund Tom zählten.

Die beiden waren als Nachbarskinder zusammen aufgewachsen und schon immer unzertrennlich. Sie machten sich gemeinsam auf den Weg zum Zeltplatz. Auf halber Strecke zwischen Wassenberg und Ratheim bogen sie in Richtung Krickelberg ab, hielten sich rechts und schlängelten sich, der Straße folgend, in großzügigen Rechts-, Links-, Rechtskurven bergabwärts. Dann hielten sie sich links, bis die Straße endete und mussten nur noch dem ausgefahrenen Feldweg folgen, an dessen Ende ihr Ziel lag. Nachdem sie unter großem Hallo Andreas, den Organisator, Wolle, den Eigentümer der Wiese, und diverse andere Freunde begrüßt und mit einem schönen, kühlen Stubbi auf das bevorstehende Wochenende angestoßen hatten, machten sie sich daran, ihr Zelt aufzubauen. Die ersten Wohnmobile hatten bereits am linken Grundstücksrand Stellung bezogen, und der Verpflegungspavillon wurde gerade in der Mitte aufgebaut. Die beiden Freunde bahnten sich ihren Weg dazwischen und platzierten ihr Iglu am Ufer der Rur. Sie waren ein eingespieltes Team und hatten ihr Nachtlager bald so hergerichtet, dass – wann immer und in welchem Zustand es auch sein würde – sie einigermaßen komfortabel schlafen würden.

In der Zwischenzeit hatte sich der Platz weiter gefüllt. Tom besorgte die nächsten Flaschen Bier und stieß mit seinem Kumpel an. „Spül die ganze

Scheiße `runter, Manni! Andere Mütter haben auch schöne Töchter. Aber heute ist Männerabend angesagt – wahre Liebe gibt es eh' nur unter Männern!" Sie prosteten sich zu und mischten sich unter die immer größer werdende Partygesellschaft.

Es war ein Bilderbuch-Sommerabend. Die Sonne ging langsam unter und das Lagerfeuer verbreitete diffuses Licht über die wuselige Gesellschaft. Erwachsene, Kinder und Hunde feierten friedlich und in bester Stimmung. Manni beobachtete die Kinder, wie sie auf Stöcken aufgespießte Marshmallows über den Flammen drehten, und den jungen, weißen Schäferhund, der Reißaus vor dem Terrier-Mischling nahm. Seine Freunde standen in kleinen Gruppen über den Platz verteilt und stießen mit einem lauten „Finger weg vom Alkohol" an. Der gebeutelte 30-Jährige fühlte sich wohl – das war der Rückhalt, den er brauchte, und auf seine Freunde war eben Verlass. So gut wie in diesem Augenblick hatte er sich schon lange nicht mehr gefühlt. Jetzt und hier war er sicher, dass er alle Widrigkeiten meistern und sich neue Perspektiven schaffen würde. Er war endlich wieder mit sich im Reinen. Darauf musste er mit Tom anstoßen. Er schnappte sich zwei Gläser Jägermeister und ließ den Blick suchend über den Platz schweifen. Tom saß, eingerahmt von zwei noch sehr jungen Mädchen, auf einer Bierbank. Die beiden Teenies himmelten den fast doppelt so alten Mann unverhohlen an. Na, da würde er seinem Kumpel mal einen Freundschaftsdienst erweisen und ihn dort loseisen. Manni hielt Tom einen Jägermeister unter die Nase und forderte ihn auf: „Kopp in den Nacken!"

Anders als erwartet sah sein Freund ihn etwas genervt an und sagte: „Alter, merkst Du was?"

Völlig perplex drehte Manni sich auf dem Absatz um und kippte den Hörnerwhisky runter. Er hatte verstanden – er störte! Pah, Männerabend und jetzt servierte Tom ihn einfach so ab wegen dieser dummen Gören. „Der hat'se doch nicht mehr alle", dachte Manni bei sich. „Schöner Freund. Zum Glück bin ich nicht auf ihn angewiesen." Er mixte sich einen großzügigen Whisky-Cola und gesellte sich zu Andreas und Wolle. Äußerlich ließ er sich nichts anmerken, aber innen drin brodelte es. „Wenn Tom mich jetzt einfach so hängen lässt, wo doch dieses Männerwochenende so lange geplant war – ist er dann wirklich der Freund, für den ich ihn immer gehalten habe? Ist es nicht schon immer so gewesen, dass er der Tonangebende war?" War sein Kumpel in den vergangenen Wochen wirklich so für ihn dagewesen, wie es für den besten Freund selbstverständlich sein sollte? Oder hatte es nicht schon Anzeichen gegeben, dass er sich zurückzog, unter fadenscheinigen Ausreden keine Zeit für ihn hatte, weil ihn die Probleme seines Sandkastenfreundes nervten? Solche und ähnliche giftige Gedanken formierten sich in Mannis Kopf mit zunehmendem Alkoholpegel von aus der Luft gegriffenen Vermutungen zu Wahrscheinlichkeiten, bis er schließlich sicher war, dass er jetzt endlich die Wahrheit erkannt und ihre Freundschaft als reine Farce enttarnt hatte. Die Bitterkeit dieser Erkenntnis spülte er fast bis zur Besinnungslosigkeit mit diversen Drinks hinunter.

Irgendwann wurde er wach. Der Helligkeit nach zu urteilen musste es schon fast Mittag sein. Manni lag im Zelt, in seinem Kopf dröhnten die Bässe der Musik, die wieder – oder noch immer – über die

Wiese hallten. Er konnte sich nicht mehr erinnern, wie er hierhergekommen war. Ihm war übel, jede Bewegung verstärkte das Elend. Er drehte vorsichtig den Kopf und sah Tom neben sich liegen. Schlagartig fiel ihm ihre kleine Auseinandersetzung wieder ein und zufrieden stellte er fest, dass die beiden Kleinen seinen Kumpel wohl im Endeffekt nicht abgeschleppt hatten – oder umgekehrt, wie auch immer.

Bei Tageslicht betrachtet, hätte Manni darüber schon wieder lachen können – wollte aber nicht riskieren, den Inhalt seines Magens innerhalb des Zeltes wieder zum Vorschein zu bringen. Mit einer gutmütigen Geste boxte er Tom leicht gegen den Oberarm. „Ey Schlafmütze, aufwachen, sonst verpassen wir noch was."

Irgendetwas stimmte nicht. Der Herzensbrecher muckste sich nicht. Kein Laut, nicht die kleinste Bewegung. Manni wurde es mulmig, was diesmal nichts mit seinem Alkoholkonsum zu tun hatte. Ein Instinkt sagte ihm, dass hier etwas ganz und gar nicht in Ordnung war. Er hockte sich auf und rüttelte seinen Freund energisch am Arm, fester und immer fester, brüllte ihn an, bis auch andere Freunde aufmerksam wurden und das Zelt öffneten. Mark, der im Rettungsdienst arbeitete, schob Manni schließlich zur Seite, konnte aber keinen Puls bei Tom feststellen. Die verkaterte Partystimmung kippte in blankes Entsetzen und schließlich sprach Andi es aus: „Wir brauchen einen Rettungswagen – sofort!"

Das war jetzt zwei Wochen her. Tom war nicht mehr zu retten gewesen. Nachdem der Notarzt offiziell den Tod festgestellt hatte, war die Polizei gerufen worden, die noch vor Ort anfing, Informationen zu sammeln. Manni stand im Fokus des Interesses, da er ja immerhin neben der Leiche aufgewacht war. Aber er konnte sich an rein gar nichts erinnern. Nach Aussagen der anderen Anwesenden war er gegen 3.30 Uhr Richtung Iglu gewankt. Aber erst nachdem Wolle Mitleid mit ihm hatte, da er vor dem verschlossenen Eingang gehockt und mit gebieterischer Stimme „Sesam öffne dich" gelallt hatte, konnte er schließlich auf sein Lager krabbeln. Danach – absoluter Filmriss. Sein Promillegehalt wurde auch zehn Stunden später noch mit 2,6 gemessen.

Die Autopsie hatte ergeben, dass Tom erstickt war. Ob an seinem eigenen Erbrochenen oder dem Pullover, der sich um seinen Kopf geschlungen hatte, konnte nicht eindeutig festgestellt werden. Somit wurde auch Fremdverschulden in Betracht gezogen, doch mangels Zeugen und Beweisen wurden die Ermittlungen schließlich eingestellt und der Tod als Unfall zu den Akten gelegt.

Jetzt stand er hier am Grab seines besten Freundes und konnte es noch immer nicht fassen. Die Beerdigungsgesellschaft war schon beim Kaffee in der nahegelegenen Kegelbahn, aber Manni verharrte noch an der letzten Ruhestätte und hing seinen Gedanken nach. Niemand hatte ihm einen Vorwurf gemacht, die anderen Freunde hatten sich intensiv um ihn gekümmert. Alle wussten, wie nahe sich die beiden standen und sorgten sich, wie er diesen Verlust wohl verkraften würde. Die Verzweiflung war ihm ins Gesicht geschrieben, aber niemand ahnte etwas vom Ausmaß der Qual. Die Qual der Ungewissheit. Was war in dieser Nacht geschehen? Hätte er Tom retten können, wenn er sich nicht dermaßen „abgeschossen" hätte? Oder noch schlimmer, hatte er selbst vielleicht doch etwas mit dem Tod des Freundes zu tun? Er erinnerte sich noch sehr genau an die an Hass grenzende Wut, in die er sich hineingesoffen hatte. War es möglich, dass er sich im Rausch auf Tom gestürzt und ihn erwürgt hatte? In den vergangenen 14 Tagen hatte er sich diese Frage immer und immer wieder gestellt, sich das Hirn zermartert, nach Erinnerungen durchforstet, aber diese letzten Stunden in Toms Leben blieben in alkoholwaberndem Nebel verborgen.

Ein Geräusch riss ihn aus seiner Versunkenheit. Hörte sich an wie eine Kettensäge. Aber wer arbeitete so kurz nach einer Beisetzung auf dem Friedhof mit diesem nervtötenden Gerät und ließ es auch noch mehrmals aufheulen? Wie pietätlos! Manni hob den Kopf und sah sich suchend nach der Quelle des Ärgernisses um. Ein stechender Schmerz einhergehend mit plötzlicher Übelkeit durchzuckte seinen Körper. Er öffnete stöhnend die Augen und blickte in die besorgten Gesichter des harten Kerns der Partyclique. Er lag wieder im Zelt auf der Wiese an der Rur. Wolle tauchte grinsend im Hintergrund auf – die Motorsäge in einer Hand. „Seht ihr, ich habe doch gesagt, mein Spezialwecker erweckt auch Tote wieder zum Leben!"

„Mach endlich das Ding aus", stöhnte die auferstandene Schnapsleiche.

Eine nur allzu vertraute Stimme drang an sein Ohr: „Ey Alter, geht's noch? Wir haben uns voll Sorgen gemacht und wollten schon einen Rettungswagen rufen! Wie konntest du dich nur dermaßen wegballern?" Tom musterte seinen stark angeschlagenen Freund intensiv und reichte ihm die Hand zum Aufstehen. Der abrupte Wechsel in die Vertikale ließ seinen Magen rebellieren und die Erleichterung über die Erkenntnis, dass alles nur ein böser Traum war, trieb ihm die Tränen in die Augen. Tom wunderte sich etwas über die plötzliche Sentimentalität seines Freundes, als dieser ihn spontan umarmte. „Alles klar?", fragte Tom unsicher. „Ging mir fast nie besser." Abgesehen von seiner körperlichen Unpässlichkeit entsprach das sogar den Tatsachen. „Das Leben ist ein Traum", dachte er, „oder das, was wir daraus machen."

Gabriele Klein

Mord der Schatten

Klara wusste nicht, was mit ihr passiert war. Als sie zu sich kam, waren ihre Hand- und Fußgelenke an ein Bett gefesselt. Panisch versuchte sie sich zu erinnern, aber sie war zu keinem klaren Gedanken fähig. Das konnte doch nur ein böser Traum sein, aus dem sie jeden Moment aufwachen würde, aber die Übelkeit, die sie vom Magen her spürte, war echt und unaufhaltsam. Ihr eigenes Würgen und Spucken hatte sie aufgeweckt. Der beißende Geruch des Erbrochenen machte ihr Elend noch deutlicher. Tränen liefen ihr über die Wangen, als ihr bewusst wurde, dass etwas unfassbar Schreckliches geschehen war. Totale Finsternis umgab sie. Sie lag still da und lauschte auf jedes Geräusch, als sich eine Tür öffnete und ein Streifen weißliches Licht die Dunkelheit unterbrach. Die Silhouette einer großen dunklen Gestalt tauchte im Türrahmen auf, der Lichtstreifen schrumpfte zu Nichts zusammen und die Tür schloss sich wieder mit einem Klick. Klara hörte, wie etwas schleifend über den Boden gezogen wurde, gepaart mit gedämpften Schritten, die immer näher kamen. Noch nie in ihrem Leben hatte sie solche Angst verspürt. Sie konnte ihre Angst riechen. Ihr war kalt und sie hatte den Eindruck nicht mehr zu atmen. Mit weit aufgerissenen Augen starrte sie in die Dunkelheit, ihr Atem ging stoßweise, bis ihr schwindelig wurde. Klara spürte, wie ein Luftzug ihre Wange streifte, es roch nach Rasierwasser und etwas Eigenartigem, das ihre Nase reizte. Ihr war klar, dass ihr Furchtbares bevorstand. Klara nahm ein schleifendes Geräusch wahr, gepaart mit gedämpften

Schritten, die sich auf sie hinbewegten. Ungekannte Furcht ließ Klara auf die Lippen beißen, bis sie Blut schmeckte.

„Bleib ganz ruhig, dann geschieht dir nichts", raunte eine dunkle Männerstimme ihr ins Ohr. Klara glaubte zu hören, wie jemand einen Stuhl an das Bett heranrückte und darauf Platz nahm.

Eine Hand strich über ihre Wange. Die Berührung versetzte Klara in unfassbare Panik. Sie schrie, spuckte und kämpfte, unfähig Schmerzen zu empfinden, gegen ihre Fesseln an. Erst als der Stuhl krachend zu Boden viel, gab sie ihren aussichtslosen Kampf auf.

Ein Schatten erschien im aufflackernden weißen Licht, dann kehrte die Finsternis zurück.

Ihre Gedanken spielten verrückt. Sie versuchte zu begreifen, was mit ihr geschehen war, bis ihre Erinnerung an den Punkt zurückkehrte, als ihr jemand ein übel riechendes Tuch vor Mund und Nase gehalten hatte. Als nächstes war sie gefesselt und noch immer benommen von dem Betäubungsmittel in der Dunkelheit aufgewacht.

„Du musst wach bleiben!" Ihre Stimme war dünn und tonlos in die Finsternis gerichtet.

Klara lauschte um sich, aber alles, was sie hörte, war ihr eigener flacher Atem. Die Anstrengungen hatten ihre letzten Kräfte geraubt, sodass sie erschöpft einschlief.

Schlagartig kehrte sie in die grausame Wirklichkeit zurück, als ein Schwall kaltes Wasser ihren Körper traf. Jemand löste ihre Fesseln. Bevor sie sich rühren konnte, traf sie erneut ein Schwall ins Gesicht. Für Sekunden war Klara wie betäubt, bis Leben in ihre Muskeln zurückkehrte. Adrenalin schoss durch ihre Adern und mobilisierte ihre letzten Kräfte, sie war mit einem Satz aus dem Bett. Haltlos stolperte sie nach wenigen ziellosen Schritten in der Dunkelheit, bis ein harter Aufschlag ihr Fallen bremste. Zeitgleich mit einem lauten Scheppern schlug sie auf den harten Boden auf.

Ihr war, als würde ihr ganzer Körper in einen wohlig warmen Mantel gehüllt.

„Ich bin verloren", war ihr letzter Gedanke.

*

Wie durch Wattebäusche gedämpft vernahm Klara ein gleichmäßiges Piepsen. Weiches gelbliches Licht floss durch ihre Pupillen. Ihr erster Blick fiel auf eine Kanüle in ihrem Handrücken.

„Frau Wolf, ich bin Kommissarin Eva Cornelly und das ist mein Kollege Bernstein. Dürfen wir uns einen Augenblick zu Ihnen setzen? Wir ermitteln in Ihrem Fall. Die Ärzte hatten Sie in ein künstliches Koma versetzt."

Nur unter großer Anstrengung konnte Klara den Worten folgen. „Wo bin ich?", presste sie mit belegter Stimme heraus.

„Sie befinden sich in Erkelenz im Hermann-Josef-Krankenhaus. Man fand Sie vor drei Tagen in der Morgendämmerung im Waldgebiet De Meinweg. Sie haben verdammtes Glück, dass Sie noch leben. Der Hund eines Jägers stöberte sie unter Heidebüschen auf", antwortete die Kommissarin und fragte eindringlich: „Können Sie sich an irgendetwas erinnern?"

„Ein Hund? Hatte ich einen Unfall? Mein Kopf tut mir so weh", flüsterte Klara. Wenige Augenblicke später dämmerte sie wieder davon.

Eva Cornellys Blick ruhte auf Klaras Körper. Blutverkrustete Verbände ließen erahnen, was sich darunter verbarg. Es gab kaum eine Stelle, die nicht durch Schnittwunden verunstaltet war.

„Machen Sie sich keine Sorgen, hier sind Sie in Sicherheit." Cornelly war sich nicht sicher, ob Klara sie noch hörte.

„Lass uns gehen, ich werde morgen noch einmal versuchen, sie zu befragen", sagte Cornelly zu ihrem Kollegen und warf einen bestürzten Blick auf Klara. „Die Verletzungen mögen verheilen, aber sie wird nie mehr dieselbe sein wie vor dem Überfall", schwirrte der Kommissarin beim Verlassen des Zimmers durch den Kopf.

Cornelly war 36 Jahre alt, Leiterin der Mordkommission in Aachen. Seit Jahren brodelte in ihr eine unbändige Wut darüber, dass zu viele von diesen kranken Typen davonkamen. Und wenn sie einen schnappten, fielen die Urteile viel zu milde aus. Aber diese Gedanken behielt sie besser für sich. Eins stand jedenfalls für sie fest, sie würde nicht eher Ruhe geben, bis diese Missgeburt, die das getan hatte, hinter Gittern saß.

Auf dem Gang drehte Cornelly sich abrupt zu ihrem Kollegen um. „Bernstein, stellen Sie einen Beamten ab, der vor dem Krankenzimmer Tag und Nacht Wache hält. Kein Arzt, kein Pfleger, keine Krankenschwester, die wir nicht überprüft haben, betritt den Raum des Opfers. Ist das klar?"

Cornelly stand wie eine Löwin fauchend vor ihrem Kollegen und fuhr sich aufgeregt durch ihre blond gewellten, kurzen Haare.

„Noch etwas, in der anstehenden Pressekonferenz werde ich bekannt geben, dass sie überlebt hat. Vielleicht haben wir Glück und der Entführer wird nervös und macht einen Fehler."

„Sie glauben, er würde es wagen, hierher zu kommen?", fragte Bernstein ungläubig.

„Es ist nicht wichtig herauszufinden, was ich glaube, sondern wozu dieser Perversling fähig ist. Das hier ist noch nicht zu Ende", zischte Cornelly. „Wir sehen uns morgen um neun in meinem Büro, dann liegt der medizinische Bericht vor." Wütend rauschte sie davon.

„Der Stationsarzt ist ein Dr. Bern. Frau Wolf ist heute Nachmittag vernehmungsfähig", berichtete Bernstein am nächsten Morgen. „Wir können für einige Minuten zu ihr."

„Hier ist der Bericht." Cornelly griff eine graue Akte und warf sie vor Bernstein auf den Schreibtisch.

„Das Opfer wurde an Händen und Füßen gefesselt", schilderte sie. „Sie hat versucht, sich zu befreien, das erklärt die tiefen Scheuerwunden an Hand- und Fußgelenken. Ihr Rücken ist durch einen harten Untergrund von Blutergüssen gezeichnet. Die zahlreichen Schnittwunden rühren nicht von einem Messer, ihr ganzer Körper war von Glassplittern übersät. Die tiefen Schnitte führten zu starken Blutungen und zu einer schnellen Bewusstlosigkeit. Sie muss fürchterlich ausgesehen haben, so dass der Täter geglaubt haben muss, sie sei tot." Cornelly wippte aufgeregt in ihrem Sessel.

„Das hört sich so an, als wäre da etwas schiefgelaufen", bemerkte Bernstein und fuhr gedankenverloren fort. „Vielleicht ist sie bei einem Kampf mit ihrem Peiniger in einen Wandspiegel gefallen. Oder er hat sie in einem Wutanfall einfach hinein geschleudert", überlegte er laut. „Sein Opfer war nicht so hilflos gewesen, wie er dachte. Er machte sie los, sie versuchte zu fliehen", sinnierte er.

„Keine der Verletzungen an ihrem Körper deuten

auf Kampfspuren hin", warf Cornelly nachdenklich ein.

„Sie verlor das Bewusstsein, lag wie tot da", reflektierte Bernstein weiter.

„Er geriet in Panik oder war einfach nur wütend darüber, dass sein Spielobjekt ihm keinen Spaß mehr bereiten würde." Cornelly redete sich in Rage. „Er gehört zu der Sorte, die ihre Opfer möglichst lange am Leben erhalten will, um ihre Macht über sie auskosten zu können. Sie geilen sich an dem Schmerz und der Angst ihrer Opfer auf. Vielleicht bekommt er nur so seinen Kick."

Bernstein betrachtete beunruhigt, wie sich die Hände seiner Chefin in die Sessellehne krallten.

„Ich werde dieses Schwein kriegen. Lassen Sie uns Gas geben, bevor er sich ein neues Opferlamm sucht." Cornelly stieß ihren Sessel zurück und verließ eilig den Raum.

*

„… das Opfer, eine junge Frau Mitte dreißig, hat überlebt", tönte die Stimme von Cornelly aus dem Fernseher.

„Verdammt, da war so viel Blut. Diese Schlampe lebt. Verdammt, verdammt! Wie konnte mir nur so ein Fehler unterlaufen? Dieses Miststück hat mich ausgetrickst. Nicht mit mir, du wirst noch zu spüren bekommen, wer ich wirklich bin. Eins steht fest, du führst mich nicht noch einmal hinters Licht."

*

„Können Sie sich an irgendetwas erinnern? Haben Sie etwas hören oder tasten können?", fragte Cornelly dicht an Klaras Bett sitzend in einem drängenden Ton.

„Dunkelheit, nichts als Dunkelheit." Klara bewegte

sich ruhelos. Dann legte sich ein Schatten über ihre Miene.

„Eine Tür öffnete sich, im Lichtschein tauchte eine große Gestalt auf." Ihre Stimme zitterte, sie griff haltsuchend mit beiden Händen in die Bettdecke. „Noch nie hatte ich solch furchtbare Angst." Ihre Augen füllten sich mit Tränen. „Jemand muss mich betäubt haben, ich konnte mich nicht bewegen, mir wurde übel und …" Als Klara ihre Not laut aussprach, verkrampfte sekundenlang ihr Magen und ihre Stimme brach ab.

„Haben Sie denn gar nichts bemerkt, was uns weiterhelfen könnte?", hakte Cornelly nach.

„Da war noch etwas, ein Geruch, aber ich kann mich nicht mehr so genau erinnern." Klara schüttelte den Kopf und wischte sich die Tränen aus den Augen trocken.

„Es freut mich für Sie, dass Sie schon bald entlassen werden. Wir tun unser Bestes, um den Täter zu fassen. Aber so wie es aussieht, haben wir keinerlei Anhaltspunkte, wer Ihnen das angetan hat. Deshalb ist auch jedes noch so kleine Detail wichtig für uns. Sobald Ihnen noch etwas einfällt, rufen Sie mich bitte sofort an. Egal wann, auch außerhalb der Dienstzeit." Cornelly schrieb ihre Handynummer auf einen Zettel und legte ihn auf die Bettdecke.

*

Wochen vergingen und es gab immer noch keine Spur, die zum Täter führte, so dass die Ermittlungen bis auf Weiteres ruhten.

Klaras Gesichtsverletzungen verheilten, die Narben auf ihrer Seele blieben und wucherten zu einem schmerzenden Wulst heran. Es wäre leichter für sie gewesen, man hätte den Täter gefunden und verurteilen können. Aber so war sie getrieben von dem Gedanken, dem Täter zu begegnen, ohne es zu bemerken.

Einen Monat, nachdem Klara aus dem Krankenhaus entlassen worden war, erhielt sie einen Anruf ihres Galeristen Bernd.

„Es interessiert sich jemand für deine Bilder", tönte es am anderen Ende. „Aber er hat nicht viel Zeit, deshalb hat er noch an diesem Wochenende um ein persönliches Treffen mit dir gebeten." Bernds Stimme klang ruhig, als er weitersprach. „In der letzten Zeit haben wir nicht ein einziges Bild verkauft, außerdem würde dir diese Abwechslung gut tun", meinte er einfühlsam.

Klara war zunächst unentschlossen, stimmte aber schließlich dem Treffen zu.

In dem Lokal Sechs Eichen in Dalheim sollte das Treffen stattfinden.

Als Klara das Restaurant betrat, erhob sich ein Mann mit leicht grau melierten Haaren von seinem Stuhl und bewegte sich mit ausgestreckter Hand auf sie zu.

„Ich freue mich sehr darüber, dass Sie meiner Einladung gefolgt sind", begrüßte sie eine mindestens einen Meter achtzig große, imposante Erscheinung, tadellos mit einem sandfarbenen Sakko gekleidet.

„Mein Name ist Andreas Hansen. Ihr Galerist hat Sie sicherlich schon über mein Interesse an Ihren Werken informiert. Nehmen Sie doch bitte Platz", forderte er Klara mit einer einladenden Handbewegung auf. „Ich entschuldige mich dafür, dass unser Treffen so schnell stattfinden musste. Ich bin sehr beschäftigt", fügte er betont freundlich hinzu. „Aber wir sind nicht hier, um über mich zu reden. Ich brenne darauf, mehr über Sie und Ihre Bilder zu erfahren."

Auf Klara wirkte seine überschwängliche Freundlichkeit unecht. Sie schien entspannt, aber Angst und Unruhe lagen spürbar auf der Lauer. Irgendetwas ging von ihm aus, das sich nicht greifen ließ, aber da war etwas Beklemmendes. Es lag in seinem Blick, in seiner Stimme.

„Jetzt werde nicht hysterisch", rief sie sich zur Ordnung.

„Danke für Ihre Einladung, ich fühle mich nicht sehr wohl", gab Klara vor.

„Das tut mir leid. Ich werde Sie nicht lange aufhalten. Ein paar Informationen zu Ihren Bildern reichen mir schon." Ein Lächeln umspielte seine Mundwinkel, dabei ruhte sein Blick weiter hartnäckig auf ihr.

Klara ignorierte ihr wachsendes Unbehagen, berichtete knapp, woher die Motive für ihre Bilder stammten und welche Materialien sie verwendete. Zum Abschied hielt er ihre Hand für ihr Empfinden einen Moment zu lange fest und deutete eine freundschaftliche Umarmung an. Ein wohlvertrauter Duft stieg Klara in die Nase, so dass sie unwillkürlich vor Hansens Berührung zurückschreckte.

‚Lackfarbe! Hatte Hansen nicht eben erwähnt, er würde eine Firma für Kunstharzlacke führen?', erinnerte sie sich.

„Alles in Ordnung?", fragte er fürsorglich.

„Ich habe Ihnen ja eben erklärt, dass ich mich nicht wohl fühle", entschuldigte sich Klara etwas zu forsch. „Mein Galerist wird sich bei Ihnen melden." Überstürzt verließ sie das Lokal.

Klara hegte keinen Zweifel daran. Sie hatte gerade

ihrem Entführer gegenüber gestanden. Der Geruch verriet ihn!

Zu Hause angekommen, suchte sie nach der Telefonnummer der Kommissarin.

„Rufen Sie mich an", tönte es schrill in ihrem Kopf. Genau das würde sie tun.

Zuerst jedoch telefonierte sie mit Beate und Marita, ihren beiden Freundinnen. Die beiden machten sich augenblicklich auf den Weg, um ihr beizustehen. Als sie eingetroffen waren, rief Klara Cornelly an.

„Ich glaube, nein, ich bin mir sicher, ich habe ihn gefunden", versicherte Klara der Beamtin mit einem Hauch von Hysterie in der Stimme.

„Wen wollen Sie gefunden haben?", hakte Cornelly nach.

„Den, der mir das angetan hat", erhob Klara ihre Stimme.

„Wo sind Sie jetzt gerade?"

„Ich bin zu Hause, meine Freundinnen Beate und Marita sind bei mir."

„Ich komme sofort." Eilig beendete die Kommissarin das Telefonat.

Beate und Marita empfingen die Kommissarin mit besorgten Gesichtern, nur Klara sprudelte gleich drauf los und erzählte von dem Treffen mit Hansen. Sie unterbrach nur für einen kurzen Moment ihren Redeschwall, um sich zwischen ihre Freundinnen aufs Sofa zu setzen.

Nachdem Klara geendet hatte, blickte Cornelly die drei Frauen lange nachdenklich an. „Ich befürchte, auch wenn Sie sich sicher sind, dass er es war, der Sie verschleppt hat, dass wir ihm das nicht nachweisen können. Wir haben keine DNA-Spuren zum Abgleich gefunden. Ohne stichhaltige Beweise müssen wir ihn spätestens innerhalb 24 Stunden wieder laufen lassen. Falls er der Täter war, ist er dann gewarnt und die Möglichkeit vertan ihn zu schnappen." Mit resignierter Stimme erklärte die Kommissarin die Aussichtslosigkeit ihrer Situation.

„Es sei denn, bitte verstehen Sie mich nicht falsch, aber es gibt eigentlich nur eine Möglichkeit. Wir schnappen uns dieses Schwein", schlug Cornelly entschlossen den verblüfften Frauen vor.

„Wie meinen Sie das? Wie sollen wir ihn schnappen?", fragte Marita mit beherrschter Stimme.

„Wenn ich das richtig verstehe, wollen Sie Ihre Kollegen da raushalten", ergänzte Beate.

„Ich sehe, wir verstehen uns", bestätigte Cornelly und sah erwartungsvoll in die Frauenrunde.

„Ich muss zugeben, bevor ich Sie anrief, haben wir auch schon daran gedacht, ihm eine Falle zu stellen." Klara sah hilfesuchend zu ihren Freundinnen.

„Doch dann verließ uns der Mut. Wir haben keine Idee, wie wir da vorgehen sollten." Die Aussicht auf eine Vertraute wie Cornelly vertrieb ihre Unsicherheit.

„Gemeinsam können wir diesen Verbrecher fassen." Haltsuchend griff Klara nach Beates und Maritas Händen.

„Wir müssen uns darüber im Klaren sein, haben wir erst einmal begonnen, gibt es kein Zurück mehr", gab Cornelly mit leiser, eindringlicher Stimme zu bedenken.

„Wir sind dabei. Nur so wird Klara die Schatten ein für allemal los. Wie sollen wir vorgehen?", fragte Marita in die Runde.

Die vier Komplizinnen schmiedeten einen Plan, wie sie Hansen in die Galerie locken könnten, um ihm dort in einem Glas Wein K.O.-Tropfen zu verabreichen und ihn dann in ein nahegelegenes Waldstück zu transportieren.

*

Die ersten Sonnenstrahlen des Tages glitten über Hansens fahlen Körper wie flüssiges Kupfer, angestrahlt wie eine der Statuen in Klaras Galerie.

*

Erkelenzer Lokalnachrichten: „Mysteriöser Leichenfund. Ein Spaziergänger machte im Waldgebiet De Meinweg einen grausigen Fund. Ein 51-jähriger Geschäftsmann aus Übach-Palenberg hing leblos, an den Handgelenken gefesselt, zwischen zwei Bäumen. Laut Polizeibericht ist das Opfer an seinen zahlreichen Schnittwunden verblutet."

Marie-Luise Siemes

Satan trägt schwarz

Mark liegt in seinem Bett. Dunkelheit umgibt ihn. Rücklings horcht er auf alle Geräusche, die von außen zu ihm dringen. Irgendwann in der Nacht hört er die schwerfälligen, ihm gut bekannten Schritte auf dem alten hölzernen Boden des Flures. Sein Kopf hämmert, ihm wird übel. Die Türklinke zu seinem Zimmer wird langsam hinuntergedrückt. Das Knarren der schweren Eichentür lässt das Alter erahnen, als sie geöffnet wird.

‚Nein, nicht schon wieder!', denkt Mark und hält die Luft an.

Das Gebäude des Internats ist alt. Die Fenster sind klein und zum Teil vergittert. Kein Sonnenlicht dringt in die nach Norden ausgerichteten Schlaftrakte der Jungen. Dadurch wirken die winzigen Räume auch am helllichten Tag düster und ungemütlich. Nicht nur das Gebäude oder der von hohen alten Bäumen umgebene Park, auch die Menschen, die hier ihre Arbeit tun, wirken verschlossen und missmutig. Seit einem Jahr ist Mark Schüler in diesem hoch gelobten Internat.

Langsam nähern sich die Schritte.

Mark stellt sich schlafend. Dann spürt er den heißen Atem des Mannes an seinem Bett.

„Wehe, du schreist, Junge!", flüstert er in sein Ohr und drückt die große, wulstige Hand auf den Mund des zwölfjährigen Jungen.

Mark möchte die Hand abwehren, sich befreien, schreien. Aber seine Glieder sind wie gelähmt. Auch die Kehle ist zugeschnürt. Er bringt keinen Ton heraus. Er zittert am ganzen Leib.

Mark schnappt nach Luft. Zu lange hat er den Atem

angehalten. Nassgeschwitzt und zitternd kommt er zu sich.

Immer wieder sind es die gleichen Bilder. So real wie damals. Meistens endet der Traum an dieser Stelle. Das folgende Martyrium bleibt ihm heute erspart, als wolle das Leben dem 34-jährigen Unternehmer nicht noch mehr aufbürden.

An weiteren Schlaf ist nicht zu denken. Zu groß ist die Angst, dass sich der Traum fortsetzt. Er sieht auf die Uhr. Es ist zehn nach vier. Mark seufzt. Sein Wecker hätte ihm noch drei Stunden gegönnt. Könnte er doch einfach einmal ausschlafen.

Mit dunklen Ringen unter den Augen und total übermüdet betritt er das Bürogebäude gerade zu der Zeit, als der Wecker daheim unbarmherzig und immer lauter werdend in die Stille schreit. Es vergeht eine Stunde, bevor das Gerät mit einem leisen, letzten klagenden Seufzer verstummt. Die Batterie ist leer.

Für Mark beginnt ein Tag, der ihm alles abverlangt. Die Verhandlungspartner dehnen das Gespräch ins Unendliche, ohne dass ein Ergebnis auch nur annähernd in erreichbare Nähe rückt. Nach dem vierstündigen Verhandlungsmarathon ist der Jungunternehmer vollkommen erschöpft. Es wird ein neuer Termin festgelegt, bevor die Japaner das weitläufige Gebäude verlassen.

‚Immer wieder dreht sich alles im Kreis, ich komme keinen Schritt weiter! Irgendwie typisch für mein Leben', denkt Mark müde. Er nimmt sein Taschenmesser, teilt seinen Apfel in vier Stücke und entkernt ihn sorgfältig. Es ist die erste Mahlzeit des heutigen Tages. Er räumt anschließend die Reste weg, wischt das Messer mit einem Papiertaschentuch ab und steckt es wieder in seine Hosentasche.

Spontan beschließt er, eine längere Pause einzulegen. Er will einfach nur raus. Vielleicht geht er irgendwo etwas essen, bevor er sich wieder der Arbeit zuwendet. Sein Magen knurrt jetzt lauter als zuvor.

Er zieht die Bürotür hinter sich zu und geht zum Parkplatz. Seine Mitarbeiter sind bereits in der Pause. Keiner bemerkt den großgewachsenen, hageren Mann. Seinen grauen Audi A4 steuert er langsam durch die Straßen von Wassenberg zur B221 Richtung Heinsberg und immer weiter. Wohin will er eigentlich? Er weiß es selbst nicht. Vor Geilenkirchen biegt er spontan rechts ab, Richtung Sittard. Hier war er noch nie. Grenze? Nein, nach Holland will er jetzt nicht.

Er wendet und biegt von der Landstraße links ab in das nächstgelegene Dorf. Der Ort ist ihm fremd. Er fährt an der Dorfkirche vorbei, dann hält er kurzentschlossen an.

In der Mittagshitze ist der Ort wie ausgestorben. Mensch und Tier haben sich verkrochen. Mark geht die paar Schritte zur Kirche. Kirchen haben seit jeher etwas Magisches für ihn. Hier ist er gerne. Hier kann er zur Ruhe kommen, von einer besseren Zukunft träumen. Für ihn ist die Kirche ein Ort der Geborgenheit und des Schutzes. So war es schon immer. Schon damals im Internat war er tagsüber oft in der Kirche gewesen. Hier fühlte er sich stets sicher vor seinem Peiniger. Hier betete er inbrünstig zu Gott und bat, dass ein Besucher seine Not erkennen und ihn erlösen würde.

Die Kirche in Wehr war in der Vergangenheit schon vielen Menschen Schutz und ein Weg in die Freiheit gewesen. Kurze Zeit wurden Juden hier versteckt und dann heimlich, wenn es dunkel war, ins benachbarte Limburg gebracht, wo man sie in Sicherheit wähnte. Ob alle durchgekommen sind und was diese Menschen durchgemacht haben, ist nur wenig bekannt. Ob sie die Schrecken des Krieges jemals verarbeitet haben, davon weiß hier niemand. Die Historie kennt Mark nicht.

Der junge Mann betritt die kühle Kirche und liest einen Gebetsaushang im Eingangsbereich: ‚Gott, der du in deinen Heiligen wohnst und fromme Herzen nicht verlassest: befreie uns durch die Fürbitte des hl. Severinus von irdischen Begierlichkeiten und fleischlicher Lust, dass wir mit freiem Gemüthe dir, dem alleinigen Herrn, dienen mögen. '

Mark denkt sogleich an die Begehrlichkeiten seines knurrenden Magens und lächelt müde, geht in die Kirche hinein und setzt sich auf eine Bank. Augenblicklich umgeben ihn Stille und Frieden. Er schließt die Augen. Sein Gesicht entspannt sich. Sein Atem wird ruhig.

„Möchten Sie zu mir?"

Mark zuckt zusammen. Ihm stockt der Atem. Schweiß tritt auf seine Stirn. Sein Kopf hämmert. Ihm wird speiübel. Die Stimme seines damaligen Lehrers und Peinigers hätte er unter Millionen wiedererkannt.

Er dreht sich um und starrt den schwarz gekleideten Mann an.

Fragend deutet dieser auf den Beichtstuhl gleich auf der anderen Seite des Ganges.

Er erkennt Mark nicht.

Mark nickt und folgt stumm.

Der Pfarrer wird abends von einer Reinigungskraft im Beichtstuhl gefunden. Hinter dem schweren roten Samtvorhang sitzt er auf einer harten Holzbank. An der Hauptschlagader am Hals klafft eine große Schnittwunde, seine Hände sind blutverschmiert. Seine Stirn liegt auf der vergitterten Luke, dort wo in der Beichte Schuld und Vergebung miteinander kommunizieren. Die Augen des Toten starren noch jetzt durch die Luke, aus der das Gitter herausgebrochen war und durch die sein Mörder erbarmungslos zugestochen hat. Ein dunkelroter, inzwischen vertrockneter Bach war aus dem Hals in den Schoß der schwarzen Kutte geflossen.

Die Tageszeitung berichtet in einem groß aufgemachten Bericht. Ein Foto zeigt den freundlich lächelnden Pfarrer beim kürzlich stattgefundenen Dorffest zwischen Messdienern und Pfadfindern. Auch das Lokalradio bringt stündlich die Meldung über den brutalen Mord. Die Menschen sind geschockt. Zwar handelt es sich nicht um den schwer erkrankten Dorfpfarrer der Gemeinde, sondern um dessen Vertretung. Sein Einsatz für die Dorfjugend hatte ihm dabei die Achtung und den Respekt der Bewohner verschafft. Insgeheim keimte bereits die Hoffnung, dass der Geistliche irgendwann die Nachfolge des alten Pfarrers antreten würde.

In der Nacht schläft Mark zum ersten Mal seit mehr als 22 Jahren durch. Er erwacht wenige Sekunden, bevor sein Wecker sich in Erinnerung bringen will. Er reckt und streckt sich. Lächelnd drückt er auf den Knopf, den Weckruf braucht er nicht. Mark steht auf und duscht. Er spült den Schmutz der letzten Jahre fort. Noch nie in seinem Leben hat er sich so frei und so glücklich gefühlt.

Den polizeilichen Ermittlungen zufolge kann sich niemand vorstellen, dass dieser ehrenwerte Geistliche Feinde gehabt haben könnte. Der Pfarrgemeinderat huldigt dem Verstorbenen in einer Sonderausgabe der Gemeindezeitung wie einen Heiligen. Auch das Bistum lobt ihn in höchsten Tönen. Von seiner dunklen Vergangenheit und seiner Strafversetzung nach mehreren Missbrauchsfällen in ein Kloster tritt nichts nach außen. Auch nicht zur Polizei. So tappen die Ermittler im Dunkeln. Am Tatort finden sich keine Spuren. Zeugen finden sich auch nicht. Die Menschen der Umgebung und auch die Kripo vermuten, dass der Täter ein geistig gestörter Mensch gewesen sein muss. So sucht die ermittelnde Kommission den Mörder unter anderem in der nahegelegenen Psychiatrie von Gangelt. Hier kommt aber niemand in Frage, der zu der fraglichen Tatzeit Ausgang hatte.

Mark nimmt die Meldungen der Medien nur am Rande wahr. Irgendwie berühren sie ihn nicht.

Für ihn hat ein neues Leben begonnen. Vielleicht ohne Alpträume.

Beatrix Hötger-Schiffers

Glück und Pech

Fröhlich hüpfte Johanna den Bürgersteig an der Herzog-Wilhelm-Straße in Geilenkirchen entlang. Die letzte Schulstunde war ausgefallen. Endlich war es heiß geworden, endlich gab es hitzefrei.
Niemand erwartete die Zehnjährige so früh schon zu Hause.
Die Sonne strahlte vom tiefblauen Himmel, nicht eine Wolke war zu sehen. Jetzt schon die blöden Hausaufgaben machen? Nö, dazu hatte Johanna bei diesem schönen Wetter keine Lust. Viel lieber wollte sie im Wurmauenpark mit dem großen Teich die Enten und Schwäne füttern. Die Tiere waren so niedlich.
Obwohl, sie blieb stehen und kaute auf ihrem Zopf, die Eltern hatten ihr verboten, alleine in die abgelegene Grünanlage zu gehen. Ach was, sie warf die Bedenken über Bord, sie war schließlich in der fünften Klasse. Was sollte ihr schon großartig passieren?
Am Kindergarten vorbei ging sie über den Beamtenparkplatz. Voller Vorfreude lief sie an den Autoreihen entlang Richtung Park.
Seine feuchten Hände umklammerten das Lenkrad.
Was für ein Glück er heute hatte, was für ein Glück. Eigentlich wollte er hier im Schatten der Bäume nur eine kurze Pause machen. Da sprang dieses Mädchen mit den langen blonden Haaren und dem kurzen Kleidchen an seinem Wagen vorbei.
Was für ein Glück er heute hatte, was für ein Glück. Aufgeregt blickte er durch die Fenster, sah in den Seitenspiegel. Nichts und niemand rührte sich zwi-

schen den vollgeparkten Reihen. In der Hitze war keine Menschenseele zu sehen.

Er ließ den Wagen an, starrte fasziniert auf das Kleidchen, das sich bei jedem ihrer Schritte hob, und rollte im ersten Gang langsam hinterher.

Was für ein Glück er heute hatte, was für ein Glück.

Eifrig wühlte Johanna in ihrem Tornister nach dem Pausenbrot. Ja, ganz unten lag die Dose. Sie blickte hinein. Na ja, viel war nicht mehr übrig. Aber es müsste ausreichen, um die Teichvögel anzulocken. „Kommt, Entchen, kommt!", rief sie und warf ein paar Brotstücke in das Wasser. Aus dem Schilf am Ufer lösten sich ein paar schillernde Stockenten und schwammen lautlos heran. Auch ein großer Schwan mit gebogenem Hals und ein paar Blesshühner, die mit ihren Köpfen vor und zurück ruckten, näherten sich dem Mädchen.

Nur wenige Meter von Johanna entfernt trennte eine dichte Buschreihe den See vom Parkplatz. Ein kaum sichtbarer Trampelpfad führte hindurch.

Er hatte den Wagen verlassen und bewegte sich vorsichtig zwischen den üppig belaubten Zweigen. Endlich konnte er das Mädchen sehen. Ja, ja, er hatte richtig vermutet, dass sie zum Teich wollte. Oh, er wusste ganz genau, was dieses kleine blonde Gänschen mochte. Er wagte sich weiter. Trat auf einen trockenen Zweig. Es knackte laut. Erschrocken starrte er in ihre Richtung.

Er durfte seine Chance nicht verderben.

Doch das Mädchen hatte nichts bemerkt und warf weiterhin eifrig Futter in das Wasser.

Was für ein Glück er heute hatte, was für ein Glück.

Jetzt war er nah genug herangeschlichen, um sie betrachten zu können. Begehrlich starrte er auf die hellen Haare. Seidenweich würden sie sich anfühlen und herrlich duften – ganz bestimmt.

Verzückt studierte er ihr Profil. Ein süßes Stupsnäschen hatte die Kleine. Sein Blick heftete sich an ihre runde Wange und das kleine Kinn. Er atmete schwer. Seine Augen klebten an ihren nackten Armen und Beinen. Er schluckte. Ja, ja, ihre Haut sah glatt und weich aus.

Lustvolle, mächtige Erinnerungen rasten durch seinen Kopf. Bilder von kleinen Mädchen, denen er durch die Haare fuhr, auf deren schmale Körper er sich legte und in die er eindrang.

Ihre schreckensweiten Augen, die wollte er jedoch nicht sehen und das Jammern und Schreien aus den Mündern nicht hören.

Deshalb zog er ihnen eine Plastiktüte über den Kopf und drückte ihren kleinen Hals mit seinen großen Händen solange zu, bis sie endlich still wie Puppen dalagen.

Danach trug er sie in seinen Wagen, hüllte sie vorsichtig in eine Decke und fuhr mit ihnen in einen großen Wald hinein. Er rumpelte über mit Wurzeln durchzogene Wege, bis er sich sicher war, ganz allein zu sein. Grub ein Loch so tief, dass ihm der Schweiß über den Rücken strömte. War er mit seinem Werk zufrieden, legte er sie behutsam hinein und warf andächtig Erde auf ihre eingewickelten Körper. Wenn ihr Grab unter einer dicken Schicht Laub unsichtbar wurde und er seinen Spaten und seine Hacke gesäubert hatte, konnte er endlich weinen.

Er trauerte um all die kleinen Wesen, die ihn bei der ersten Begegnung vertrauensvoll angelächelt hatten.

Jedes Mal schwor er sich, dass es das letzte Mal gewesen sei, er diese wunderbaren Geschöpfe nicht mehr töten würde.

Um trotzdem irgendwann und irgendwo wieder einem kleinen Mädchen zu begegnen, das die alte, große Gier in ihm wach rief und ihn hinterher schleichen ließ.

Wie sollte er es diesmal anstellen? Die Kleine war ja ganz versessen darauf, die Teichvögel zu füttern. Hatte er nicht noch eine Packung Kekse im Wagen?

Richtig, in einer Plastiktüte unter der neuen Decke lag noch ein angebrochenes Päckchen.

Was für ein Glück er heute hatte, was für ein Glück.

Jetzt galt es keine Zeit mehr zu verlieren. Leise zog er sich zurück.

„Du kriegst ein Stück und du natürlich auch", versprach Johanna den Tieren und freute sich über das aufgeregte Geschnatter. Doch ihr Pausenbrot schwand rasend schnell dahin, die Dose war bald leer. Eine Ente nach der anderen zog ab, der Schwan und die Blesshühner folgten. Wohlwissend, dass hier nichts mehr zu holen war.

Sie bückte sich, packte die Box zurück in den Tornister und schnallte sich die Tasche auf den Rücken.

„Na, möchtest du noch weiter füttern?", fragte schmeichelnd eine Stimme hinter ihr. Erschrocken drehte Johanna sich um und sah einen Mann, der ein paar Schritte von ihr entfernt stand.

Was ist denn das für einer, dachte Johanna und verspürte ein ungutes Gefühl im Bauch.

„Ich habe Kekse", lockte er, „viele Kekse für die Vögel." Auffordernd hielt er die Packung hin. Nachdenklich kaute Johanna auf ihrem Zopf. „Quak, quak", schnatterten ein paar Enten. Der Schwan hob interessiert den Kopf. Sie hatten das potenzielle Futter schon entdeckt und kamen hoffnungsvoll zum Ufer zurück.

Nimm keine Süßigkeiten von Fremden an, schoss ihr die Warnung der Mutter durch den Kopf.

Aber die sind ja nicht für mich, überlegte sie, ging auf den Mann zu und griff beherzt in die Tüte. Sie zerbrach das Gebäck, warf die Stücke ins Wasser und strahlte, als die Tiere sich erneut auf das Futter stürzten.

Freundlich lächelte Johanna den Mann an. Der war ja gar nicht so schlimm wie sie gedacht hatte, der war ja nett.

Er hob die Hand und strich ihr über den Kopf.

Ja, ja, ja, ihr Haar fühlte sich seidenweich an. „Nimm ruhig noch mehr", sagte er mit belegter Stimme und rückte näher an sie heran. Er glaubte den Duft ihres Mädchenkörpers schon riechen zu können.

Was für ein Glück er heute hatte, was für ein Glück. Seine feuchten Hände reichten ihr die letzten Kekse an.

Er musste jetzt handeln und sie ins Gebüsch zerren. Er sah sich noch einmal nach allen Seiten um. Niemand war in dieser Gluthitze zu sehen.

Nur er war hier und sie und ein paar alberne Vögel.

Entschlossen griff er nach Johanna, als zwei kleine Wollknäuel laut kläffend zu dem Mädchen rannten und begeistert an ihr hoch sprangen.

Sie bückte sich, streichelte begeistert die kleinen Hunde und seine Hände griffen ins Leere.

„Teddy, Lucky", rief eine energische Frauenstimme, „wo steckt ihr nun schon wieder?"

„Sie sind hier bei mir, Frau Wagner", antwortete Johanna so laut sie konnte, „wir kommen."

Sie lächelte ihn ein letztes Mal an: „Danke für die Kekse." Und lief mit den Hunden davon.

Mit aufgeplustertem Hals suchte der Schwan das Weite, als es Steine hagelte. Die Enten stoben laut schnatternd davon.

Seine Wut war grenzenlos. Rasend griff er nach weiteren Kieseln am Uferrand. Mit blankem Hass in seinen Augen warf er Stein um Stein den flüchtenden Vögeln hinterher. Er schnaufte schwer, sah die leere Kekstüte auf dem Boden liegen und trampelte, gurgelnde Töne ausstoßend, auf ihr herum.

Was für ein Pech er heute hatte, was für ein Pech.

Margarete Kaiser

Bis dass der Tod uns scheidet

Eduard von Eygelshoven, mein Mann, hatte sich in unserer Villa nahe des Lago Laprello in sein Büro zurückgezogen und absolute Stille gefordert.

So war er schon immer gewesen. Er forderte, und ich als seine Ehefrau hatte zu gehorchen.

Während aus dem Büro der zweite Satz „Andante con moto" aus Beethovens Klavierkonzert Nr. 4 in voller Lautstärke ertönte und das Klavier als Sänger der Liebe die finsteren Mächte der Unterwelt bezwang, versuchte ich die Schatten der Vergangenheit zu bezwingen. Schatten, die nicht weichen wollten und die mich verfolgten, seit ich mit Eduard verheiratet war.

Im Flur, auf dem Weg zur Küche, warf ich einen flüchtigen Blick in den Spiegel. Mein Anblick war erschreckend. Alt und grau war ich geworden. Der Blick leer, die Haut fahl. Meine einst so üppigen Formen hingen wie das zu weit gewordene Kleid an meinem Körper.

„Wenn sich der Körper schon so der Erde entgegenstreckte, konnte es mit dem Ende nicht mehr weit sein ..." Dieser Gedanke kam mir ganz plötzlich, doch ich verdrängte ihn schnell.

Energisch wischte ich mit dem Ärmel meines Kleides über den Spiegel, als wäre es auf die Weise möglich, dieses Bild von mir zu löschen. Wie war ich nur zu dieser Missmut und Tristesse ausstrahlenden Person geworden?

Das Leben musste doch auch für mich noch etwas Besonderes bereithalten!

Es lag nur an mir, eine Veränderung herbeizuführen.

Das melodische Läuten der Türglocke riss mich aus meinem Grübeln. Ich straffte meinen Körper, ging mit langsamen Schritten ans Ende des Flures und öffnete die Haustüre. Mein unverbindlich freundliches Lächeln, zu dem ich mich auf den letzten Metern gezwungen hatte, verflüchtigte sich auf der Stelle, als ich mein Gegenüber sah.

Eine brünette Frau Ende zwanzig, äußerst attraktiv, blickte mir neugierig entgegen. Sie kam mir sofort bekannt und seltsam vertraut vor. Die gleichen Grübchen in den Wangen und der kleine Leberfleck am oberen rechten Rand der Lippen ließen keinen Zweifel daran: Vor mir stand das Ergebnis einer der zahlreichen Affären meines Mannes, von denen ich nach und nach erfahren hatte. Als dieses gab sie sich, während sie sich vorstellte, auch zu erkennen und kam ohne Umschweife zum Grund ihres Besuchs: Sie wollte ihren Erzeuger kennenlernen. Und das konnte in diesem Fall, wie ich vermutete, nur heißen: Sie wollte erben! Warum war sie sonst aufgetaucht?

Da waren die Schatten der Vergangenheit, die ich immer wieder zu verdrängen versucht hatte, also wieder – sie hatten sich nie abschütteln lassen und nahmen nun in der Gestalt dieser Frau eine für mich bedrohliche Größe an.

Was hatte Eduard mir da angetan?

Soviel war sicher: Wenn es nun zu einem Zusammentreffen zwischen ihm und seiner Tochter kommen würde – die Frucht seiner Lenden würde mich meines mir zustehenden Erbes und damit meiner letzten Hoffnung auf ein selbstbestimmtes Leben nicht berauben.

Ich hatte schon längere Zeit Pläne zur Verwirklichung dieses Traumes geschmiedet. Nun mussten sie, wie es aussah, zu einem früheren Zeitpunkt als beabsichtigt umgesetzt werden. Was ich vor einer geraumen Weile gedanklich begonnen hatte, würde ich nun zu Ende bringen.

Obwohl ich innerlich aufgewühlt war, gelang es mir, einen kühlen Kopf zu bewahren und die junge Frau auf den folgenden Nachmittag zu vertrösten. Schneller als erwartet stimmte sie zu und trat den Rückzug aus dem von mir verteidigten Revier an.

Aufgewühlt stürzte ich in die Küche und gönnte mir zur Beruhigung ein Gläschen Alten Heinsberger. Es dauerte eine ganze Zeit und ein paar weitere Gläschen, bis ich mich wieder im Griff hatte und meine Gedanken zurück in die Vergangenheit flogen, in der doch alles so verheißungsvoll begonnen hatte ...

Jung, unerfahren und voller Träume hatte ich in die Zukunft geblickt, als ich mein Medizinstudium an der RWTH Aachen begonnen hatte. Im sechsten Semester, während eines Praktikums, lernte ich Eduard kennen. Obwohl er, der gut aussehende angehende Arzt, bei den wenigen weiblichen Kommilitoninnen überaus begehrt war, hatte er, überraschend für alle, nur Augen für mich. Ich war im siebten Himmel.

Viel zu schnell brach ich mein Studium ab, heiratete ihn und arbeitete in seiner Praxis in Heinsberg mit. Diese hatte er nach seiner Fachausbildung als Allgemeinmediziner von einem Kollegen übernommen, der krankheitsbedingt den Rest seines Lebens in seinem Landhaus in Italien verbringen wollte.

Es dauerte nicht lange, da bemerkte ich, dass Eduard bei seinen weiblichen Patienten überaus beliebt war und dies nicht nur an seinen ärztlichen Qualitäten lag. Infolgedessen kamen mir die abendlichen Besprechungen mit einem Kollegen in Gladbach, zu denen er plötzlich regelmäßig fuhr, gleich verdächtig vor.

In unserem Zweitwagen folgte ich ihm in einiger Entfernung und fand heraus, dass der „Kollege" eine vollbusige Brünette war und „Gladbach" im tiefsten Selfkant lag.

Diese erste Affäre meines Mannes war der Anfang vom Ende. Vom Ende seiner Liebe zu mir. Ich war für ihn nur Mittel zum Zweck. Und dieser war, die gutgehende Praxis am Laufen zu halten, ihm ein angenehmes Leben zu ermöglichen und ihn auch noch zu trösten, wenn ihm eine seiner zahlreichen Liebschaften den Laufpass gegeben hatte. Meine Enttäuschung und Verzweiflung ließen ihn kalt. Seiner Meinung nach genügte die Rückkehr ins heimische Nest zur Aufrechterhaltung unserer Ehe.

Er lebte sein Leben, wie es ihm gefiel, und ich kam darin nur als Randfigur vor, gefangen in einer Ehe, die schon lange keine mehr war. Trotzdem waren wir dem äußeren Anschein nach weiterhin das perfekte Paar. In Wirklichkeit jedoch lebten wir, kinderlos geblieben, nebeneinander her. Niedergeschlagen nahm ich die Affären meines Mannes stillschweigend hin und wurde dabei alt. So hatte ich mir unser gemeinsames Leben nicht vorgestellt, als wir uns damals schworen „bis dass der Tod uns scheidet".

Als Eduard in den Ruhestand getreten war, hatte ich auf ein neues Erwachen seiner Liebe zu mir gehofft. Doch daran war nicht zu denken, als langsam und leise die Krankheit in sein Leben getreten war und ihn mir ganz entrissen hatte.

Mit 73 Jahren befand er sich nun im fortgeschrittenen Demenzstadium. Er war zu einer eigenständigen Körperpflege nicht mehr in der Lage und hatte Bewegungsstörungen, die zu Stürzen führten. In seiner Desorientierung urinierte er wiederholt mitten im Zimmer auf den Fußboden. Mehrmals, wenn ich nicht genügend aufgepasst hatte, verließ er im Schlafanzug unbemerkt das Haus und wurde von Nachbarn aufgegriffen. Oft stammelte er nur sinnlose Worte. Gerade seinen Namen behielt er noch. Meinen hatte er schon lange vergessen. Am schlimmsten empfand ich seine unbegründeten Wut- und Gewaltausbrüche. Kurz gesagt: Das Leben mit ihm war nicht mehr zu ertragen.

Ich war mit meiner Kraft und meinen Nerven am Ende.

Es war allerhöchste Zeit, dass etwas geschah. Und zwar sehr bald. Dafür hatte ich vorgesorgt, denn eine Scheidung kam für mich nicht in Frage! Die mir noch verbleibende Zeit wollte ich nicht in Armut und Elend verbringen.

Pünktlich erschien die Brünette am folgenden Nachmittag. Meine Nerven lagen blank. Eduard saß im Wohnzimmer und war in keiner guten Verfassung. Ich bat sie hinzu und ließ sie mit ihm allein.

In der Küche bereitete ich Tee. Dieser Tee, dass wusste ich schon jetzt, würde mein Leben verändern. Ganz umsonst sollte mein abgebrochenes Medizinstudium nicht gewesen sein.

Sorgfältig füllte ich ihn in die Tassen und arrangierte sie mit etwas Gebäck auf einem Tablett, das ich ins Wohnzimmer mitnahm. Die Brünette bemühte sich, mit Eduard ins Gespräch zu kommen. Doch der musterte sie nur argwöhnisch und schwieg beharrlich. Als ich eintrat, schien er ihre Anwesenheit augenblicklich zu vergessen. Er richtete sich auf und konzentrierte sich auf das Tablett, welches ich in den Händen hielt. Sein entsetzter Blick sagte alles: die Lieblingstasse!

Seit sie vor einigen Tagen zu Bruch gegangen war, war Eduard jedes Mal, wenn er seinen Tee aus einer anderen Tasse bekam, völlig außer sich. Meine Erklärungen diesbezüglich nahm er nur kurzzeitig wahr, bevor sie im Nebel des Vergessens verschwanden.

Mit erhobenen Armen kam er mir wütend entgegen und warf sich auf mich. Ich schwankte und stürzte mit dem Tablett. Das Geschirr schepperte, Gebäck fiel auf den Boden, und der dicke Teppich sog den Tee ein. Im gleichen Augenblick bekam Eduard seinen an der Wand lehnenden Stock zu fassen und versuchte damit auf mich einzuschlagen. Die Brünette, die zunächst mit weit aufgerissenen Augen untätig auf dem Sofa gesessen hatte, sprang auf und bemühte sich, ihn von mir wegzuzerren. Wir sahen beide den seltsam veränderten Ausdruck in seinem Gesicht, als er sich an die Brust fasste und stöhnend zu Boden sank.

An die folgenden Minuten kann ich mich nicht mehr erinnern. Ich kam erst wieder zu mir, als der Notarzt eintraf.

Zu spät für Eduard! Ein Herzinfarkt hatte ihn dahingerafft.

Mein Plan war aufgegangen, wenn auch nicht auf die von mir gewünschte Weise.

Seit mich sein Arzt über seine Herzprobleme informiert und mich gebeten hatte, jede Aufregung von
ihm fernzuhalten, wusste ich, worin eine der Lösun-
gen meines Problems lag.

Auf seine Beerdigung war ich bestens vorbereitet.
Sie fand eine Woche später in aller Stille auf dem
Heinsberger Friedhof statt. Mein eleganter Hut und
die schlichte Urne, die ich zwei Wochen vorher erworben hatte, ergänzten sich perfekt.

Mein neues Leben konnte beginnen.

Astrid Seine-Becker

Bodo mit dem Bagger

Viele Jahre wohnte ich in Düsseldorf, Stadtmitte. Mein Traum: ein Haus auf dem Land mit Garten und natürlich mit zwei Hunden. In einer kleinen Straße am Rande der Gemeinde Waldfeucht ging er in Erfüllung. Fünf Jahre des Friedens folgten, freundliche Nachbarn, kein Autolärm, Grillabende und friedliche Wochenenden, die von den Glocken der Kirche angekündigt wurden. Dann geschah es: Unsere Nachbarn zur Rechten verkauften ihr Haus an einen pensionierten Rechtsanwalt.

Langsam öffne ich die Augen. Die Sonne scheint in mein Schlafzimmer. Das Fenster ist geschlossen, es muss dringend geputzt werden. Erst mal strecken, ich schaue auf die Uhr: 8.15, heute ist Samstag. Wie immer pünktlich: der Bagger. Meine gute Laune schwindet in Sekundenschnelle. Mein Nachbar macht sich einen Spaß daraus, die Nachbarschaft zu ärgern, indem er jeden Morgen, Betonung auf jeden Morgen, außer sonn- und feiertags, um 8 Uhr seinen hauseigenen Baustellenbagger anstellt und warmlaufen lässt, während er frühstückt.

Wir haben alles versucht, ihn zur Einsicht zu bringen. Freundlich, weniger freundlich, wütend, Anrufe bei der Gemeindeverwaltung wegen der Ruhezeiten. Bodo darf auf seinem Grundstück baggern, von 8 bis 22 Uhr an allen Werktagen, was er auch pünktlich macht. Geht er frühstücken: der Bagger dröhnt; geht er Mittagessen: der Bagger dröhnt; geht er Abendessen: es dröhnt.

Damit nicht genug. Eine Nachbarin hat er auf eine Million Euro verklagt. Sie hatte ihre Brennnesseln

gespritzt, dabei hatte sie durch den Zaun 50 Zentimeter von seinem Brennnesselstreifen mit vernich-
tet. Das müsse gerichtlich geahndet werden, meinte Bodo. Was er dann auch tat.

Um sich vor den bösen Nachbarn zu schützen,
baute Bodo an unserem Parkplatz einen zwei Meter hohen Zaun aus Betonplatten. Alle zwei Meter
mussten Stützpfeiler in den Boden gerammt werden, wegen der Standfestigkeit der Platten. Dafür
riss Bodo unseren Parkplatz auf der gesamten
Länge von zehn Metern auf und entfernte die
Randsteine. Nun endlich konnte er die Stützpfeiler
ungehindert aufstellen. Wir fanden das nicht so ge-
lungen, waren aber bereit, Gnade vor Recht ergehen zu lassen, wenn er nur den alten Zustand des
Parkplatzes wieder herstellte. Das wiederum fand
Bodo nicht gut. Er war der Ansicht, dass der Parkplatz zu weit auf sein Grundstück reiche und somit
die Wiederherstellung desselben unsere Sache
sei. So weit, so gut. Klar, dass wir uns einen Anwalt
nahmen. Um es kurz zu machen: Wir haben den
Prozess verloren. Das vom Gericht bestellte Gutachten ergab, dass der Beton, in den unsere Randsteine gelegt wurden, zwei Zentimeter unter der Erde in das Grundstück von Bodo gelaufen war.

Ja, so ist das Leben!

Als nächstes bekam ich eine Aufforderung vom
Ordnungsamt, meine Kampfhunde hätten einen
Maulkorb zu tragen und an der Leine geführt zu
werden, sonst müsse ich mit einer Ordnungsstrafe
rechnen. Ich nahm meine 25 Zentimeter hohe Jack
Russel Terrier-Hündin und ihren fünf Monate alten
Sohn an die Leine und marschierte zum Amt. Mit
dem ernsten Hinweis darauf, die Hunde in Zukunft
in bewohnten Gebieten an die Leine zu nehmen,

wurde ich entlassen. Auf den Maulkorb haben sie mich nicht angesprochen. Auch mein Einwand, dass die Hunde doch nur auf unserem eigenem Parkplatz frei gelaufen wären, nützte nichts. Ich kriegte einen Rüffel, aber mehr nicht. Pech gehabt, Bodo.

Gestern war mein erster Urlaubstag, ich konnte ausschlafen. Ein Genuss! Trotzdem, die Hunde mussten Pipi. Nachdem ich mit meinen Kampfhunden, natürlich an der Leine, aber ohne Maulkorb, war nach Ansicht des Ordnungsamtes ja nicht notwendig, unten auf unserem Parkplatz ankam, sah ich als erstes ein großes, weißes Bettlaken an Bodos Betonzaun hängen. Toll! Drauf stand: „Wenn Bodo mit dem Bagger baggert, kriegt eins aufs Auge er getackert." Wer das wohl war? Bodo ist sehr unbeliebt. Aber ich fand es super. Nicht mehr lange, Bodo! Steig nur auf deinen Bagger, du wirst schon sehen, auch du baggerst nicht ewig.

Bodo stieg auf seinen Bagger. Ich merkte es daran, dass es dröhnte, heulte und knallte. Nach der Morgentoilette der Hunde legte ich mich wieder ins Bett und wartete. Nach einer Stunde stand ich auf, Bodo baggerte am falschen Ende des Grundstücks. Na ja, nur eine Frage der Zeit. Mittagspause, der Bagger tuckerte relativ ruhig vor sich hin. Um 14 Uhr war ich mit einem Freund verabredet, Fußballspiel im Fernsehen, Bayern gegen Schalke, super Spiel.

Als ich so um 21 Uhr nach Hause kam, standen Polizei und Leichenwagen beim Nachbarn. Überall redeten Leute miteinander. Was war passiert? „Der Bodo, der muss irgendwo draufgefahren sein mit dem Bagger, ne Mine aus dem zweiten Weltkrieg hab ich gehört. Den hat es samt Bagger in die Luft

gerissen. Dann muss der Bagger wohl auf ihn gefallen sein. Auf jeden Fall ist der mausetot", hörte
ich.

Ich ging, mir ein Grinsen verkneifend, in meine
Wohnung, öffnete alle Fenster, fütterte die Hunde
und setzte mich auf die Terrasse.

Helmut Wichlatz

Jokers Rückkehr

Der Schock saß Joachim Jaguschek noch tief in den Knochen. So hatte er sich seine Rückkehr nicht vorgestellt. In den letzten vier Jahren hatte er an nichts anderes gedacht als daran, noch einmal seine Heimat zu sehen. Der Gedanke an Hückelhoven hatte ihn in Diyarbakir am Leben gehalten und ihn eine Menge ertragen lassen, ohne durchzudrehen oder einen seiner Peiniger umzubringen. Davon hatte er sich nur erlaubt zu träumen, wenn er nachts in der stickigen Zelle auf seiner Pritsche gelegen und den Mithäftlingen beim Schnarchen oder Onanieren zugehört hatte. Diyarbakir war einer der härtesten Knäste in der Türkei, und ausgerechnet da musste er landen, nachdem er mit seinem selbstgebastelten Dope zwei Zivilbullen angequatscht hatte. Dass das ein Fehler war, war ihm im wahrsten Sinne des Wortes schlagartig klargeworden, als ihn die Faust mitten auf der Nase getroffen und deren Wurzel endgültig zertrümmert hatte. Seitdem machte er beim Atmen ein leise pfeifendes Geräusch und bekam nach einigen Wochen eigentlich nur noch durch den Mund Luft. Eine Gerichtsverhandlung hatte es nie gegeben. Man hatte ihn im Knast abgeliefert, dort noch ein wenig zur Begrüßung verprügelt und dann anscheinend vergessen. Seine Bitte um Kontakt zur deutschen Botschaft war mit einem hämischen Lachen beantwortet worden. Aber irgendwas geht immer, hatte er sich gedacht und versucht, das Beste aus seiner neuen Situation zu machen. Und schon nach zwei Monaten hatte er als „pezevenk" für zwei minderjährige kurdische Jungs genug zu tun und eine Stufe auf der Knastleiter nach oben genommen. Er wurde nicht mehr gefickt, er ließ ficken. Dass er bis Kathmandu kommen würde, hatte er sowieso nicht wirklich geglaubt. Sein Kathmandu bestand für die nächsten 1365 Tage aus einer rund zehn Quadratmeter großen Zelle, die er mit fünf anderen Gefangenen teilte – inklusive der Toilette, die aus einem Loch im Zellenboden bestand, in das man sich hockend erleichtern musste. Einmal pro Woche – ab und zu auch seltener – konnten sie duschen. Den flüchtigen Blick in den Spiegel hatte er zu hassen gelernt. Denn was er da sah, fand er abscheulich. Sein Kiefer war nach den Tritten damals auf der Millicher Halde sehr unvorteilhaft zusammengewachsen, die untere Kauleiste bestand nur noch aus ein paar gelblich-grauen Zahnstümpfen, die auch noch abscheulich stanken und schmeckten, von seinem verstümmelten Ohr, das den Namen kaum noch verdiente, ganz zu schweigen. Die Glatze, die man wegen des Ungeziefers in Diyarbakir trug, ließ den Stumpf seines abgeschossenen Lauschlöffels nur noch offensichtlicher ins Auge springen. „Büyük kulak" hatten die anderen ihn genannt. Dass er „Joker" genannt werden wollte, hatte niemanden interessiert. Angesichts seiner restlichen Optik hatte sein verunstalteter Zinken auch keine große Rolle mehr gespielt. Immerhin hatte er in den 32700 Stunden, die er in Obhut des türkischen Staates verbracht hatte, ganz passabel auf Türkisch schimpfen gelernt. Mit seinen beiden Pferdchen, deren Dienstleistungen ihn mit Zigaretten, Tee und türkischen Lira versorgten, hätte er sicher alt und für Knastverhältnisse wohlhabend werden können in diesem Tor zur Hölle.

Trotzdem hatte ihn der Gedanke an seine Heimat,

die er damals so überstürzt und heimlich verlassen hatte, nie losgelassen. Dass er es letztendlich rausgeschafft hatte, war ihm selbst unverständlich. Er hatte alles auf eine Karte gesetzt und tatsächlich mal gewonnen. Als der deutsche Hippie ihm beim Essenfassen erzählte, dass er nach so langer Zeit hinter Gittern doch entlassen würde, ging alles ganz schnell. Mit dem angespitzten Schraubenzieher und einem gezielten Stich in die Herzgegend beförderte er ihn in der Dusche ins Jenseits, zog seine Klamotten an und nahm seinen Platz in seiner Zelle ein. Von da an hieß er Florian Becker und stammte aus Bayreuth. Dass dem toten Florian in Diyarbakir das Leben auch schwer gemacht worden war, was man an seinem ruinierten Gesicht sehen konnte, erleichterte die Sache ungemein. Der Joker, genannt „Büyük kulak", wurde beim Einschluss tot in der Dusche gefunden und Florian Becker am nächsten Morgen mit ein paar türkischen Lira in der Tasche vor das Anstaltstor geschoben. Irgendwas geht immer, hatte er sich gebetsmühlenartig eingehämmert, während die Wärter ihn den Gang hinunter in Richtung Ausgang geführt hatten, vorbei an den überfüllten Zellen, aus denen heraus die Insassen ihm mehr oder weniger gute Wünsche für die Zukunft nachgeschrien hatten. Er hätte gerne ein stilles Stoßgebet gen Himmel geschickt, aber den Text des Vaterunsers hatte er nicht mehr zusammenbekommen.

Keiner hatte es bemerkt! Keiner hatte ihn zurückgeholt, als er einmal auf der Straße stand und sich als freier Mann – der das Land innerhalb von 48 Stunden zu verlassen hatte – langsam entfernte. Um Beckers Eltern, die ihn eigentlich abholen wollten, machte er vor dem Tor einen weiten Bogen und verschwand hinter der nächsten Kurve völlig von der Bildfläche. Über Istanbul, Athen und Zagreb war er der Heimat Stück für Stück immer näher gekommen und hatte dafür über drei Monate gebraucht.

*

Vorgestern im Morgengrauen war er in Baal aus dem Zug geplumpst und hatte das letzte Stück zu Fuß hinter sich gebracht. Dann war er bei einem Freund untergekrochen, der ihm noch einen Gefallen schuldete. Von dem hatte er auch zweihundert Euro und die Adresse des Puffs bekommen, in dem er jetzt in einem kleinen nach Parfüm stinkenden Zimmer saß – und starr vor Schreck seiner Tochter ins Gesicht starrte. Jessica, sein kleiner Engel, war ihm als „Lara" angekündigt worden. Sie sei eine „naturgeile Sau", mit der er bestimmt seinen Spaß haben würde, hatte die fette Frau am Empfang gesäuselt und ihm den Weg ins Zimmer gewiesen, in dem er geduldig auf Laras Ankunft gewartet hatte. Als die Tür aufgegangen war und sie vor ihm stand, war ihm die Lust schlagartig vergangen. Er hatte seine Tochter seit seinem ersten Knastaufenthalt vor über zehn Jahren nicht mehr gesehen – jetzt stand sie da, im viel zu knappen Ledermini, der ihre dünnen Oberschenkel kaum bedeckte. Ihre Füße steckten in unerhört hohen Pumps und insgesamt machte sie einen verdammt bescheidenen Eindruck. Auch sie hatte ihn erkannt, obwohl sie sich seit Jahren nicht mehr gesehen hatten und das Leben ihm in der Zwischenzeit übel mitgespielt hatte.

„Papa?", fragte sie erstaunt und schaute ihn mit großen Augen an.

Sein „Jessica" klang sehr sprachlos. Bei allem, was

ihm widerfahren war, stellte diese Begegnung den absoluten Tiefpunkt dar. Seine Geilheit war verschwunden und er fühlte sich alt und am Ende einer sehr unangenehmen Reise. In seinen dunkelsten Stunden hatte der Glaube daran, dass irgendwo seine Exfrau und seine Kinder ein ordentliches Leben führten, ihn am Leben gehalten. Und jetzt das.

„Was machst du …", begann er, doch sie unterbrach ihn wütend. „Mach mir bloß keine Vorwürfe! Du hast nicht das Recht, mir Vorwürfe zu machen, hörst du?!"

„Aber ich …"

„Aber was? Wer hat uns denn damals im Stich gelassen, weil er ein großer Gangster werden wollte? Wer war nicht da, als ich ihn brauchte? Nach wem habe ich mich jahrelang gesehnt? Aber wir waren dir ja scheißegal! Und jetzt sitzt der Herr hier wie ein geiler Bock und will mir Vorwürfe machen!"

„Aber ich …"

„Steck dir dein aber ich an den Hut, du kaputter Freak! Du hast mich im Stich gelassen! Wegen dir blöden Sau bin ich hier gelandet! Schau mich an! Na, bist du stolz auf deine kleine Jessi? Und jetzt willst du wohl auch noch mit mir ficken!?" Ihre Stimme überschlug sich und erreichte eine Lautstärke, die er sonst nur von ihrer Mutter gekannt hatte.

„Aber ich wusste doch nicht ...", begann er erneut und versuchte gegen ihre Lautstärke anzustinken.

„Wie auch? Du warst ja nie da, du Schwein!", schrie sie, bevor ihre Stimme in einem hemmungslosen Schluchzen unterging. Ihr Auftritt hatte wohl seine Wirkung auch außerhalb des Zimmers nicht verfehlt. „Was ist da los?", hörte Joker eine Stimme auf dem Flur, die von hastigen schweren und lauter werdenden Schritten begleitet wurde. Auch Jessica hörte sie und erstarrte zur Salzsäule. „Oh Gott, bitte nicht", flüsterte sie und wurde kreidebleich unter der dicken Lage Schminke, die ihr Gesicht bedeckte. Mit lautem Krachen wurde die Tür aufgestoßen. Nun wurde Joker leichenblass – Askim! Der Askim, den er vor einigen Jahren auf der Millicher Halde mit einer Eisenstange getötet hatte – eigentlich. Da stand er plötzlich mitten im Raum und starrte erst ihn und dann Jessica wütend an. Anscheinend hatte er den Joker nicht wiedererkannt, noch nicht.

„Ey, was geht hier ab? Macht der Spacko Ärger?", fauchte er Jessica an und deutete mit der Hand auf ihn. Jessica war starr vor Angst und schluckte laut. Dann wanderte ihr Blick auf ihren Vater. Askim drehte sich zu ihm.

„Pass auf, du Zombie, niemand belästigt eins von meinen Hühnern! Hier wird gefickt und bezahlt, sonst nichts! Oder willst du etwa ..." Er brachte seine Drohung nicht zu Ende. Seine Augen verengten sich, als er Joker ins Visier nahm. „Du?"

Jokers Hals war auf einmal so trocken, dass er nicht antworten und nur blöd grinsen konnte. Ein zaghaftes ‚Hallo' war alles, was er rausbrachte. Askim hatte sich schneller erholt und baute sich breit grinsend vor Joker auf.

„Schau an, ich habe immer gewusst, dass wir uns irgendwann mal wiedersehen", knurrte er mit einem breiten Grinsen. „Und jetzt muss ich hier euer kleines Familientreffen stören", fügte er mit einem Seitenblick auf Jessica hinzu. „Da staunst du, was? Dein Töchterlein schafft für den guten alten Askim an. Klasse, oder?"

„Finde ich jetzt persönlich nicht ganz so klasse", erwiderte Joker mit matter Stimme. Ihm war zwar danach, sich vor Angst in die Hose zu machen, aber Jessicas Gegenwart ließ ihn einen Rest Würde bewahren und allen Mut zusammennehmen. „Sag mal, müsstest du nicht eigentlich tot sein?"

„Müsste ich, wenn mich ein richtiger Kerl umgebracht hätte. Aber du Vollpfosten kannst ja nicht mal eine Fliege umnieten, wenn sie vor dir auf den Tisch fliegt und stillhält." Der Hohn in Askims Stimme machte den Joker wütend.

„So, meinst du", sagte er mit ruhiger Stimme. „Oder wollte nicht einmal der Teufel mit dir Scheißkanaken was zu tun haben?"

Askim zauberte aus seiner Tasche eine Pistole und drückte ihren Lauf in einer schnellen Bewegung gegen Jokers Stirn. „Nanu, warum so mutig? Willst es wohl deiner Kleinen hier zeigen. Schau mal, dein Vater ist kein Loser, der hat´s voll drauf, so wie Charles Bronson. Ja, willst du das? Nur diesmal kommt dir kein Zufall zur Hilfe. Diesmal werde ich dich wirklich kaltmachen."

„Soso, wirst du das", murmelte Joker mit kaltem Blick und überlegte fieberhaft, wie er aus dieser Scheiße wieder rauskommen sollte. „Wieso hast du eigentlich überlebt? Und wo sind deine beiden Gorillas geblieben?"

„Du hast damals nicht wirklich wichtige Organe zerfetzt mit der rostigen Stange", klärte Askim ihn mit einiger Genugtuung in der Stimme auf. „Ich war ohnmächtig. Doch bevor die Bullen die ganze Halde absuchen konnten, schaffte ich es, mich aus dem Staub zu machen. Zum Glück fing es an zu regnen und meine Blutspur verwischte schnell genug. Dann habe ich mich bei Onkel Ahmet versteckt, der hat mich nach Holland gebracht, wo mich ein Quacksalber soweit zusammengeflickt hat, dass ich überlebt habe. Und weißt du was?"

„Nein, was denn?" Joker konnte das Gequatsche dieses Arschlochs nicht mehr ertragen, aber angesichts der Waffe in dessen rechter Hand hielt er sich zurück.

„Der Gedanke, dass ich dich hässliche Ratte noch einmal treffen würde, hat mich gerettet. Der Hass hat meine Wunden geheilt und ist stärker als der Schmerz, der mich täglich an deine Visage erinnert." Mit diesen Worten holte er aus und schlug den Lauf der Pistole gegen Jokers Stirn. Der kippte vom Bett und landete hart auf dem Boden. „Darauf habe ich lange gewartet, das wird ein Fest", knurrte Askim.

„Wie schön für dich", murmelte Joker und versuchte, durch den Nebelschleier etwas zu erkennen. Er sah Jessica, die wie angewurzelt in der Ecke stand und ihn anstarrte.

„Ja, das ist wirklich schön für mich. Und jetzt werden wir drei Hübschen einen kleinen Ausflug machen. Ich denke, du weißt, warum." Er drehte sich zu Jessica. „Los, hilf dem Arsch hoch. Und keine Extratouren, sonst endet euer kleines Familientreffen früher, als dir lieb ist." Sie schaute ihn mit großen Augen an und setzte sich in Bewegung. Der Joker hatte sich schon halbwegs aufgerappelt und schüttelte ihre hilfreich hingestreckten Hände ab. Sein Blick sprach Bände und traf sie tief ins Mark.

Rückwärts ging Askim zur Tür und schaute kurz in den Flur hinaus, ob die Luft rein war. „Los!", lautete sein Kommando, das er mit einer Bewegung der Pistole unterstrich. Fragend schaute Jessica ihren Vater an, der versuchte, aufmunternd zu grinsen. Sie setzten sich beide langsam in Bewegung und schoben sich auf Askim zu, der jede ihrer Bewegungen argwöhnisch beobachtete. Als Joker auf seiner Höhe angekommen war, presste er ihm noch einmal den Lauf seiner Pistole unters Kinn.

„Du hattest schon verloren, als du damals mit dem Babypuder in der Tasche aufgetaucht bist", zischte er ihm ins Gesicht. „Seitdem bist du ein toter Mann. Es war nur eine Frage der Zeit, bis ich dich erwischen würde. Und ich habe dich gedemütigt. Was meinst du, weshalb ich das Klappergestell hier für mich anschaffen lasse? Meinst du, ich würde keine besseren Nutten fin -..."

Der Aufprall der Tiffanylampe gegen seinen Schädel schnitt ihm das Wort ab. Joker nutzte die Gelegenheit, griff nach der Pistole und rammte Askim sein Knie in den Unterleib. Er sank zu Boden, wo ihn ein Schlag mit der Pistole in den Nacken mit voller Wucht traf. Dann schaute sich Joker nach seiner Tochter um, die wie angewurzelt im Raum stand und wütend auf ihren Zuhälter starrte.

„Du miese Sau, du verdammter ...", begann sie, als Joker den Ohnmächtigen zurück ins Zimmer zog und die Tür hinter sich schloss. „Lebt der noch?", fragte Jessica ihren Vater.

„Keine Ahnung", erwiderte er und fühlte an Askims Hals nach dem Puls. „Ganz schwach", stellte er fest. Blut sprudelte aus der klaffenden Wunde und lief an Askims Kopf herab. „Du hast ordentlich zugelangt, Respekt." In seiner Stimme schwang Stolz mit. „Aber jetzt müssen wir den hier rauskriegen, sonst haben wir echt Ärger am Hals."

„Hinterm Haus steht mein Auto", sagte Jessica und griff nach ihrer Jacke, die sie zuvor achtlos auf einen Stuhl geworfen hatte.

„Dann nichts wie los", beschloss Joker. „Pack mal an."

Gemeinsam zerrten sie den bewusstlosen Askim hoch und schoben ihn in Richtung Tür. Joker streckte den Kopf durch die Tür und schaute in den Flur. „Die Luft ist rein, wo geht es lang?"

„Rechts rum und dann durch die Tür da vorne", sagte Jessica, die schwer an ihrem Zuhälter zu schleppen hatte. „Packst du bitte mal mit an?" Gemeinsam zerrten sie Askim durch den schmalen Gang und durch die Hintertür. Draußen schlug ihnen feuchtkalte Luft ins Gesicht.

„Da drüben", ächzte Jessica und zeigte auf einen kleinen rosafarbenen Nissan. Typisches Frauenauto, dachte Joker. Hoffentlich passt der Klotz da überhaupt rein. Gemeinsam schafften sie es, ihn auf dem Beifahrersitz zu verstauen, während Joker nach hinten kroch, um rechtzeitig einschreiten zu können, wenn Askim doch noch einmal erwachen würde.

Jessica startete den Motor, ließ die Kupplung springen und würgte den Wagen ab. „Scheiße", zischte sie und startete erneut. Nach kurzem Orgeln sprang der Zündfunke.

„Mach langsam", ermahnte Joker sie von hinten.

„Boah, halt's Maul", schnauzte sie und starrte dabei nach vorne, um keinen der parkenden Wagen zu rammen. „Wegen dir Arsch habe ich den Ärger jetzt am Hals! Wo kommst du überhaupt auf einmal her und wieso siehst du so scheiße aus, häh?" Er sah die Tränen, die langsam ihre Augen füllten. Für einen Moment war sie wieder sein kleines Mädchen und sie wohnten in der Zechensiedlung gleich gegenüber von Schacht 3. Scheiße, ab wann ist mir das eigentlich so aus dem Ruder gelaufen?, fragte er sich und rieb sich die schmerzenden Augen. Wie im Bildsuchlauf liefen Fetzen seines früheren Lebens an ihm vorbei. Oder es waren nur die über Jahre hinweg in seiner Zelle zusammengelogenen Erinnerungen an etwas, das es so nie gegeben hatte. War es nicht scheißegal? Jetzt saß er hier mit einer spindeldürren Nutte und einem hoffentlich toten Zuhälter und musste sich ausdenken, wie er den elegant und diesmal endgültig loswerden könnte. Hatte ihm jemals jemand versprochen, dass das Leben schön werden würde? Man hatte ihm alle mögliche Scheiße erzählt, aber das nicht. Wenigstens das nicht.

„Ich komme direkt aus der Hölle", begann er ruhig. Schließlich konnte sie nichts dafür, auch wenn sie heute alles andere als sein kleines Mädchen war. „Und da sieht man nun mal so aus. Daran habe ich lange gestylt, das kannst du mir glauben."

„Entschuldige", kam es ruhiger von vorne und nach einer Weile etwas schüchtern: „Sag mal, was ist eigentlich mit deinem Ohr passiert? Das sieht schon irgendwie … na … porno aus, findste nicht?"

„Das hat der feine Herr mir damals abgeschossen."

Sofort traf ein weiterer harter Schlag den Bewusstlosen. Dabei verlor Jessica beinahe die Kontrolle über den Wagen, der über einen Bordstein holperte. Joker griff von hinten ein und riss zeitgleich mit seiner Tochter am Lenkrad. „Ich glaube, du fährst genauso wie deine Mutter", murrte er, als sich ihre Hände berührten und zum ersten Mal für ein paar Sekunden etwas wie Intimität zwischen ihnen herrschte. Zwischen ihm und der spindeldürren Nutte, die seine Tochter war.

„Was weißt du schon über Mama?", antwortete sie schnippisch, zerstörte den magischen Moment und zog ihre Hand zurück. Immerhin, dachte er. Zum ersten Mal seit über zehn Jahren habe ich meine Tochter berührt. Sie fühlt sich gut an. Dann stöhnte Askim.

„Schnauze!", brüllten beide gleichzeitig und Jokers Schlag mit der Pistole auf den Hinterkopf des Türken war unwesentlich schneller als Jessicas Faustschlag gegen seine Stirn. Beide mussten kurz lachen. Als Joker seine Hand kurz auf ihrer Schulter ruhen ließ, wehrte sie sich nicht.

„Was machen wir mit dem da?", fragte sie und deutete mit dem Kopf auf Askim, der wie ein betrunkener Nachtschwärmer auf dem Beifahrersitz zusammengesunken war.

„Den lassen wir verschwinden und vergessen die ganze Angelegenheit", erklärte Joker entschieden. Es war an der Zeit, etwas für die Zukunft seiner Tochter zu tun und mit einem düsteren Kapitel in seinem Leben abzuschließen. Dann nahm er die Alditüte, die neben ihm auf der Rückbank lag, und zog sie dem Bewusstlosen von hinten über den Kopf.

*

Der Tag kündigte sich langsam an, als der Nissan auf der Rurbrücke zwischen Hückelhoven und Hilfarth hielt. Ringsum war keine Menschenseele zu sehen. Ideal. Jeder Ort hat seine ganz spezielle Uhrzeit, wenn absolut nichts los ist. In Hückelhoven ist das um halb fünf in der Frühe. Sie waren eine Weile lang ziellos herumgefahren und hatten auf dem Parkplatz der Millicher Halde gestanden, bis Joker sicher war, dass die Tüte beim ohnmächtigen Askim alle Lebenslichter ausgeblasen hatte. Die Zeit hatte er genutzt, um seiner Jessica eine Menge zu erzählen, von der sie bestimmt die Hälfte schon wieder vergessen hatte. Von seinem Traum nach Freiheit, der ihn schon als kleinen Jungen gequält hatte. Von der Zeche, die ihn wenigstens ein bisschen auf der Schiene gehalten hatte durch Regeln und durch Belohnung in Form von Gehalt. Von der ersten Zeit nach der Schließung, den Brüchen und krummen Dingern, mit denen er sich eigentlich nur eines erkaufen wollte: Eier in der Hose! Er ließ nicht unerwähnt, wie blöd der Jugo dreingeschaut hatte, als er beim Bumsen mit seiner Frau gestört wurde. Und wie die Bullen ihn aus seiner ehemaligen Wohnung geschmissen hatten, die längst neu vermietet war. Seine Frau und seine Tochter hatte er nicht mehr wiedergesehen. Und er erzählte von Askim und seinen Leuten, die sich langsam wie die Krätze immer mehr ausgebreitet hatten und irgendwann auch ihn angezogen hatten wie der zuckrige Klebestreifen die Fliegen über Omas Küchentisch. Vor allem Askim hatte ihn gereizt. Diese arrogante Art, mit der er seiner Umwelt zu verstehen gab, dass er sich für etwas ganz Besonderes hielt. Deshalb hatte der Joker beschlossen, ihn abzuziehen und um ein paar Tausender zu erleichtern. Doch auch Askim hatte nicht im Ernst daran gedacht, den Deal korrekt über die Bühne zu bringen. Nun würde er übers Geländer in die Rur stürzen und in einigen Tagen ein paar Kilometer weiter gefunden werden. Zeit genug, damit er und Jessica sich um ihr Alibi kümmern konnten.

Jessica stieg aus und legte den Fahrersitz um, sodass sich Joker aus dem kleinen Auto pellen konnte. Er streckte sich und bemerkte erst mit dem Knacken seiner Gelenke, dass er die letzten Stunden hinten im Wagen verbracht hatte, wo sonst nur Platz für einen Kindersitz oder den Wochenendeinkauf eines Singlehaushaltes war. Scheiße, ich werde alt, dachte er und ging um den Wagen. Während er die Beifahrertür öffnete, stand Jessica im Licht der Scheinwerfer und schaute sich ängstlich um.

„Boah, mach schneller", flüsterte sie halblaut. „Wenn uns jetzt einer sieht, sind wir geliefert."

„Das geht jetzt ruck zuck", antwortete Joker gepresst, stopfte die Aldítüte hinter den Sitz und zog den leblosen Körper langsam aus dem Auto. „Vielleicht könntest du ja die Güte haben und mit anpacken."

„Den da anpacken? Vergiss es", konterte Jessica mit empörter Stimme. „Das mach ich nicht!"

„Ja, neee, is klar", murmelte Joker resigniert und schaffte es, Askim bis zum Geländer zu zerren wie einen Betrunkenen. Er wollte ihn gerade am Hosenbund packen und über das Geländer hieven, als eine Stimme ihn erstarren ließ.

„Guten Morgen, darf ich erfahren, was Sie da tun?" Er erstarrte in seiner Bewegung und drehte den Kopf so weit, dass er Jessica vor dem Nissan sehen konnte. Sie hatte Mund und Augen weit geöffnet und als er ihrem Blick folgte, sah er den Streifenwagen. Und den Kopf des Polizisten, der aus dem offenen Fenster der Beifahrertür heraus zu ihm sprach.

„Morgen, halb so schlimm", begann Joker und tätschelte Askim fast zärtlich den Rücken. „Mein Schwiegersohn hat einen über den Durst getrunken und muss sich das Essen nochmal durch den Kopf gehen lassen."

„Aha", sagte der Polizist.

„Besser hier als im Auto, finden Sie nicht?" Dann drehte er sich wieder zu Askim und begann, beruhigend auf den Leblosen einzureden. „Komm, raus den Gammel, dann fühlst du dich gleich viel besser." Dann begann er zu würgen und geräuschvoll anzukündigen, was im Normalfall keiner Zeugen bedarf. Das dachte sich auch der Beamte und ließ zum Abschied ein lustig gemeintes „Rohr frei!" erklingen, bevor sich die Scheibe wieder hob und der Wagen sich in Bewegung setzte. Atemlos starrte Joker dem Streifenwagen nach.

„Alter, das war knapp", hörte er Jessicas erleichterte Stimme. Er machte sich daran, Askims Körperschwerpunkt zu verändern und ihn langsam über das Geländer zu bugsieren.

„Hättest ja schon die Augen aufhalten können, ob jemand kommt, findest du nicht?"

„Davon hast du nichts gesagt", platzte es aus ihr heraus. „Woher soll ich wissen, dass ich aufpassen muss?"

„Stimmt."

Anscheinend ist Jessica genauso blöd wie ihre Mutter, dachte er. Mit einem dumpfen Plumps verabschiedete sich Askim und wurde von der Rur mitgenommen. Joker sah ihn mit dem aufgewühlten Wasser verschwinden.

Er drehte sich um. Jessica saß schon im Nissan. Als er die Hand nach der Beifahrertür ausstreckte, sah er, wie sie von innen den Knopf runterdrückte und die Scheibe einen Spalt weit öffnete.

„He, was soll das? Lass mich rein!"

„Ich denke, es ist besser, wenn wir uns trennen", antwortete sie von innen, was eigentlich ziemlich schlau klang.

„Na gut, ich melde mich bei dir, okay?"

„Lass mal, du machst nur Ärger. Nichts für ungut, aber wir sollten das besser lassen." Mit diesen

Worten startete sie den Motor und fuhr los. Joker schaute ihr verwirrt nach. Ja, sie kommt ganz auf ihre Mutter, dachte er und schaute sich um. Eigentlich hielt ihn nichts mehr in Hückelhoven. In der Tasche hatte er ein paar Hunderter, die er Askim abgenommen hatte. Damit würde er doch irgendwo irgendwas auf die Beine stellen können, schließlich war er ein helles Kerlchen und –

„Irgendwas geht immer", murmelte er, vergrub die Hände tief in den Taschen und ging los.

Kurt Lehmkuhl

Beutezug

Sein Beuteschema war klar definiert: Schlank, groß
und blond mussten sie sein. Die Beschreibung
passte auf seine Ehefrau ebenso wie auf die zahlreichen Liebschaften, mit denen er inzwischen
längst mehr Zeit verbrachte als mit der Angetrauten
im eigenen Heim. Selbstverständlich waren sie
langhaarig. Eine burschikose Kurzhaarträgerin,
vielleicht sogar ein wenig lesbisch angehaucht,
konnte er nicht gebrauchen. Die war zu anstren-
gend, wie er in einem Feldversuch festgestellt hatte. Er mochte die Handzahmen, Gefügigen, die an
seinen Lippen hingen und ihn begehrten, bis er ihnen für eine neue Gespielin den Laufpass gab.
Als Unternehmer mit geerbtem Betrieb in Erkelenz
konnte er es sich leisten, auf großem Fuße zu leben, bei tatsächlichen oder vorgetäuschten Dienst-
reisen seine sexwilligen Gefährtinnen mitzuneh-
men, derweil seine Gattin gefälligst als Heimchen
am Herd auf seine Rückkehr zu warten hatte.
Sie hatte sich mit ihrer Rolle abgefunden. Was
konnte sie mehr vom Leben erwarten als finanzielle
Sicherheit, eine eigene Villa in einem riesigen Park,
einen aus der Form geratenen Ehemann, der sie
Gott sei Dank längst nicht mehr begehrte und be-
gattete oder an ihr herumfingerte? Aus einfachen
Verhältnissen stammend hatte sie als Auszubilden-
de den Juniorchef für sich gewinnen können. Die
zunächst nicht als standesgemäß angesehene Ehe
blieb kinderlos. Er verlor allmählich das Interesse
an ihr, scheute die Scheidung, die nicht nur teuer
geworden wäre, sondern auch seiner gesellschaft-
lichen Reputation in der Kleinstadt geschadet hät-

te. Es war fast unmöglich, einen einmal ramponierten Ruf in Erkelenz wieder auf Hochglanz zu polieren.

Schon seit Jahren bildeten sie eine Zweckgemeinschaft, in der jeder seine eigenen Wege ging. Eine Liebelei beendete sie schnell, als sie merkte, dass der Kerl auch nichts anderes im Sinn hatte als ihr Gatte; in erster Linie wollte er sie fürs Bett.

Sie wusste, er würde sie nie verlassen. Er konnte sie nicht verlassen, dazu hatte er sich zu sehr in seinen eigenen Fallstricken verheddert. Langsam, aber sicher steuerte er das traditionsreiche Familienunternehmen in den wirtschaftlichen Ruin. Seine unternehmerischen Entscheidungen gegen den Ratschlag der Geschäftsführer und Abteilungsleiter waren falsch, er gab mehr Geld aus, als der Betrieb abwarf. Aber im Prinzip waren ihm das Firmenschicksal und das der Mitarbeiter einerlei. Er hatte Jahr für Jahr Geld aus dem Unternehmen abgezogen und auf den Mädchennamen seiner Frau auf Bankkonten in Luxemburg deponiert. Er würde sorgenfrei bis ans Ende seiner Tage leben können. Alles andere scherte ihn nicht.

Nur ein Hemmnis gab es zu überwinden: Wie wurde er die Tussi los, die er vor ein paar Jahren geheiratet hatte, und die nicht nur im Bett eine Niete, sondern gesellschaftlich auch eine Null gewesen war? Sie störte ihn nur in seiner Zukunftsplanung, in der zwar das ihr zugeschriebene Geld eine Rolle spielte, aber sie selbst nicht. Sie musste verschwinden, er bleiben. Ganz einfach. Sie würde ihm nicht ihr Vermögen, das eigentlich seines war, überlassen. Das hatte sie unmissverständlich deutlich gemacht. Eine Hälfte würde sie behalten. Sie könne sich sehr gut vorstellen, ohne ihn zu leben, hatte sie diabolisch lächelnd gesagt, als sie die aktuellen Kontoauszüge sah. Sie hatte seinen Plan durchschaut, vor einem Insolvenzverfahren noch mehr Geld zu raffen, und setzte ihm die Pistole auf die Brust: „Ich bekomme die Hälfte oder ich lass dich hochgehen!"

Die Lösung seines Problems kam in Form von Marion. Er hatte sie bei einem Kurzurlaub auf Mallorca kennengelernt. Seine Mitreisende hatte er kurzerhand abserviert, als er mit Marion zusammentraf. Schon nach dem ersten Abendessen tauschte er Liebschaft und Zimmer. Marion hätte die jüngere Schwester seiner Frau sein können, so wie sie aussah, wie sie sprach, wie sie sich bewegte, wie sie lachte. Aber sie hatte körperliche Qualitäten, die seine Frau nie gehabt hatte. Die Nächte mit Marion waren von nie gekannter sexueller Intensität, da verblassten alle bisherigen Abenteuer zu Blümchensex.

Er ließ sich treiben. Marion wurde mehr als eine vorübergehende Bettpartnerin, Marion wurde seine neue Liebe.

Zusammen heckten sie den Plan aus, wie sie eine gemeinsame Zukunft haben könnten, sie, die Geschiedene, er, der Verheiratete, der sich nicht scheiden lassen konnte.

„Dann muss deine Frau eben sterben", sagte Marion nüchtern. Die Fantasie, die sie bei den Mordplänen entwickelte, machte ihn sprachlos. Ihre kriminelle Energie war nicht weniger exzessiv als ihre sexuelle Begierde, von der er sich fangen und betäuben ließ.

Schnell hatte Marion gelernt, die Unterschrift seiner Frau nachzumachen. Selbst er konnte bald nicht mehr Original von Fälschung unterscheiden. Damit war im Prinzip der Weg frei, wenn da nicht noch seine Frau wäre.

„Du musst kurzen Prozess machen", hatte Marion gesagt, „wenn du zauderst, ist es vorbei." Nicht nur mit dem Plan, sondern auch mit dem Zusammenleben an ihrer Seite. „Ich kann keinen Schlappschwanz und Angsthasen gebrauchen."

Er zauderte nicht. Marions Vorschlag folgend erschlug er am nächsten Tag seine Frau mit einer Axt. Er war erstaunt, wie leicht ihm der Mord fiel. Er fühlte sich von einer Last befreit, sogar zufrieden. Den Leichnam verstaute er in große Plastiksäcke, die er mit Steinen beschwert an der tiefsten Stelle des größten Gartenteichs versenkte. Dort würde der Körper vermodern oder im Laufe der Zeit von den Karpfen gefressen werden. Er würde die Villa zwar behalten und bewirtschaften, aber nicht bewohnen. Und wenn nach seiner Zeit die Überreste seiner Frau einmal gefunden werden sollten, konnte ihn das auch nicht mehr kümmern.

Nach seiner Tat loggte er sich im Arbeitszimmer seiner Frau in ihren Laptop ein und bestellte auf ihren Namen und mit ihrer Kreditkarte per Internet eine Zugfahrt nach Berlin. Dort würde er im Intercity-Hotel am Ostbahnhof Marion treffen. Auch das Hotel hatte er unter dem Namen seiner Frau gebucht. Die Bestätigungsmail druckte er samt der Fahrkarte aus. Marion würde als seine Frau mit deren Personalausweis und Kreditkarte nach Berlin reisen.

Noch am Abend kam Marion zu ihm. Hemmungen, es in der Nähe einer Leiche miteinander zu treiben, hatten sie nicht. Berauscht vom Gelingen ihres Planes machten sie in der Nacht kein Auge zu.

Als Marion am nächsten Morgen von einem Taxi

abgeholt wurde, winkte er ihr nach. Der Taxifahrer würde bezeugen, er habe seine Frau zum Erkelenzer Bahnhof gebracht.

Zufrieden machte er sich in Marions Wagen auf den Weg nach Berlin. Typisch Frau, dachte er, als er keine Fahrzeugpapiere fand. Er freute sich auf die Zukunft voller Liebe und Sex mit Marion. Wenn er nach Hause zurückgekehrt war, würde er seine Frau als vermisst melden. Und niemand würde sie finden.

Es störte ihn nicht, dass er vor Marion im Hotel ankam. Der Zug aus Düsseldorf hatte wegen eines technischen Defekts eine mehrstündige Verspätung, wurde ihm erklärt.

Seine Anrufe auf Marions Handy blieben unbeantwortet: „The person, you are calling now, is not available", hörte er stets.

Erst am Abend meldete sie sich. Bevor er etwas sagen konnte, legte sie los: „Du siehst mich nie mehr wieder. Ich habe in Luxemburg die Konten deiner Frau aufgelöst. Betrachte es als mein Schweigegeld, damit ich dich nicht als Mörder verrate. Und versuche nicht, mich zu suchen. Du wirst mich nicht finden, denn es gibt keine langhaarige Blondine namens Marion mehr."

Ihr böses Lachen hallte noch lange in seinem Ohr nach.

Paul-Gerhard Theymann

Goldene Aussichten

Wendelin umfasste mit beiden Armen sein ganzes Glück. Er hielt es auf seinem Schoß fest, mit aller Kraft, keiner würde es ihm entreißen können. Sein Glück passte in eine Plastiktüte. Sie barg seine Entlassungspapiere aus der Haftanstalt, das Gesparte von seinem Knastlohn – Startgeld in die neue Freiheit – und „nach neu" riechende, farbenfrohe Zivilklamotten. Endlich frei.

Noch kleideten ihn Jeans und Hemd, eintönig blau, und er verbreitete den typischen Knastgeruch, ein Mix aus abgestandenem Essensgestank und schweißigen Körperausdünstungen weggeschlossener Männer. Wendelin starrte mit blassblauen Augen aus dem Fenster des PKW. Seine schmale Gestalt, dieser rasierte Schädel, dieses Gesicht mit umgestülpten Pausbacken und dieser Körper, der kein Gramm Fett zu viel hatte, wirkten asketisch. Es war das Äußere eines 35jährigen Mannes, der schon in jungen Jahren alt gewirkt hatte, nicht kleinwüchsig, der aber verpasst hatte, in der Jugend in die Länge zu schießen.

Pastor Werner Kluge, der vollbärtige Gefängnisgeistliche, Spitzname Bud Spencer, fuhr den Passat zügig. Eine Stunde bis Erkelenz, rechnete Kluge, dort hatte er eine kleine, möblierte Wohnung für seinen Schützling angemietet. Der wollte die alten Seilschaften kappen, Schluss machen mit der Vergangenheit. Kluge drückte aufs Gas, er musste heute noch zurück nach Hannover.

Die beiden hatten sich während der Haftzeit angefreundet, soweit das zwischen Häftling und Gefängnispastor möglich und erlaubt ist. In der Theatergruppe – Kluge hatte das Projekt mit einigen Gefangenen auf die Beine gestellt und die Verantwortung übernommen – war Wendelin der eifrigste Akteur. Er war begabt, er begeisterte Kluge und die Zuschauer, so wie er sich mit seiner Rolle identifizierte, sich darin verlieren konnte.

Das Bonusprogramm „gute Führung" ersparte ihm zwei seiner aufgebrummten zehn Jahre.

Er schreckte auf. Der tiefe Bass des Pastors dröhnte von der Seite: „Na, Wendelin, wie fühlst du dich auf dem Weg in die Freiheit? Aufgeregt?"

„Sicherlich. Nach acht Jahren Knast. Ich weiß nicht, was mich draußen erwartet."

„Nun, die Wohnung ist möbliert, karg und zweckmäßig. Du musst dich einleben, bist für dich verantwortlich. Zuerst zum Jobcenter, die Unterlagen haben wir durchgesprochen. Du brauchst einen Job. Dein Startgeld ist schnell weg", mahnte der Pastor.

„Befürchte ich auch. Ich kümmere mich drum, die Adresse vom Amt habe ich hier." Er kramte einen Zettel aus der Tasche.

Nachdem die beiden die Wohnung besichtigt und für gut befunden hatten, nahm Kluge herzlich Abschied von seinem Mustergefangenen.

Wendelin wurde durch das Sonntagsläuten der Glocken von St. Lambertus aus tiefstem Schlaf gerissen. Er brauchte einen Moment um sich zu orientieren. Als er seine Freiheit begriff, durchflutete ihn ein unendliches Glücksgefühl. Die Sonne leuchtete sein neues Zuhause hell und freundlich aus. Möbelhaus Caritas hatte die Einrichtung geliefert, die Möbel im Ikea-Bauhaus-Stil waren funktional und die weiß-rote Küchenzeile praktisch neu – Kluge hatte für den Kühlschrank die Erstausstattung gestiftet. Was fehlte, würde er im Caritaslager oder im Sperrmüll finden, Sperrmüll hat kein Verfallsdatum.

Die Wohnung in der Schülergasse lag über einer der ältesten Gaststätten der Stadt, die Kneipe war seit Jahren verrammelt und stand leer. Nur die Wohnungen über dem Gastraum waren vermietet. Hausbewohner traf man selten, man roch sie. Sie kochten international zwischen indischer Küche und Bratkartoffeln. Der Eigentümer betrat das marode Haus nie, hatte es geerbt und ließ es verkommen. Ihn interessierte einzig die Miete, die kam für alle Mieter pünktlich vom Sozialamt. Der Altbau strahlte den Charme Berlin-Kreuzbergs aus, die Zeit vor der Wende.

Wendelin ging zum Jobcenter, das hatte er Kluge versprochen. Der Beamte schaute düster. „Ihr Lebenslauf, Herr Zänkel, der hat einen Haken, an den werden kaum Arbeitgeber anbeißen."

Wendelin gab sich geknickt: „Und wovon soll ich leben? Ich nehme jede Stelle an." Stimme und Gestik waren flehend, mit seinem schauspielerischen Talent überzeugte er.

„Gehen Sie zu diesen drei Adressen, stellen sich vor, bestenfalls haben Sie Glück", sagte der Berater, schaute ihn mitleidig an und fuhr fort, „nehmen Sie dieses Informationsmaterial mit und machen Sie sich mit dem Inhalt vertraut."

Wendelin begriff. Die Broschüren zu Hartz IV und Arbeitslosengeld II, die Ratgeber mit Tipps und Tricks, die es kostenlos dazu gab, eröffneten ihm attraktivere Perspektiven als der Arbeitsmarkt. Die Arbeitgeber reagierten, wie der Beamte befürchtet und Zänkel gehofft hatte. Im Knast hatte die Arbeit Langeweile und Eintönigkeit vertrieben, in der Freiheit fand er Arbeit unnötig. Er würde mit seinem Hobby keine Langeweile haben.

Die Erfolge der Theatergruppe waren seine Erfolge gewesen, der Applaus galt ihm, dem Hauptdarsteller, dem Verwandlungskünstler.

In Caritas- und Secondhandläden fand er den passenden Kleiderfundus für seinen Zeitvertreib, spurlos zu sein. Es machte ihm riesig Spaß, sich in Bettler oder Banker, in Junge oder Alte zu verwandeln, er trat sportlich oder gediegen, ordentlich oder zerschlissen auf. Erkelenz war seine Bühne. Was ihm fehlte, das stellte er nach ein paar Wochen schmerzlich fest, war der Applaus, die Bestätigung, tatsächlich überzeugend in seinen Rollen zu sein.

Nur der Berater im Jobcenter kannte ihn.

Zänkel war Perfektionist. Unter dem zu knapp sitzenden Jackett trug er einen verfilzten Pullover, die zerschlissene Jeans, die ausgetretenen Turnschuhe, und lange, strähnige Haare – ein Glücksgriff, diese Perücke – quollen unter der speckigen Schirmmütze hervor. Als Penner ging er zum Jobcenter.

Mit hoher, lispelnder Stimme trug er sein Anliegen vor, wirr und schwerfällig wirkte er. Der Berater, es war Zänkels Berater, unterdrückte mühsam seine Ungeduld, fragte nach seinem Namen. Josef Kowalski – der Berater war sichtlich erleichtert.

„Nicht zuständig", stellte er fest, und schickte ihn zu der Kollegin in Zimmer 346.

Den Besuch ersparte sich Zänkel. Seine Freude über den gelungenen Auftritt hätte er in die Welt hinaus schreien können. Nein, er spielte seine Rolle zu Ende. Er schlurfte aus dem Amt, gebeugt, als wenn die Last der ganzen Welt auf seinen Schultern liegen würde.

Ein paar Tage später, es war ein schöner Spätsommertag, die wärmende Kraft der Sonnenstrahlen öffnete die Herzen der Menschen. Wendelin war in seiner Lieblingsrolle unterwegs, die des alten Mannes, der seine besten Zeiten hinter sich hatte. Grauer Anzug, hellblaues Hemd, die passende Krawatte, sorgfältig geputzte Schuhe – trotz Gebrauchsspuren und den zu langen Haaren ein schusseliger Rentner, der für eine Plauderei offen war.

Er schaute sich um, eine Bank auf dem Franziskanerplatz lud ihn zur Rast ein. Laut schallte fröhliches Gelächter herüber von einer festlich gekleideten Gruppe, die vor dem Haus Spiess auf ein Brautpaar wartete – der Standesbeamte ließ sich mit der Zeremonie Zeit.

„Ob deren Schwur ewiger Treue ewig hält?", zweifelte eine quengelige Stimme neben ihm.

„Ich habe nicht die Richtige getroffen oder mein grenzenloser Freiheitsdrang stand mir im Wege." Wendelin dachte an seine Jahre im Knast.

„Meine Frau ist vor drei Jahren gestorben, hat mich zurückgelassen." Die Stimme wechselte in einen beleidigten Tonfall. Spleeniger Alter, dachte Wendelin, gibt er seiner Frau die Schuld an ihrem eigenen Tod. Vielleicht hatte sie Selbstmord begangen?

Als wenn der kauzige Zwerg – die beiden waren gleich groß – Wendelins Gedanken gelesen hätte, murmelte der Alte: „Brustkrebs, zu spät erkannt, es blieb ihr wenig Zeit."

„Aber Sie können Ihrer Frau nicht die Schuld geben für ihren eigenen Tod." Das musste er ihm sagen.

„Keineswegs denke ich so, ich mache der armen Frau keine Vorwürfe. Dem da oben gebe ich die

Schuld. Ständig ist sie in die Kirche gelaufen, kein Sonntag ohne Messe. Und dann nimmt er sie mir weg. Ich bin sofort nach der Beerdigung aus der Kirche ausgetreten, will nichts mehr mit dem religiösen Hokuspokus zu tun haben."

„Haben Sie Kinder, die sich um Sie kümmern?"

„Nein. Ich habe mich eingerichtet und komme ohne Hilfe zurecht", er schaute Wendelin verschwörerisch an, „anfangs belästigte mich meine Schwägerin mit ihrer Fürsorge. Wissen Sie, Frauen können Männer behandeln, als wären sie zu dumm, durch eine Tür zu gehen, ohne sich den Kopf zu stoßen."

„Wie gesagt, ich habe keine Erfahrung mit Frauen."

„Seien Sie froh. Ich habe sie rausgeschmissen, sie war stinksauer, hat mich einen undankbaren Querkopf genannt und seitdem herrscht Eiszeit zwischen uns. Gott sei Dank."

Mit den Worten „vielleicht sehen wir uns in diesem Dorf mal wieder" verabschiedete sich der kleine, verbiesterte Mann und schlurfte davon. Als Wendelin sich später zu Hause in seinem großen Spiegel betrachtete, entdeckte er Ähnlichkeiten. Sie waren beide Zwerge, der Nörgler und er. Lag es an der Frisur, an der Körperhaltung?

Sie sahen sich wieder, zufällig vor dem Erkelenzer Bahnhof. Der Quengler saß an der überdachten Haltestelle auf einer Bank, apathisch, es schien ihm nicht gut zu gehen.

„Na, da treffen wir uns im Dorf wieder", sprach Wendelin ihn an, „wie geht es Ihnen?" Besorgt schaute er auf ihn hinab.

Nach kurzem Zögern erkannte der alte Mann ihn. Müde blickt er hoch und flüsterte: „Mir geht es schlecht, mein Kreislauf macht Probleme."

„Soll ich einen Krankenwagen rufen?"

„Bloß nicht, ich wohne nicht weit von hier. Es geht mir gleich besser."

„Ich helfe Ihnen, ohne Hilfe lasse ich Sie nicht gehen. Ich bring Sie nach Hause."

Wendelin reichte ihm seinen rechten Arm, der Alte hängte sich ein und sie zockelten los.

Verwunschen wirkte das Backsteinhaus an der Gerhard-Welter-Straße, sie waren am Ziel angekommen. Hinter hohen, dunklen Tannen und Lebensbäumen war das Haus versteckt, Unkraut überwucherte die Garagenauffahrt, Rost färbte das Tor rot-braun. Kaum zu glauben, dass in dem Haus jemand wohnte.

Wendelin gab sich zurückhaltend. Alte Menschen sind misstrauisch, dieser war eigenbrötlerisch. Desto mehr erstaunte Wendelin die Einladung. Auf eine Tasse Kaffee, hatte er gesagt.

Das war der Anfang einer Beziehung, Freundschaften werden im Alter nicht mehr geschlossen, bestenfalls Zweckgemeinschaften.

Walter Jansen – die beiden hatten sich miteinander bekannt gemacht – hatte sich soweit erholt, dass er den Kaffee heute kochte. Das Wohnzimmer war männlich-pragmatisch eingerichtet, hübsch hässlich, chaotisch, jegliche Spuren weiblicher Wohnkultur waren vor langer Zeit beseitigt worden.

Jansen balancierte das Tablett mit dem Kaffee zum runden Esstisch, sie setzten sich und der Alte schüttete zitterig den Kaffee in Tassen. Reinlich ist anders, am besten über den Henkel trinken, dachte Wendelin und ließ sich nichts anmerken.

„Das Haus war für meine Frau und für mich viel zu groß", Jansen rührte versonnen in seiner Kaffeetasse, „und seitdem ich allein bin, spielt sich mein

Leben nur im Wohnzimmer ab." Er deutete auf das Bett und den Kleiderschrank, „dahinten ist meine Schlafecke." Feucht und muffig roch es im Haus, Wendelin wollte sich nicht ausmalen, wie es in den unbewohnten Räumen aussah. Er blieb eine gute Stunde. Er war ein guter Zuhörer.

„Ich würde mich freuen, wenn Sie mich wieder besuchen, Herr Zänkel", sagte der Alte an der Haustür. „Wenn Sie Lust auf ein Schwätzchen verspüren, Sie wissen, wo ich wohne." Er schien es ehrlich zu meinen.

Seine Lieblingsserie „Mord mit Aussicht" verpasste Wendelin. Er hatte seinen eigenen kniffligen Fall. Warum vertraute der Alte ihm, einem flüchtigen Bekannten? Er gab ihm Rätsel auf.

Jansen hatte von seinem Neffen Theo erzählt, der Berater bei der New Energie war. Der junge Schnösel hatte ihn belehren wollen, die gut gemeinten Ratschläge prallten bei seinem Onkel ab wie Hagelkörner an der Fensterscheibe. Er warnte vor feuchten Mauern und irreparablen Schäden. Aber der Alte heizte nur das bewohnte Zimmer, und das mit einem Propangasofen. Die Zentralheizung war seit langem außer Betrieb. Er nannte es Verschwendung, alle Räume im Haus zu heizen. Der Abschied von seinem Neffen war ein Rauswurf. Nach dem Besuch herrschte auch Eiszeit zwischen diesen beiden Jansens.

Wendelin würde an diesem Abend das Rätsel nicht lösen und schlief ein. Die Morgensonne weckte ihn, und er erinnerte sich an gestern – und an seine Stärken. Er konnte sich gut in die Gedanken und Gefühle anderer hineinversetzen, verstand ihre Wünsche und Eigenarten, konnte mit ihren kleinen Spinnereien umgehen. Und sie vertrauten ihm.

Pfarrer Kluge hatte das getan, und Wendelin hatte profitiert.

Sie trafen sich häufiger im Haus des Alten, den Nachbarn fielen die Besuche nicht auf. Wendelins Gang war schleppender geworden, seine Kleidung hätte aus Jansens Kleiderschrank stammen können, er wurde Jansen immer ähnlicher. Leicht war der Alte nicht zu ertragen, die alten, wiederkehrenden Geschichten zu hören, er kannte sie bald auswendig.

Gelegentlich kochte Wendelin für die beiden – Kochen war sein zweites Hobby. Als er den Vorschlag machte, war Jansen erst zögerlich, dann willigte er ein. Er spendierte den Kaffee – der Alte war pathologisch geizig – Wendelin zahlte für die Einkäufe. In dem Alter Schätze anhäufen, dachte der Hartz-IV-Empfänger, eine unsinnige Marotte, überflüssig wie Koffer packen für die letzte Reise.

Wieder einer seiner verdammten wehleidigen Tage, Wendelin zog die Haustür etwas zu laut hinter sich ins Schloss. Er war heute schlecht gelaunt. Das änderte sich schlagartig, als Jansen ihn bat: „Tun Sie mir den Gefallen und holen Geld von meinem Konto." Er reichte ihm einen Barscheck, „ich bin zu schlapp um zur Bank zu gehen und brauche Bargeld." Wendelin sah den Betrag, Hartz IV für drei Monate, auf einen Schlag bar auf die Hand. In diesem Augenblick überwog seine Freude über das Vertrauen, das der Alte ihm entgegenbrachte.

Die schlanke Blondine am Schalter der kleinen Zweigstelle begrüßte ihn wie einen alten Bekannten: „Guten Tag, Herr Jansen, wie geht es Ihnen", fragte sie Wendelin freundlich, und fuhr im gleichen Atemzug fort, „was kann ich für Sie tun?"

„Guten Tag, Frau Schneider", Jansen hatte ihm seine Kundenberaterin beschrieben, „ich brauche schon wieder Bargeld, alles ist teurer geworden", verfiel er in die nörgelige Stimmlage seines Auftraggebers und reichte den Scheck über den Tresen.

„Stückelung wie immer?", fragte sie ihn lächelnd. Sie kannte ihren Querulanten, sie ließ sich den Tag nicht vermiesen. Wendelin nickte.

„Kann ich sonst was für Sie tun? Wollen Sie heute an Ihren Safe?"

„Heute nicht, habe meinen Schlüssel vergessen", reagierte Wendelin spontan und verabschiedete sich. Er musste sich zwingen, ruhig zu bleiben, alte Männer machen keine Freudensprünge. Einen Safe hatte der Alte, er war überzeugt, auf eine Goldader gestoßen zu sein; er verfiel in einen Klondike-Goldrausch.

Die Gier nach dem Gold des alten Geizhalses fraß sich in ihn hinein wie die Krebsgeschwulst in den Körper eines Rauchers. Er fasste einen Plan, der war hinterhältig und gemein.

„Das Essen ist scharf gewürzt", nörgelte Jansen, was ihn nicht davon abhielt weiter zu essen. Er hatte Hunger, er hatte sich auf das kostenlose Essen gefreut.

Wendelin reagierte beleidigt, oder war er nervös: „Trinken Sie ein Glas Wasser, das nimmt die Schärfe. Ich würze gerne mit schwarzem Pfeffer und Chili."

Wendelin hatte das Pilz-Risotto als Tellergericht serviert. Beide Männer liebten Pfifferlinge, Jansen verspeiste ahnungslos spitzgebuckelte Raukopfpilze.

Rund eine Stunde nach dem Essen, Wendelin hatte abgewaschen und die Küche in Ordnung gebracht, klagte der Alte über großen Durst und

Schmerzen in der Nierengegend.

„Soll ich bei Ihnen bleiben, nicht dass Ihre Schmerzen schlimmer werden", tat Wendelin sorgenvoll, entgegen besseren Wissens und Hoffens, „möchten Sie, dass ich einen Krankenwagen rufe?"

Das wollte der Alte – und auch Wendelin – auf keinen Fall. Wenn er sterben musste, dann zu Hause. Er ahnte nicht, dass ihm dieser Wunsch bald erfüllt würde. Er starb qualvoll.

Im Wohnzimmer fand der Mörder eine Flasche Cognac, er nahm einen kräftigen Schluck und entspannte sich. Entschlossen verkorkte er die Flasche. Ich muss einen klaren Kopf behalten, mahnte er sich.

Zum ersten Mal in seinem Leben verfluchte Wendelin, keinen Führerschein und kein Auto zu besitzen. Wohin mit der Leiche? Eine monströse, veraltete Tiefkühltruhe stand im Keller. Funktionierte sie noch? Gespannt drückte er den Schalter, erleichtert hörte er, wie der Motor losdröhnte. Walter Jansen blieb in seinem Haus, in arktischer Kälte. Gründlich löschte der Mörder alle Spuren seiner hinterhältigen Tat.

Am nächsten Morgen – er hatte seine erste Nacht im Mordhaus verbracht – sah Wendelin den Toten, der war steifgefroren wie ein Brett. Beide starrten sich mit aufgerissenen Augen an, Wendelin hatte vergessen die Augenlider des Toten zu schließen. Ihn grauste. Hastig zog er die schwere Kellertür hinter sich zu, drehte den Schlüssel zwei Mal um – ein Geräusch, das er aus dem Knast kannte, weggeschlossen werden. War die Erinnerung ein böses Omen? Hastig verließ er den Keller, um den Alptraum hinter sich zu lassen.

War das Obergeschoss mit wertlosem Gerümpel

zugestellt, fand er im Untergeschoss, insbesondere in der Schlafecke, Brauchbares. Als er knarrend den Kleiderschrank öffnete, zuckte er erschrocken zurück. Jansens Körpergeruch schlug ihm entgegen, die Kleidung hatte dessen Ausdünstungen aufgesogen. Wendelin begriff schnell. Schlüpfte er in die Kleidung des Toten, schlüpfte er in dessen Identität.

In einer Hutschachtel verwahrte der Alte die Bankunterlagen, sie enthielt Tagesauszüge der letzten sechs Jahre und einen kleinen Schlüssel.

Zänkel sah den Betrag 2.430,52 Euro, Pensionszahlung, die Gutschriften kamen regelmäßig wie das Ticken einer Uhr. Kalte Wut stieg in ihm hoch. Unglaublich, flüsterte er vor sich hin, dieser alte Beutelschneider. Gründlich durchsuchte er den Schrank, er fand kein Bargeld. Er hoffte, dass der kleine Schlüssel ihm Zugang zur erhofften Schatztruhe verschaffen würde.

Die Spannung war unerträglich, schon am nächsten Tag ging er zur Bank. Zuerst hob er Geld vom Konto ab – die Unterschrift des Alten hatte er sich eingeprägt, damals, bei seinem ersten Besuch bei Frau Schneider. Wieder zahlte sie bedenkenlos aus.

Der Schlüssel passte zum Safe. Beinahe wäre ihm die blecherne Kassette, die er aus dem Safe zog, aus der Hand gefallen, sie war schwer wie Blei. Frau Schneider geleitete ihn zur abgeschirmten Besucherecke, zog sich diskret zurück und Wendelin öffnete den Deckel der Blechkiste.

Sein Blick wurde starr, sein Pulsschlag raste und sein Hemd wurde schweißnass, als hätte er einen Schatz ausgegraben. Fein säuberlich waren die Geldscheine gebündelt, er überschlug einen sechsstelligen Betrag, und die Beutel mit Krüger-randmünzen – seine Ahnungen wurden bestätigt, er war auf einen Goldschatz gestoßen – machten ihn schwindelig.

Mit der Goldanlage hatte der Sonderling ungeschoren die Finanzkrise umschifft, der Sirenengesang der Banker hatte ihn nicht auf Riff laufen lassen. Und Bargeld lacht, es lachte Wendelin an. Sein Groll gegen Jansen war verflogen.

Moderne Korsaren vergraben ihr Raubgut nicht im Sand eines tropischen Eilands,

sondern lagern es in den Stahlkammern von Banken. Er plünderte den Safe in Erkelenz – ohne bei Frau Schneider Verdacht zu erregen, hoffte er. Auf der anderen Rheinseite, in Düsseldorf, vertraute er dem Tresor einer Großbank seine Beute an. Unauffällig ging er vor, nach zwei Monaten war der Transfer abgeschlossen.

Wendelin wollte nicht auf die üppige Pension verzichten, darum musste Walter Jansen offiziell weiterleben, nur ein lebender Jansen war pensionsberechtigt. Der Doppelgänger bewohnte die Unterkünfte an der Schülergasse und an der Gerhard-Welter-Straße. Die Daily Soap „Doppelverdiener mit Zweitwohnsitz" lief auf keinem TV-Kanal, verwöhnte den Solisten mit einer üppigen Pension und den kargen Bezügen aus Hartz IV.

Unaufhaltsam nagte der Zahn der Zeit. Wendelin war erschrocken, als er bei Kaisers in der Kölner Straße das Schild las: „Pfifferlingssaison eröffnet." Jahrgedächtnis für Walter Jansen? Schon seit einem Jahr verlief sein Leben problemlos und glatt. Auf den Flügeln des Vergessens waren die Furcht – und die Vorsicht davongeflogen.

An einem Abend zwischen Weihnachten und Neujahr, die Tage zwischen weihnachtlichem Familientreffen und Silvesterraketen, war traditionell Klassentreffen des Jahrgangs 1971 der Realschule Erkelenz in den Königsstuben. Neffe Theo Jansen ließ kein Treffen aus, freute sich mit den Kameraden über alte Zeiten zu reden, in diesem Jahr trafen sie sich zum 20. Mal.

Es war spät geworden, die Runden zahlreich. Er bog in die Schülergasse ein, die Kameraden waren außer Sichtweite, da näherte sich ein alter Mann. Kurz fiel das spärliche Licht einer einzelnen Straßenlaterne auf die kleine, gebeugte Gestalt, dann verschwand sie im Hauseingang eines baufälligen Hauses. Theo stutzte. War es der Alkohol, der seine Sinne vernebelte, oder hatte er seinen verschrobenen Onkel ins Haus huschen sehen?

Nach dieser Erscheinung übte die Schülergasse eine unwiderstehliche Anziehungskraft auf Theo aus. Das Glück ist der Zufall. Es war taghell und Irrtum ausgeschlossen. Was machte der Alte in dieser Bruchbude? Der Onkel war ein Gewohnheitstier, eher würde ein Zug aus den Schienen springen, als dass er die eingefahrenen Gleise seiner lieb gewonnenen Gewohnheiten verlassen würde. Abbruchreife Häuser besuchen, das passte nicht zu ihm.

Er vergaß die mysteriöse Begegnung. Der Februar war arbeitsreich für den Energieberater. Die Stromrechnungen wurden verschickt. Plausibilitätskontrolle. Die Jahresabrechnung für Walter Jansen war auffällig, landete auf Theos Schreibtisch. Der Stromverbrauch war im letzten Jahr explodiert.

Nun wollte es Theo Jansen wissen. Was war mit seinem Onkel?

Seine Mutter besaß noch einen Schlüssel zum

Hause ihres Schwagers – sie hatten sich mal gut verstanden – klammheimlich nahm er den vom Schlüsselbrett.

Wendelin Zänkel bemerkte seinen Verfolger nicht. Theo folgte ihm vom Haus des Onkels bis zur Schülergasse, dann eilte er zurück. Licht brannte im Haus, sollte er sich irren? Er läutete, keine Reaktion, nochmals drückte er auf den Klingelknopf. Wieder nichts. Beherzt steckte er den Schlüssel ins Schloss, freudig überrascht ließ sich der Schlüssel geräuschlos drehen. Er öffnete leise die Haustür, das Blut hämmerte durch seine Adern, immer auf dem Sprung, würde er entdeckt, die Flucht zu ergreifen.

Mit der Taschenlampe in der Hand durchsuchte er alle Zimmer, sie hätten als Kulisse für amerikanische Mystery-Filme gepasst. Sein Puls schaltete allmählich auf Normalfrequenz. In die Stille drang ein Motorengeräusch. Kam es von draußen? Nein, auf dem Weg zum Keller schwoll das Geräusch an. Der Schlüssel steckte, er betrat den Vorratskeller.

Auf den starren Blick seines Onkels war er nicht vorbereitet. Das nackte Grauen übermannte ihn. Er stürzte aus dem Haus. Die frostige Winterluft beruhigte nur langsam seine Nerven.

Als er wieder klar denken konnte, rief er Werner Diebolz an, der war Polizist in Erkelenz. Zuletzt hatte er mit dem Schulkameraden in den Königsstuben gebechert. Den überraschte der nächtliche Anruf, er hörte sich Jansens Geschichte an und informierte seinen Chef. Die Kripo in Aachen übernahm den Fall.

Alles deutete darauf hin, dass jemand das Haus bewohnte. Beamte observierten unauffällig den verwunschenen Backsteinbau. Zwei Tage mussten sie warten, dann konnten sie zugreifen, als Wendelin ahnungslos das Haus betrat, frühmorgens, er hatte frische Brötchen mitgebracht.

Er war Profi, er wusste, ein Geständnis wirkte wie gute Führung. Lebenslänglich, er hoffte nach 15 Jahren wieder frei zu sein.
Auf ihn wartete seine Altersversorgung. Gold rostet nicht. Das Guthaben auf dem Sparkonto deckte die Miete für mehr als 20 Jahre.
Goldene Aussichten.

Die Autoren

Heike Dahlmanns wurde 1957 in Hilden geboren. Nach dem Studium der Germanistik, Anglistik und Pädagogik an der Universität in Bonn arbeitete sie zunächst sieben Jahre lang im politischen Bereich und der Erwachsenenbildung. Seit mehr als 20 Jahren versucht sie Kindern und Jugendlichen so viel Wissen und Rüstzeug für ihr späteres Leben mitzugeben wie möglich. Sie lebt mit ihrem Mann und ihren erwachsenen Kindern sowie diversen Tieren in Gangelt. Erste zarte Schreibversuche begannen schon in der Grundschule. In den letzten Jahren hat sie sich nebenberuflich vermehrt dem Schreiben zugewendet, vor allem von Gedichten und Kurzgeschichten.

Roswitha Gierling: geboren in Wesseling, lebt zurzeit in Mönchengladbach-Herrath und ist in den Kreisen Heinsberg, Mönchengladbach und Viersen als Sozialpädagogin/ Sozialarbeiterin, examinierte Krankenschwester und zertifizierter Verfahrensbeistand tätig. Mutter von drei Kindern, arbeitet selbstständig im ambulanten Betreuten Wohnen für Menschen mit unterschiedlichen Einschränkungen. In ihrer Freizeit belegt sie einen Tanzkurs, liest sehr viel und schreibt Krimis sowie Kurzgeschichten.

Mechthild M. Gödecke: geboren 1969 in Aachen. 1971 zog sie mit ihrer Familie nach Ratheim. Ausbildung (Groß- und Außenhandelskauffrau), Studium (Dipl.-Kulturwirtin) und Praktikum führten sie von Düsseldorf nach Passau und Madrid, bis ihr bewusst wurde, dass die große Liebe die ganze Zeit in Ratheim wartete. Nachdem sie 2010 an den

Fotoausstellungen zum Sammelband „Blutroter Selfkant" beteiligt war, wollte sie das Schreiben auch einmal selbst ausprobieren. Die ersten Gehversuche auf diesem Gebiet finden sich im „Tödlichen Selfkant", während der vorliegende Band sie nun als Wiederholungstäterin outet.

Gerd Grunewald: 1953 in Hamburg geboren, lebte seit 1998 mit Frau und Katze in Wegberg, ehe es ihn 2013 wieder in die norddeutsche Heimat verschlug. Nachdem er in den vorherigen Anthologien mit seinen Kurzgeschichten für Aufmerksamkeit und Begeisterung sorgte, war er in diesem Kursus als Dozent für den theoretischen Teil zuständig und fungiert nunmehr als Mitherausgeber der Anthologie „Mörderischer Selfkant".

Clemens Hardmann: 1963 in Westfalen geboren, aufgewachsen im Rheinland, ist das einzige schwarze (oder – wie er meint – weiße) Schaf einer Lehrersippe. Der bekennende Donaldist studierte Rechtswissenschaften und Geschichte in Köln und lebt heute in Wegberg, der Stadt im Tal der Mühlen. Er ist als Verwaltungsjurist tätig.

Heidi Hensges wurde 1962 als Tochter eines Buchdruckers und Nichte eines Schriftsetzers in Göttingen geboren und kam der Legende nach schon mit einem Buch in der Hand zur Welt. Die ausgebildete Buchhändlerin, Steno- und Phonotypistin und Onlinepublisherin macht heute beruflich was mit Texten und eBooks. Seit 2004 lebt, liebt und arbeitet Heidi in Heinsberg-Hülhoven. Nach langjährigen und gelegentlich gescheiterten Praxistests hat sie endlich herausgefunden, dass Galgenhumor die einzig wahre Überlebensstrategie für zugezogene Niedersächsinnen am Niederrhein ist.

Beatrix Hötger-Schiffers wurde 1963 in Wegberg-Arsbeck geboren und ließ sich nach einigen Umwegen Anfang der 90er in Geilenkirchen-Kraudorf nieder. Das idyllisch gelegene 100-Seelen-Dorf bietet mit seinen 78 Metern über dem Meeresspiegel einen weiten Blick ins Wurmtal. In dermaßen viel Natur lässt es sich gut leben und beflügelt die Fantasie ungemein. Quasi als Kontrastprogramm dazu lässt die Autorin finstere Gestalten in ihren Kurzgeschichten durch Geilenkirchener Gefilde ihr Unwesen treiben.

Rita Hündgen: geboren und aufgewachsen in Rath-Anhoven bei Erkelenz, verheiratet, zwei Töchter, Abitur, Studium der Fächer Mathematik, Geschichte und Sport in Aachen und Köln. Nach dem zweiten Staatsexamen ohne Unterbrechung als Lehrerin an Gymnasien tätig, zunächst in Kerpen, seit 1982 auf eigenen Wunsch am Cusanus-Gymnasium Erkelenz, Europaschule. Mitarbeit an einigen Sachbüchern. Die Anthologie „Blutroter Selfkant" weckte ihr Interesse sich an einem Krimi zu versuchen. Der gelungene Versuch ist in „Tödlicher Selfkant" veröffentlicht. Jetzt folgt eine Fortsetzung in „Mörderischer Selfkant".

Margarete Kaiser glaubt, dass die Tiefen des menschlichen Charakters unergründlich sind und dadurch das tägliche Leben ganz schön kriminell werden kann. Sie lebt mit ihrer Familie in Heinsberg. In ihrer Freizeit liest, schreibt und reist sie gerne.

Gabriele Klein: geboren 1965 in Remagen am

schönen Rhein. Glücklich mit einem Saarländer verheiratet und gemeinsam im Mühlental in Wegberg gestrandet. Pferd, Hund, Katze, Maus finden bei ihnen stets ein Zuhause. Tief verborgen in ihrem Herzen schlummerte ein Samenkorn. Erst in Wegberg begann es sich wieder zu regen und seine Nase durch die dunkle Erde zu strecken. Ans Licht getreten, erhielt es Nahrung und Pflege durch viele nette Mitstreiter bei der VHS Heinsberg. Kraft aus den Schwächen zu schöpfen, so dass am Ende ihres Weges die Freude am Leben überwiegt, darin liegt für sie die Kunst das Leben zu meistern. Also tut sie, was ihr Freude bereitet, reiten, mit den Katzen schmusen, dem Ehemann auf die Nerven gehen und Geschichten verfassen, die das Leben so mit sich bringt. Da ist auch schon einmal der eine oder andere Mord dabei!

Kurt Lehmkuhl kommt vom Schreiben nicht los als Redakteur im Zeitungsverlag Aachen, Schriftsteller, Herausgeber und Dozent des Kursus an der Anton-Heinen-Volkshochschule des Kreises Heinsberg, in dem das Projekt „Mörderischer Selfkant" entstanden ist. 1952 in Übach-Palenberg geboren, seit 1989 in Erkelenz lebend. 1996 erste Romanveröffentlichung, seitdem sind 21 Kriminalromane und etliche Kurzgeschichten veröffentlicht worden. Nachdem er als Herausgeber und Autor an einem Sachbuch über Haus Hohenbusch und an den Anthologien „Blutroter Selfkant", „Tödlicher Selfkant" und „Nachbarn unter sich" (mit Helmut Wichlatz) mitgewirkt hat, durfte er sich als Herausgeber und Autor von „Mörderischer Selfkant" über die Unterstützung von Mitherausgeber Gerd Grunewald freuen. Mit Freude erfüllt ihn, dass das Ziel erreicht wurde, durch die ersten beiden „Selfkant-Antholo-gien" einen Spendenbetrag von 25.000 Euro für das Hospiz der Hermann-Josef-Stiftung in Erkelenz zu erreichen.

Simone Michiels: 1966 in Wegberg geboren, auf-gewachsen in Klinkum und seit mehr als 20 Jahren mit ihrer Familie glücklich im Wald von Harbeck wohnend. Nach dem Abitur begann sie eine Aus-bildung im medizinischen Bereich und war lange Jahre als Chefarztsekretärin in einem Mönchen-gladbacher Krankenhaus tätig. Heute widmet sie sich der Buchhaltung im Familienunternehmen ih-res Gatten. Ihr Ziel ist es, die Leser mit humorvollen Krimis zu amüsieren.

Brigitte Oleszynski-Wichmann: Im Dezember 1951 geboren, verheiratet, eine Tochter. Nach ih-rem Chemie-Studium in Jülich arbeitete sie als Di-plom-Ingenieurin in Düsseldorf. Ihrer Heimatstadt Erkelenz ist sie stets treu geblieben und wohnt seit ihrer Geburt dort. In ihrer Jugend schrieb sie kleine Geschichten, Gedichte und später auch mal Büt-tenreden, aber Mathematik und Naturwissenschaf-ten weckten wesentlich stärker ihr Interesse. Seit ihrer Pensionierung hat sie ihre Liebe fürs Schrei-ben wieder entdeckt und versucht sich hier erst-mals im Krimi-Genre.

Luitgard Olufayo: geboren 1962 in Dortmund, Mutter von vier Kindern, gelernte Fremdsprachen-korrespondentin, Übersetzerstudium in Köln, be-schäftigt sich in ihrer Freizeit leidenschaftlich mit Fremdsprachen, ist Yogaanhängerin, liest viel und weiß aus einem Erfahrungsschatz viel zu berichten. Die bereits zum dritten Mal bei den „Selfkant-Projekten" tätige Autorin wohnt mit ihrem Mann und ihren Kindern in einem Vorort von Gangelt.

Astrid Seine-Becker: geboren 1952, Berufsbetreuerin seit 1995, wohnt in Wassenberg mit ihrem Mann und zwei Hunden. Schreibt aus Freude und zur Entspannung.

Marie-Luise Siemes: geboren 1960, lebt und arbeitet in Mönchengladbach. Durch einen Schreibkursus fand sie eher zufällig zum Schreiben. Die sensiblen Fantasiegeschichten bieten ihr einen idealen Ausgleich zum Berufsalltag.

Paul-Gerhard Theymann: geboren 1947 in Westfalen, aufgewachsen in Mönchengladbach. Der Ausbildung zum Bankkaufmann und einem Wirtschaftsstudium folgten 40 Jahre Anlageberatung für vermögende Privatkunden im Auftrag einer Großbank. Wohnt seit 1977 mit der Familie in Erkelenz. Beruflicher Ausstieg kurz vor der Finanzkrise, als die Börse noch in Sektlaune war. Froh, endlich viel Zeit zu haben zum Lesen, Wandern, Reisen und Schreiben eigener Geschichten. Erste Veröffentlichungen hatte er in der Anthologie „Tödlicher Selfkant" und zählt zu den Wiederholungstätern.

Elke Wenk wurde 1966 in Anrath geboren und fiel schon in der Jugend unangenehm durch großen Lesehunger und anstrengende Fabulierkunst auf. Sie lebt mit Göttergatten und zwei Kindern in Erkelenz und lässt dort ihrer „mörderischen" Phantasie freien Lauf.

Helmut Wichlatz: Jahrgang 1963, hat Germanistik und Psychologie studiert und schreibt seit rund 20 Jahren beruflich über so ziemlich alles, was der Worte bedarf. Vom Journalismus über Werbung und Kolumnen bis hin zu literarischen und Liedtexten reicht sein Spektrum. Erste Veröffentlichungen hatte er in der Anthologie „Tödlicher Selfkant" und ist somit auch Wiederholungstäter. Sein erster Kriminalroman erscheint in Kürze. Dem Kreis Heinsberg und der Meinweg-Region und ihren Bewohnern fühlt er sich seit jeher verbunden. Das schlägt sich auch in der von ihm mit herausgegebenen Anthologie „Nachbarn unter sich/Buren onder elkaar" nieder. Wichlatz lebt mit seiner Familie in Erkelenz.